中国古代通俗小说序跋题记汇编

萧相恺 / 辑校

六

人民文学出版社

萤窗清玩

（萤窗清玩著者后人致商务印书馆函）

启者：谨文有先祖遗下手著《萤窗清玩（文言）花柳佳谈》长篇言情小说一部，共四本，内分《连理枝》《游春梦》《碧玉箫》《玉管笔》四种，全（每?）部四万馀言，约有廿馀万字之富，诗词歌赋，优秀佳丽，笔法新雅，实非世俗儒谈小说可比。兹欲在贵书局出版，未悉适否采取？至于出版之手续及著作之待遇，版权之利益如何，素未详晓，用特函请贵局指示一切，或派一员到来苍梧县看守所，与本人直接面谈，俾将全豹一阅。倘蒙采取，将予互订合约，早行出版是荷。此致

商务印书局钧鉴

□□□启

说明：上启出自稿本《新订萤窗清玩花柳佳谈全集》（卷一、卷二题。卷三、卷四题《新镌古今遇花柳佳谈全集》），原本藏山东大学图书馆。有《古

本小说集成》影印本行世。此本正文半叶九行,行二十四字。正文第一叶卷端题《新订萤窗清玩花柳佳谈全集》。书凡四卷。卷一《连理枝》,卷二《玉管笔》,卷三《碧玉箫》,卷四《游春梦》。

上启转录自《中国通俗小说总目提要》该条,谓系著者后代写给商务印书局的信。

中东大战演义

《中东大战演义》自序

洪兴全

从来创说者,事贵出乎实,不宜尽出于虚,然实之中虚,亦不可无者也。苟事事皆实,则必出于平庸,无以动诙谐者一时之听;苟事事皆虚,则必过于诞妄,无以服稽古者之心。是以余之创说也,虚实而兼用焉。至于中日之战,天妆台畏敌之羞,刘公岛献船之丑,马关订约,台澎割地,种种实事,若尽将其详而遍载之,则国人必以我为受敌人之贿,以扬中国之耻;若明知其实,竟舍而不登,则人又或以我为畏官吏之势,而效金人之缄口。呜呼!然则创说之实,亦戛戛乎难之矣。至若刘大帅之威,邓管带之忠,左夫人之节,宋宫保之勇,生番主之横,及其馀所载刘将军用智取胜,桦山氏遣使诈降等事,余不保其必无齐东野人之言。既知其为齐东野人之言,又何必连番细写?盖知其为齐东野人之言者,余也,非读者也。然事既有闻于前,凡有一点能为中国掩羞者,无论事之是否出于虚，犹欲刊载留存于后，此我国臣民之常情也。故事有时虽出于虚，亦不容不载。余之创是说，实无谬妄之言，惟有闻一件记一件，得一说载一说，虚则作实之，实则作虚之，虚虚实实，任教稽古者、诙谐者互相执博，余亦不问也。谨志数言，以白吾志。洪兴全子趁序。

说明：上序转录自中华书局《甲午中日战争文学集》本第二卷。书有光绪二十三年香港印务总局铅排印本，题《说倭传》；光绪二十六年本该题《中东大战演义》。

泪珠缘

泪珠缘弁言一

何春旭

思量我生

何代而无山川也？何代而无事物也？何代而无风花也？何代而无虫牛也？我何忽忽不得见前代之山川、事物、风花、虫牛也？忽而日，忽而年，我何忽忽见此山川、事物、风花、虫牛，而不得见前代也？夫前代之刻划山川事物、牢笼风花虫牛者，吾不知几辈，我亦仅仅见此几辈。此几辈者，我无与焉。非我无与也，我不能为前代之我也。前代之我，其亦山川、事物、风花、虫牛中之尘垢毫芥耳。我而为尘垢毫芥也，只冥冥顽顽，供诸先生刻划、牢笼矣。我为冥冥顽顽，则诸先生之刻划、牢笼以及于我，又乌得知此几辈哉？即此几辈，当劳心苦脾之时，知彼身之必依附山川、事物、风花、虫牛，而茫昧历亿万代也，则将不刻划、不牢笼，而先揖此尘垢毫芥，郑重以嘱之曰：我之为我，非我有也。其为山川、事物、风花、虫牛之有也。亟亟思之,更涕泣而归之曰:我既如是山川、事物、风花、虫牛中之我,又与我何有焉?亟亟思之,诚与我何有,则将不刻划、不牢笼而全我矣。然不刻划、不牢笼,又乌全我而见我?即是我生而必刻划我,必牢笼我。于其刻划,于其牢笼,于其有我,则我之中,又区别曰三代之我,七季之我,汉晋之我,唐宋之我,元明之我,且区别曰周孔之我,申韩之我,班马之我,谢鲍之我,李杜之我,程朱之我,金赵之我,杨徐之我。是则我也,而且有此美名也,且有此美世也。我又乌能谢刻划、牢笼哉?即使伸此尊长,伸此匹配,伸此传后,伸此心孔,伸此眉眼,伸此皮肉,脱然谢绝,不自垄望,又复冥心,勿受知识,能逾时刻,不生此念,于斯之隙,居然见我。日复一日,年复一年,自或惴惴,自或奄奄,所伸尊长,所伸匹配,所伸传后,对我恸哭,对我拜跪,我忽不知,心孔为酸,眉眼为翘,皮肉为鼓,逾一时刻,百感油集。于斯之隙,周孔申韩、班马谢鲍、李杜程朱、金赵杨徐,纷至沓来,争攫我名,纂取我也。欲其多脱,苦不可得,哀告再四,求于斯世而作尘垢毫芥,犹悠悠吐吐,不我见许,乃至捶床失声，我自省觉，不敢有我，不敢有世，不敢有名。徐步启门，欢笑无量，起涤笔研（砚），拂拭几案，舒纸磨墨，右手洒洒，大书佳愿，心脾皆动。于时朝夕，觉无恶相。日复一日，年复一年，身不见客，足不出里，而名山大川，佳事奇物，清风好花，虫蜕牛粪，又如周孔申韩、班马谢鲍诸辈，纷至沓来，对我婉媚，对我誉赞，作成我世，揄扬我名。我于斯时，求一尘垢毫芥，便相安善。日复一日，年复一年，真真脱我，则彼先生劳心苦脾、刻划牢笼时，我之精灵，又依附名山大川、佳事奇物、清风好花、虫蜕牛粪，纷至沓来，奔走笔砚几案纸墨右手之间。绝意婉媚，绝意誉赞，不遗馀力，不漏一状，则彼先生忽焉刻划牢笼，以至于我。我仍得以欢笑无量，不失为我。不失为我，非我所得有也。非我所得有，谁有之耶？则亟亟思之，仍由刻划牢笼而得有也。由刻划牢笼而始得有我，则彼名山大川、佳事奇物、清风好花、虫蜕牛粪之责，我之责也。我既有此责，而我生以前，不必有此笔砚几案纸墨右手。我生以后，不得不有此笔砚几案纸墨右手。我生以前，彼笔砚数物，为彼先生。我生以后，彼笔砚数物，为现在我。我谢绝此数物，是谢绝彼先生也，是谢绝此我也。不谢绝彼先生，于是心脾之外，乃得点画句读。不谢绝我，于其点画句读之外，乃得文字章义。于其文字章义之间，又复谛审择取，不落次想。知周孔占道德，我遂不强次于道德。知申韩占幽刻，我遂不强次于幽刻。知班马占博大，我遂不强次于博大。知谢鲍占清逸，我遂不强次于清逸。知李杜占才识，我遂不强次于才识。知程朱占性理，我遂不强次于性理。知金赵占材艺，我遂不强次于材艺。知杨徐占风雅，我遂不强次于风雅。于是之隙，偶尔劳心，偶尔苦脾，砼砼有我，不复有彼。譬彼我裳，长短称我。譬彼我履，大小称我。我设脱谢，裸跣而去，所遗裳履，人皆曰我，则此我者，非固我也，是裳履也。则此裳履，非固我也，是称我也。则此称我，间不容发，亟亟思之，我之精灵，又不当奔走彼先生之前，当婉媚誉赞于我之裳履之前，而后可矣。然既有此裳履而能为人以及于我也，我又何为不称此裳履，时而不遗馀力，不漏一状哉？我又何为不外此裳履，而不占一物，以不遗馀力，不漏一状哉？亟亟思之，彼山川、事物、风花、虫牛则可矣。既可矣，又有不可也。彼不可者，独思夫名山大川，不能移以就目。佳事奇物，不能久而赏心。清风好花，不能盛于我之时，而求盛于人之时；虫蜕牛粪，不能以我之甘，而强人之甘。必其可移以就目，久而赏心；盛于我，又盛于人；我甘之，人亦甘之者，则庶几可以茫昧而历亿万代矣。夫至于如是，而犹曰茫昧其历亿万代也，又仅仅乎几辈。夫惟仅仅乎几辈，于几辈之间，即有一硁硁之我焉。夫我能乎硁硁乎独往独来于亿万代，其不为尘垢毫芥中之我可知矣。不为尘垢毫芥中之我，其果得为名山大川、往事奇物、清风好花、虫蜕牛粪中之我乎？则我且不愿居彼隙之我也，则我且不愿举此隙之我以告普天下之人也。（仁和颂花何春旭撰。）

泪珠缘弁言二

何春旭

移赠有情

我尝愿举我一切所知，谆谆焉以告普天下之人，迟之久之，而卒阒闳不得普告。归而自思，乃至梦想颠倒，莫可名状。种种幻心，生诸鬼魅。我以为是具苦心苦口,转转导说引解,至两手臂,两足状,而诸种种仍为藐藐。我诚悲矣!我诚痛矣!呜呼,我何悲哉?我何痛哉?盖我犹是悲我也,痛我也。究之何悲乎?何痛乎?盖知日月之下,水土之上,有一物焉。复生耳目鼻口、四肢百骸,其听其视、其闻其食,及其动游,与我相似。亲昵视之,非我之影,众口勉强,名之曰人。此谓人也,其非我耶?既非我而我可悲也,既非我而又生一名焉,则我更可痛也。究之何悲乎?何痛乎?盖知日月之下水土之上,使独有我,我且浑浑灏灏,耳得顺其听,目得顺其视,鼻得顺其闻,口得顺其食,四肢得顺其动,百骸得顺其游,一切幻相得顺其幻,不复修饰,不复闲尼,不复真伪,不复离合,不复谓我有是非,不复谓我有生死。乃至不幸,一物对待。至大不幸,与我相待。忽生问答,忽生拜跪,忽生男女,忽生父母。迟之久之,忘其为我。众口勉强,并于人之前呼我为人。呜呼!此何名耶?而遽闻之,有不悲且痛者哉?迟之久之,其所为人,初相错愕,继相交接,又继相狎就。迟之久之,乃至欢喜。徐闻众口,不复勉强,若人若我之名,无有剖晰。迟之久之,我为之修饰,我为之闲尼,我为之真伪,我为之离合,我为之生是非,我为之生生死,以至于再,以至于三。我之所言,若人为言之。我之所行,若人为行之。我之所不言不行,若人亦为言之行之。我乐之,而若人则歌笑;我悲之,而若人则涕泪。若人所为,而我亦然。是我,若人也;若人,我也。迟之久之,乃复不幸。若人远我,若人乐我,非远我也,非弃我也。步武离趾,我意于远;形影失节,我意于弃。以此萌芽,遂誓生死。生死萌芽,遂得是非。是非修饰,种种幻相,生于我与?生于人与?生于我也,夫我何以忽生此哉?此固注之按之,悁悁焉而可悲且痛者也。然而何悲乎?何痛乎?我之少也,得一异书,得一殊色,不敢便读,不敢便玩,必择佳日,必择佳时,稍稍读之,稍稍玩之,而其读其玩之际,又复含茹而咀嚼之。我之壮也,得一奇山,得一曲水,不敢便览,不敢便游,必待心清,必待神爽,稍稍览之,稍稍游之,而其览其游之际,又复徘徊而体贴之。斯二者,非我不敢也,我直不忍敢耳。我何为不忍敢?我以为有普天下之人在也。我以为普天下有如我之人在也。有如我之人在,而我竟尽读之、玩之、览之、游之，则将置如我之人于何地乎？如我之人，而具此清心爽神，且郑重得择佳日佳时，以至无可读，可玩、可览、可游，则我所读且玩览且游者之书色山水，亦何由见其异，见其殊，见其奇，见其曲乎？至不见其异，不见其殊，不见其奇，不见其曲，则我所具此清心爽神，与夫所择之佳日佳时，不且与此书色山水同归于尽哉？此我之所以悁悁焉悲且痛，而不敢竭情穷知者也。矧又我与人，其为薰莸蒿苔乎？我与人，其为鲍鱼芝兰乎？则我竭情穷知，亦未必果见为远，果见为弃。如其隐暗，存想远弃，差差老死，不复对待，我于初心，犹此胚朕。我修饰闲尼，真伪离合，是非生死，一切幻相，如即若人，有加无已。而此若人四山五水，渺不相应，以至我大声疾呼，爆心涎口，愈弃愈远。悲定痛定，迟之久之，左置一镜，右置一灯，以心证心，忽得初心，复我欢喜。一二若人，亦作此想。亿万若人，亦作此想。即无若人，亦作此想。意谓我身浑浑灏灏，源本如是。朝而出门，笑揖而去；暮而入室，笑揖而止。有如鄹人之子，无可无不可。有如菩萨弟子，所可不思议。百物俱陈，心之所向，物为之招。一心远引,物之所傲,心为之禽。如是十年,如是百年,如是千万年,年年闲暇。乃洁我室,陈我文语。乃洁我庭,陈我草木。鄹人之子、菩萨弟子,嘉我初心,导我儒佛。我忽搔爬,我忽离引,四山五水,亦如若人,飘然远去,渺不相应。如是十年,如是百年,如是千万年,乃至大幸。我室我庭,有如我者,如我洁之。手我文语,目我草木。文语知之,有如见我,字字清净,发大妙明;草木知之,本本佳秀,成大欢乐。彼如我者,无论知不知我,以此文语,以此草木,曼声诵之,小语赞之,距跃三百,曲踊三百。前妻后子,牵裳笼袖,于此文语、草木之前,诵之赞之之不足。而复左置一镜,右置一灯,取此文语,复于灯下,交口诵之;取此草木,复于镜中,交口赞之。竭情穷知,有加无已。使其亲身生含茹咀嚼之心,使其妻子生徘徊体贴之心,满室满庭,皆大妙明,皆大欢乐。于是十年,于是百年,于是千万年,年年此身,耿耿此心,随若文语草木,有如灯镜,不可复灭,则此之故,岂独于我有所长短耶?岂独于我有所功罪耶?成当其时,无复影响,即欲任其长短功罪而可得耶?呜呼!文语我也。草木我也。悦我者已在千百年之上，而悦人者乃在今日。此我之所以谆谆焉而悲且痛者也。此我之所以谆谆焉告普天下之人，且谆谆焉以留告普天下之人如我者。（仁和颂花何春旭撰。）

泪珠缘题词

何春楸等

金陵王气黯然收，往事辛酸说石头。未了一场儿女债，又挥情泪写杭州。

神仙富贵付秦家，翰苑才华到处夸。此后小桃花馆里，枝枝添种合欢花。

迷离情境猜郡主，浩荡天恩锡国公。洗尽平生零落恨，百花含笑列屏风。

半种情根半慧根，才人丰格想温存。十年偿尽相思泪，为读君书一断魂。仁和何春楸懒鹤。

天付生花笔一枝，为他儿女写相思。如今不似桃花梦，到底须吟合卺诗。

人生不合忒多情，热泪如珠故故倾。毕竟两家欠多少，泪泉司合记分明。

轻颦浅笑又娇啼,各有心情数不齐。我固未曾花照眼,却从局外也痴迷。

喁喁私语太传神,说法应当自现身。一部大书堪屈指,居然五百廿三人。仁和赵组章冕英。

撮合良缘亦太痴,家家分种合欢枝。有情眷属终成就,莫与侬争早与迟。

一半凭虚一半真,五年前事总伤神。旁人道似《红楼梦》,我本红楼梦里人。

不有欢娱那有愁,相思因果也前修。缘深缘浅何须问,得到团圞便好休。

颦笑欢嗔记得真,小桃花下惯伤春。于今心地分明甚,此是前身我后身。泉唐陈蝶仙自题。

天教占断一家春,多筑花房贮美人。我替宝儿愁不了,者边啼笑那边嗔。

浪说红楼迹已陈,绛珠依旧谪红尘。夜来警幻查仙籍,离恨天中少几人。

琐琐婚姻忒费心,人生难得是知音。当时合向花卿说,不到别离情不深。

叶家情事感沧桑，富贵豪华两两当。赢得旁观成一叹，人生难得好收场。

艳说陈思八斗才，心花真共笔花开。读书我算真侥幸，多少花枝入梦来。

不展双眉故故颦，近来歌哭为谁真。愿将姊妹多情泪，填入桐棺葬汝身。

而今风月已全休，只有相思死不休。开卷便教侬哭煞，大书泪字在当头。西泠朱素仙淡香。

泪珠缘楔子

天虚我生

《泪珠缘》一大说部也，不知有多少意思、多少卷子、多少字。总之，意思只一个"情"字，字数只一个"缘"字，卷子却只有三卷。上卷是写的"情"字，中卷是写的"孽"字，下卷是写的"缘"字。人问："你写这情、孽、缘三字罢了，为什么要挣这大架子、大排场、大结局？"作者道："这《泪珠缘》偌大一部书，也有几十万字，那里是随口捏造得出的，便细心揣摹出来，情节也不逼真。这是作者亲身阅历过的一番梦境。"

有人笑道："你们操觚家,动不动拿一个'梦'字作起作结,咱们也听的惯了,没什么稀罕,谁和你这痴人说梦去。"作者慨然道："人生世上,那一件儿不是梦?那一刻儿不做梦?昨儿的事,今儿想去便是梦;今儿的事,明儿想去也是梦。醒着的事,梦里想去便是梦;梦里的事,再梦里想去也是梦。那里定要睡了,才算是做梦?我所以讲,安知梦里的景象不是真的呢?只醒过来记不清罢了,也和做梦去记不了醒的时候事一样。你不信,试拿支笔,放在睡处,一梦醒来,便从头至尾的记了下来,明儿再梦去,再记下来。天天的记着,只可不要漏了一点,脱了一节,回来斗拢来瞧,只怕也和咱的《泪珠缘》一样,成了书呢!那时你说你写的是梦境,人又不信,说梦境那有这般真?你若竟说是真的,那些笨伯,又要寻根究底,说近来并没这些事,是讲的梦话。所以咱这一大说部,发过愿,只许梦人看,不许醒眼瞧。人问是什么缘故?要知道梦人看了这书,便会猛醒过来,回头说是梦;那醒眼瞧了,我怕他忍禁不住,一时便艳慕死了,又从此入梦去,便不复醒。大凡作书的人,总存着一片婆心,要人看了,知道什么样个人，什么样个行为，到头什么样个了局，学得的学，学不得的，便好把书里的人取一个来当镜子照，好的学他，不好的便痛改了。即如现在，人人都满口说个'情'字，又人人都说自己是有情的，究竟他也不知道'情'字是什么样个解。可知这'情'字是最容易造孽的：甚之，缠绵至死；次之，失贞败节；下之，淫奔苟且。人家原知道是造的孽，他自己却总说是情呢！这便错认了这个'情'字。作者尝说，一个人真懂得一个'情'字，不把'情'字做了孽种，倒也可以快活一辈子。最怕似懂非懂的那些伧父，只知道佳期密约是个'情'，以外便是两口子好，他也只说是该派的不是情。姐姐妹妹讲的来，他也说终究他不遂我的心，便有情也算不得真。等到真个遂了他的心愿，他又看那'情'字已到尽头地步，便也淡了。这是普天下人的通病。作者深替这'情'字可惜，被这些伧父搅坏了，所以《泪珠缘》一书，特地把一个真正的'情'字，写透纸背，教人看了，知道情是人人生成有的，只要做得光明正大，不把这'情'字看错了题面，便是快乐，不是烦恼。"

人问："此书既说快乐，不是烦恼，怎么又叫《泪珠缘》？难道快乐也有泪珠么？这'泪珠'是怎么解？'缘'字又怎么解？"作者道："烦恼多从快乐中来，人看快乐和烦恼是两件，作者说烦恼也有快乐在里面，快乐便有烦恼在里面。他这泪珠儿滚着，人当是烦恼，其实也是快乐。大凡人的泪珠，断然不肯轻抛。没有的时候竟没有，便拿着姜片子辣去，也迸不出来，定要至情感动才肯吊下几点儿。等到和珠儿似的滚了，他的情便至到极处。不看别的，只问列位，不是至情感触可能哭吗？所以说泪珠是不易多得的一件最贵重、最稀罕的东西。但也有个分别，那些哭死丧离别的，都算不得贵重稀罕，要那无缘无故会哭泣的，才可算得。人看他说是烦恼，其实他烦恼什么？原是极快乐的一个人。天下惟有那种快乐眼泪是最不易得、最贵重、最稀罕的，所以特地写他一番。这讲明了，且再把那个'缘'字讲讲明白。普天下的事，全仗一个'缘'字。有了情没得缘，便不免生离死别的事，纵有情到天不容覆、地不容载的地步，也是没用。所以一个人要想用情，便先要打量有没有这个缘分。这又什么说？要知人的情是由天付与的，那缘也便跟着情字由天付与的。有了情,断不会没缘;没缘的,便不会有情。老天何尝肯故意做个牢愁圈套,叫人镜花水月的做去,只多是人自己不留点馀算,一下子把个缘分占尽了,所以多不满意。要知一个人,情是无穷的,缘却有限。有些只一夕缘的,有些只一面缘的,也有些是几年缘的,总不能到一辈子不离别、不死散。不过这缘也扯得长,比如有一夕缘的,你但不轻易便过这一夕,就使一辈子不了这一夕缘,他生仍可相逢,所谓前缘未了的因果便是。列位不看别的,只把人人所看过的《红楼梦》比看。人人知道宝、黛两人是最有情的,又人人都说宝、黛没得缘分,是个缺憾。据作者看来,他两人果然有缘未了,转生去定该偿这缘分,不过,人不知道谁是他两人的后身罢了。便他两人的后身,也不知道自己的前身便是宝、黛。这话虽不可据,却也有个比证,无论宝、黛两人转生不转生,了不了这缘分,只看《红楼梦》中留也了一个缺憾,便早有那些续的、补的去劳心费血,定要把两人撮合拢来,心里才觉舒服。可见人情如此,天心也是一样的。只教人不把个'情'字去造了孽、折了福,便不会短少了缘分。作者先视《红楼梦》,便被他害了一辈子,险些儿也揽得和宝、黛差不多。原来红楼上的情,也不是好学得的。男孩子学了宝玉,便苦了一世,把不论什么人都当做黛玉看。女儿家学了黛玉也是一样。其实按到归根,他两人也不见得怎样。宝玉一身的孽也造得多了,所以把艳福折了去,那时便把黛玉竟给了他,只怕宝玉也没福消受,不是自己死了,也少不得疯了做和尚去。那黛玉的死,正是留一线之缘为他生的地步呢。这也不去讲他了,如今却有几个人形迹绝似宝、黛,只他两个,能够不把个'情'字,做了孽种,居然从千愁万苦中博得一场大欢喜、大快乐,且讲给列位听听,倒是一段极美满的风流佳话。这是楔子,下面便有正文。"

泪珠缘书后一

金振铎

《泪珠缘》六十四回,分作三十段看,方知结构、层次。《楔子》为一段,说作书本意,笼络全部。第一回为二段,叙秦府家世,并于石时梦中,出宝珠、婉香、春妍等人,伏第三回南正院演书一线。第二回为三段，叙秦府房屋方向，使读者不致恍惚，已将地图横纬胸中，即伏十六回移住惜红轩。第三回为四段，出秦氏兄弟并清客诸人，就石时递入宝珠身上，写入正文，发第一回伏线。第四回至第六回为五段，写婉香多病，回顾第一回金有声曾经诊病一语，写春妍、笑春为六十回收房张本。第七回至第十回为六段，夹叙秦、叶两家事，是一部《泪珠缘》之关键。第十一回至第十四回为七段，出齐、秦氏诸姊妹，写足一笔，叙衮烟景况，结春柳儿公案。第十五回至十六回半为八段，叙宝珠姊妹等移住一粟园，为秦府正盛之时。十六回半至十七回为九段，写小人作威弄权，伏下两线。十八回至十九回为十段，结沈元家的公案，伏四十一回线。二十回至二十五回为十一段，出诸名士并写叶氏兄弟，叙栩园位置，又补叙一粟园形势甚详，此为秦府最盛之际。二十五至二十七回为十二段，叙盛蓬仙事，伏五十七回线。二十七回至三十回上半，为十三段。专写宝珠学分，顺结石潄芳。三十回至三十二回为十四段，结杨小环一段公案。发尤月香、瞿福之私，伏四十回线。三十三至三十四为十五段，写蒋圆圆等，另具一付笔墨。三十五至三十六为十六段,写园林盛事。三十九为十八段,结来顺儿恣淫公案,写石漱芳身段。四十回为十九段,出白素秋、金菊侬等人,叙叶府衰落,文势最吃紧处。四十一回为二十段,了结叶冰山、叶用、袁夫人、朱赛花、苏皖兰诸人,照应三十回之瞿福与尤月香一案。四十二至四十三为二十一段,写秦琼之纨夸、石漱芳之险诈,了结蒋圆圆诲淫公案,并写陆琐琴之老成持重、小喜子之浪荡出家。四十四至四十九为二十二段,写一粟园极盛。五十回至五十二回半为二十三段,叙宝婉姻事中变,文势一折。五十二回半至五十四为二十四段,写宝婉姻事,成而复败,文势又一折。五十五,为二十五段,叙叶氏中兴,宝、婉、软、蕊亲事成。五十六为二十六段,写宝婉姻事又阻,了结花占魁夫妇一案,出眉仙、浣花、瘦春诸人。五十八至六十三回为二十七段,结盛蓬仙、顾媚香公案。六十三半为二十八段,结赛儿、美云、瘦春、鹿云、叶魁等姻事。六十四半为二十九段,结宝珠、眉仙、婉香、软玉、蕊珠并诸人姻事大备。六十四下半为三十段,总结《泪珠缘》始末。此一部书之大义也。至于各大段中尚有小段落，或夹叙别事，或补叙旧事，或埋伏后文，或照应前文。祸福倚伏，吉凶互兆，错综变化，如线穿珠，如珠走盘，不板不乱，尤为出色。书中说话处，或冲口而出，或几句说话止说一二句，或一句说话止说两三字，便咽住不说，其中或有忌讳，或有隐情，不便明说，用缩句法咽住，最是传神之笔。

一部书，笔墨不止一种。写宝婉等是一种笔墨，写秦琼、漱芳等又是一种笔墨，写蒋圆圆、叶赦又是一付笔墨，写丫头、小厮又是一付笔墨，写盛蘧仙、何祝春是一付笔墨，写华梦庵又是一付笔墨，写林冠如、桑春、白剑秋、李冠英等是一付笔墨，写夏作珪、葛亮甫等又是一付笔墨。圣叹批《西厢》云：作者当有怪笔一箱。吾于此书亦然。

书中无一正笔，无一呆笔，无一复笔，无一闲笔，皆在旁面、反面、前面、后面渲染出来，中有点缀，有剪裁，有安放。或后回之事，先为提挈；或前回之事，闲中补点。通体如常山蛇，首尾相应，节节灵动。

说部中言情之委婉缠绵，无过于《红楼》；言事之精细圆到,无过于《金瓶》。不谓《泪珠缘》兼而有之。《红楼》中人,亦云夥矣,男子二百三十二人,女子一百八十九人,共计四百二十二人。《泪珠缘》乃有五百二十三人。又复时时照眼,绝不冷落,亦大能手。

从来传奇小说,多托于梦,此独不然。举一"缘"字为全书纲目,虽以石时一梦,引起秦氏,然亦非梦也,缘也。

书中翰墨,则诗词歌赋、文札尺牍、大书戏曲、奏片谕状,以及对联、匾额、酒令、灯谜,无不精善。技艺则棋局书理、宫商律吕、琴学品笛、拍曲谱工,以及匠作构造、树艺栽种、格物戏玩、畜养禽鱼、烹调针黹,巨细无遗。人品则忠孝节义、方正邪淫、贞烈顽善、豪狂怪僻、炎凉势利、谄笑逢迎、迂腐黠拙、刁酸奸猾,无不形容尽致。人物则王公大臣、倡优仆隶、尼僧女道、伪士名人、茶博酒保、车夫舟子、神仙鬼怪、醉汉无赖,色色皆有。事迹则繁华筵宴、娇纵淫欲、操守贪廉、庆吊盛衰、生死离合、贸易钻营、游历梦想,事事皆全。甚至寿终夭折、暴亡病故,及充军下狱、自刎被戕、悬梁吞金、谋害索命、削发中毒等事，亦件件俱有，可谓包罗万象，囊括无遗，诚泱泱大观也。

《泪珠缘》一书，人谓全似《红楼》，谓宝珠如宝玉，婉香如黛玉，柳夫人如贾母，秦文如贾政，石漱芳如凤姐，美云如元春，丽云如探春，绮云如迎春，茜云如惜春，藕香如李纨，赛儿如芳官，秦珍如贾珍，秦琼如贾琏，袁夫人如王夫人，软玉如湘云，蕊珠如可卿，瘦春如宝钗，浣花如宝琴，金菊侬如李绮，白素秋如李纹，陆琐琴如邢岫烟，银雁如平儿，袅烟如晴雯，春柳儿如袭人，晴烟如五儿，春妍如紫鹃，海棠如雪雁，花农如焙茗，盛蘧仙如甄宝玉，何祝春、华梦庵如秦钟、湘莲等，均有所喻，枚不胜举。不知究竟情性、行止、举动，未尝同也。如宝珠之多情而好色不淫，异于宝玉者明矣。婉香则合钗、黛二人情性兼有之；而贾政之才则不如秦文，柳夫人之明则胜于贾母，漱芳偶售其术，而卒肯悔悟，则又愈于凤姐。此外诸人，以面貌性情相仿，则稍有似之，然在我则终觉《泪珠缘》是《泪珠缘》，《红楼梦》是《红楼梦》，各写各事，两不干涉。

书中诗词，各有隐意，若哑谜然。口说这里，眼看那里，其优劣都是各随本人，按头制帽，故不揣摩大家高唱，不比他种小说，先有几首诗词，然后硬嵌上去。

是书名姓，无大无小、无巨无细，皆有寓意。如石时之为实事，秦文之为情文，秦珍之为情真，秦琼之为情穷，秦云之为情匀，婉香则合二人名而为一。他如藕香及四云，均有一字着落，其馀大多就对面作字，借音作姓，从无随口杂凑，可谓妙手灵心，指挥如意矣。

光绪二十六年岁次庚子秋九月，七十三叟金振铎懒盦氏识。

泪珠缘书后二

<small>梦石氏</small>

或问：第八回袅烟以死自誓，以视袁夫人，几有不容久安之势，何后此不闻有间言者，何也？痴石曰：袁夫人之斥袅烟者，以春柳儿之事误闻耳。逮春柳既出，水石自分，夫复何疑？慧眼人早已识透，奚用赘述？

或问：第七回题目云"警谶语婉姐吊残红"。当时，读"芳容自分无三月，薄命生成只一春"二句，无不为之欷歔太息，以为婉香不寿，何翻阅至底而不见应，此所谓谶语者曷故？曰：子固不知婉香为谁，《泪珠缘》以泪珠为名，固非美满事也。作者原作一百廿回，第六十四回后，其性情事实，类皆如月之缺，如云之散，适足令人怏怏，势必又留天地间一大缺憾，故作者自题之词，有曰：缘深缘浅何须问，得到团圆便可休。至谓谶语，则指"初见已钟今日恨，重逢难诉隔年情"一联耳，见"好姐妹分襟济下泪"一回。

或问：软玉与宝珠，其亲昵甚于他人，殆有故欤？曰：吾不知，吾只觉宝珠之与姐姐妹妹均一视同仁，无所区别。或有他故，要惟袅烟知之。

或问：小环与宝珠订再生缘，何后不提及？曰：梦中事何必认真，否则，势必又如老妪说因果矣。

或问：月香削发而后，宝珠骤见之下，固为感伤，后何不复叙明？曰：六根既净，孽障自除。

或问：婉香曾云媚香已经字人，何媚香后为浣花，及至归蘧仙后，亦不提及所字何人，作何了局？即浣花碍齿不提，蘧仙断不致于忘却，其含蓄而不置问者,恐非缩笔。曰:第五十回已详言之矣。倘后复载,恐又不免有复笔之诮。

或问:六十三回突出林爱侬其人,以前似欠伏笔。曰:前一回宝珠在蘧仙家看戏,两厢无一可人,云:可上眼者只二人,一则明为冷素馨,一即林爱侬也。其后沈左襄口中亦经述明,俱早现一影子,若必刻木示印,即是笨伯。

或问:瘦春、浣花,向未提及,何忽由秦珍口中一赞,后即突如其来,何也?曰:子又略矣。盍回忆第一回金氏所云。

或问:媚香与蘧仙神交耳,守宫何所用记,得毋厚诬欤?曰:非也,蘧仙之与媚香,犹宝珠之与婉香耳。当宝婉别时,固以死自誓,不冀生还者。而蘧仙之与媚香,故未尝以死誓也。设以死誓,蘧仙何复冀其生,于已知媚香之去,不但有他生约,而并有今生约?第已字人,恐他日致蘧仙疑,以守宫自记,情也,亦理也。若以私情疑,是伧父耳。子何乐有此说?

或问:小喜子做和尚去后,何不晃一影子?曰:做了和尚,还有什么说得?

或问:爱侬嫁后,林冠如何不来省视一次？未免缺笔。曰:《泪珠缘》之结,只在五日后耳,不及也。

或问:顾眉仙亦自有家,何婚姻乃能自主？曰:婉香早言之矣,其家只一老仆,安敢预闻。

或问:叶太君自首至尾,谅其年纪,当在柳夫人之上。老而不死,何为乎？曰:老而不死,是为贼。贼,害也。叶氏之败乱,其害盖在老夫人治家不严。

或问:美云年纪至结尾时,当已二十外,叶魁犹一孩提耳,如此婚配,未免欠酌。曰:事固有之。

光绪二十六年庚子季秋,华亭一鹤梦石氏识。

泪珠缘书后三

汪大可

六十四回大书,若观海茫无涯岸,而其中自有段落可寻。或四回为一段,或三回为一段,或一二回为一段,无不界划分明,囫囵吞枣者不得也。

有谓此书原本一百二十回,吾则不信。观其通体结构,如常山蛇,首尾相应,安根伏线,有牵一发全身动之妙,至六十四回止,正如悬崖勒马,回视全文,仿佛如群山万壑赴荆门矣。又如浙地之断龙头,来龙一派,奔腾而至,直削而下,乃见笔力。六十四回以前之伏笔、引线,至此俱发。更无馀步,更无可续,即寻得其馀绪,亦系蚕妇弃丝,不能作乙乙抽也。故知《泪珠缘》只六十四回,断无一句一字可续。虽重以父兄命,万金赏,使奇园续半回,不能也。故奇园断断不信有一百二十回。

一部《泪珠缘》计三十馀万言,洋洋洒洒,可谓繁矣,而无一句闲文。一部《泪珠缘》计百馀万字,琐琐碎碎,可谓夥矣,而无一字虚放,善读者必能晰义分解。

《泪珠缘》写五百二十三人,一人有一人形景,一人有一人态度,一人有一人言语笑貌、行动举止,人谓得法于《西厢》《水浒》《三国》《金瓶》《红楼》,吾谓得法于一部《史记》。

《鹤林玉露》云:《庄子》之书,以无为有;《战国策》之文,以曲为直。东坡生平熟此二书,为文惟意所到,俊辨痛快,无复滞碍。吾谓《泪珠缘》亦是深得于老庄、《战国策》者。

是书每人都有影子:石时为盛蘧仙影子,盛蘧仙为宝珠影子,赛儿亦为宝珠影子,眉仙为媚香影子,媚香为婉香影子,浣花亦为婉香影子,蕊珠为浣花影子,冷素馨为蕊珠影子,小环为圆圆影子,圆圆为月香影子,月香为小环影子,菊侬为石潄芳影子,白素秋为软玉影子,陆琐琴为藕香影子,美云、鹿云、绮云、茜云为婉香、眉仙、软玉、蕊珠影子,袅烟、春妍又为宝、婉二人影子,笑春、晴烟又为袅烟、春妍影子。书中凡写某人,后必用某人递下,故能如线串珠,累累不断。间有以他人接写者,必由影子递入本人,写毕,再用影子递出,一系不走,牢不可破,此为通体大章法。

　　书中大致,一枝笔便是宝珠身子,作者目光,专注宝珠一人,宝珠到何处,笔便跟到何处,歇落处必在宝珠去时,吃紧处便在宝珠来时。此即做文字第一秘诀,所谓捉住题眼也。宝珠便是题眼。

　　一大部书,写若干人,皆有主宾,有正反。以家庭论,秦府为正面,叶府为反面;秦府为主,叶府为宾。以人物论,柳夫人为主,袁夫人为宾;秦文为正面,叶冰山为反面;沈左襄主,花占魁为宾。就宝珠、婉香论,宝珠为主,婉香为宾;蘧仙为宝珠之正面,浣花为婉香之反面。其馀悉可类推,解此以观,势如破竹。

《泪珠缘》一书有反笔有正笔,有衬笔有借笔,有明笔有暗笔,有顺笔有倒笔,有先伏笔,有照应笔,有着色笔,有淡描笔,有烘染笔,有双关笔,有拗笔,有缩笔,有回环笔,各样笔法,无所不备。

《泪珠缘》一缘字,有前缘,有孽缘,有儿女缘,有朋友缘,有再生缘,有文字缘,有奇缘,有骨肉缘,有佛缘,有仙缘,有露水缘,有一面缘,有半面缘,有一夕缘,有一载缘,有镜花缘,有魂梦缘,有婢妾缘,有夫妇缘,有一笑缘,有相思缘,而卒归之于泪珠缘。种种缘法,罔不粲陈。

一部《泪珠缘》,如《诗》三百首,可以一言蔽之曰"思无邪"。

《红楼》以前无情书,《红楼》以后无情书,旷观古今,《红楼》其矫矫独立矣。吾则一语以剖荄:《红楼》之前未有作者,《红楼》之后无敢作者。非无作者,作者不能脱《红楼》窠臼耳。故曰作《红楼》者易,作《红楼》以后书者难。夫天下人之情一也,《红楼》之言情,至矣,尽矣。《泪珠缘》何出《红楼》之右耶？曰：《红楼》之情曰至情，《泪珠缘》之情曰人之同情。情固一也，而所施于人者异矣。人世间乐事，固靡日而穷也，乃《红楼》一书穷之矣，故《泪珠缘》之作难于《红楼》。其一大部书中，无非行乐耳。同一行乐，而必勾心斗角，别出心裁，不特不同于《红楼》，又必使前后古今几千百部小说中，不同一事。呜呼，难矣！故《泪珠缘》实是一部大书，一付大手笔，荷灯之赏，广寒之舞，尤令人梦想十年。

二十八回宝珠论宫商一段，条晰缕辨，发千百万人之疑议，振千百万人之聋聩。司马迁《律书》、蔡西山《律吕新书》，均未有确论，使人了了，奇园素为怏怏，不图于小说中见此大议论、大文字。即此一段律吕定论，直可悬诸国门。

又发明姜白石自度曲注谱字样一节，实是真大眼孔，真大学问，陆钟辉藏之汲古阁三十年，而对之茫然，谓如鲁鼓薛鼓之亡其音而留其谱，以待后来博学之士剖之。设《泪珠缘》一书得与钟辉共读，吾不知其欣喜当何似！

书中凡值宝、婉相逢之际，其万种柔肠，千端情绪，一一剖心呕血以出之，细等镂尘，明如通犀，若云空中楼阁，吾不信也。

书中诸女，均有如花之貌。以花譬之，婉香如白牡丹，眉仙如素心兰，浣花如秋海棠，软玉如玉兰，蕊珠如茉莉，瘦春如荷，藕香如梅，赛儿如粉团，美云如凌霄，鹿云如玫瑰，绮云如杏花，茜云如樱桃，漱芳如蔷薇，素秋如白芙蓉，琐琴如腊梅，菊侬如菊，小环如栀子，月香如夜来香，春妍如白杜鹃，笑春如桃花，袅烟如素馨，晴烟如山茶，春柳儿如荼蘼，冷素馨如水仙，嫩儿如白玫瑰，春燕儿如含笑，伶儿如夹竹桃，圆圆如杨花，海棠如石榴，爱儿如葡萄，而如蛱蝶之栩栩然游于中者，则宝珠是也。

余近年来，死灰槁木，已超一切非非想，只镜奁间尚恨恨不能去。适来无事，雨窗展此，唯恐擅失，窃谓当煮茗读之，爇名香读之，于好花前读之，空山中读之，清风明月下读之，继《南华》、楚骚读之，伴涅槃维摩读之，天下不少慧眼人，其以予言为然乎？否乎？《泪珠缘》在，知必有继予而评之者。

辛丑（光绪二十七年）春奇园汪大可识。

泪珠缘自跋

天虚我生

这部书，是作者二十岁时候，在病中做着消遣的。从头至尾，不上一个半月工夫。所以里面的情节，也叙不到十年。承看官们都说，这部书打的很完备，但是作者自己看来，觉得这里面的缺陷，也尚多着。要是如今打起一部六十四回的大书，便断不肯琐琐屑屑，专叙这些儿女痴情，家常闲话。不是说现在打的书，定能胜似这部，要晓得时势习俗，移步换形，如今的写情小说，性质已是不同，笔法也是两路。若教作者现在再做这样一部琐琐屑屑、儿女痴情、家常闲话的书，也是万万再做不出。金圣叹说的好，文字要立时捉住，方是本色。那过去的和将来的，又是别项一种文字。我这《泪珠缘》便是当时捉住的文字。倘使现在再做一部《泪珠缘》，不要说字句情节另是不同，便是依样葫芦的画了出来，也只算得别项一种文字。现在这六十四回书，已经刊齐了。这部书在六十四回以后，应该便没得文字。却因结末有一句"原书本来有一百二十回"的话，不免又惹看官们疑惑，或说还有续集的，或说以后的书便是真个有了,我们也想得到定是宝珠、赛儿、盛遽仙、石漱芳等这班人,一个个生了儿子,秦文、柳夫人、袁夫人、叶老夫人这一班子,一个个都死了过去,弄得风残云卷,连那婉香、浣花、蕊珠等这一班美人,也少不得一个个的老了收场完结,岂不扫兴?那便和西泠访苏小,见个白发老妪的故事一般无二。所以作者自己想想,也不必再有续集。若是真个续下去时,想那秦宝珠倘是活着,现今世界,花样翻新,他处到这个局面,那里容得他这般恣恣昵昵,一辈子干这儿女子的勾当?也就少不得和那《新石头记》的贾宝玉一般,改了方针,换了脑筋,去干些新勾当出来了。便说江山易改,本性难移,秦宝珠还是先前那模样一个本来面目,但那些夏作珪一流人物,早也赶先放出一种手段来运动运动的了。

  作者自做成这部《泪珠缘》以后,眼见的希奇古怪,这些事体身历的悲欢离合那些情节,足足又有一部大书的材料,早想编做一部小说给大家看看。只是在下这支笔,向来只会得写情的。写情写到《泪珠缘》六十四回,已经写尽,若要再写,除非为些矫情罢了。便是看官不嫌憎，作者自己却先老大一个不愿意。再加现在的新小说，无论是翻译的、杜撰的，总要写些外国地名人名，方算是一篇杰作，在那一般社会上通行的过去，若说不呵，任你写得怎般入情入理，便是《红楼梦》《金瓶梅》出在现今世界，那书里又没得什么新思想，什么新名词，也就算不得什么新小说了。所以在下近来做小说的心思虽浓，写大书的笔墨却是淡了。与其另起炉灶，装腔作调的做新小说，不如吾行吾素，趁着现成，再把《泪珠缘》续将下去，倒也免了一番啰啰苏苏的安排交代，落得开门见山，简简直直的叙起事来，岂不是好？大凡一个人生在世上，今日不知道明日的事，那六十四回上，秦文在晚春堂秋宴以后，自然连秦文自己也不知道以后的事定是如何，作者和看官那里也就能够拿得定，料得准呢？我这《泪珠缘续集》，便从这时候直接演起，这一段《跋语》，就算是续集的《楔子》，交代明白，现且按下一边再说。（据此一段《跋语》，续集叙事，必须避却以上云云所能逆料之事，则续笔愈难。果然续了，我须拭目视之。拜花。）

泪珠缘题跋

周之盛

十二年前，于武林书肆中见有小书八册，署为《泪珠缘》。书名幽艳，触我所好，取而阅之，知为言情家之著述，即书肆中略读一过。观其结构，纯仿《红楼》，而又无一事一语落《红楼》窠臼，亟寻作者署名，为"天虚我生陈蝶仙"数字。及怀归细读，始知尚系初集，全书犹未毕也。再往书肆中访问作者是否近人，而书贾嚅嚅无以为答。嗣后随在物色，又得《桃花梦传奇》，亦署名"蝶仙"。自是益深向慕，然究不知蝶仙为何如人也。迨乙巳之冬，购文件于萃利公司，无意中讯及主人，始知仆所朝夕思慕之天虚我生，即此萃利公司之主人翁也。《泪珠缘》一书，至是始得读全璧，遂冒昧以诗晋谒，感蒙许立程门，迄垂十载。君诗词名已噪大江南北，著作等身，此说部盖君弱冠时笔墨也。全书囊印数千部，早已不胫而走。今春徇海上友人之请，重行锓版。函来属仆校误，爰为戏书眉评数则，既不量佛头着秽之讥，并跋此数言，以附骥尾，亦志仆与君遇合之因，实此书之缘起也。至于此书之价值，则当世读小说者早有定评，固无待赘述矣。甲寅（民国三年）四月，拜花周之盛跋于倚红仙馆。

说明：上跋、题词、题跋，均录自1916年钝根校铅印本《泪珠缘》。书凡六册九十六回，较光绪三十三年萃利公司六十四回本多出三十二回。而较最早的光绪二十六年杭州大观报刊三十二回巾箱本则多六十四回。

天虚我生，原名陈寿嵩（1879—1940），字昆叔，后改名栩，字栩园，号蝶仙，别署天虚我生，浙江钱塘人。曾任《申报》副刊《自由谈》主编。所著尚有《鸳鸯血》《娇樱记》《丽绡记》《黄金祟》等，鸳鸯蝴蝶派的代表人物之一。

野草闲花臭姻缘

《野草闲花臭姻缘》序

月湖渔隐

甚哉！天下未有不好色之人，天下卒未有能远色之人。色诚可好，必如大王好色而后为可法。其次则有如纣以妲己亡，周以褒姒灭。再其次亡家亡身者，指不胜屈。噫！色之为祸，竟若是之危且烈哉！而顾世人不察，不以为前车当鉴，反以为尽得风流，或则楚馆秦楼，恣情贪恋；或则宠姬美妾，任意流连。甚且本属于人，百计思图攘夺；既归诸我，终身愿许温柔。眼前之双宿双飞，乐何可极；事后之倾家倾产，悔莫能追。所谓一朝失足即为终身之忧者，此也。是书如华昌、陈皓月辈，皆翩翩浊世之佳公子，而乃为一巧云，始则朋友仇雠，妻孥诟谇。继丑声四布，家道中衰。卒至人财两空，资产尽矣。夫而后始知色之不可好，然亦晚矣。岂不大可哀哉？世有王孙公子，诩诩然自命风流者，盍以此《野草闲花》作当头之棒喝？痴迷唤醒，有厚望焉。时在光绪辛丑孟夏中浣，甬上月湖渔隐撰并书。

说明：上序录自光绪间石印本《野草闲花臭姻缘》。此本首《序》，尾署"时在光绪辛丑（二十七年）孟夏中浣，甬上月湖渔隐撰并书"。目录页题"野草闲花臭姻缘目录"，凡四十回。

另有民国间石印本。原本藏日本京都大学图书馆。文字与上所录几同，惟末署"时在民国四年仲夏上浣，海上退色使者书"。

月湖渔隐，真实身份、生平事迹待考。

宜兴奇案双坛记

新出宜兴奇案双坛记序

山左督学使者

盖闻:"善恶之报,如影随形;祸福无门,唯人自召。"此二语吾曾祖文达公敬持为宝,以勖子孙。故虽宦游燕、豫、晋、楚间不下三十馀年,奉行环志,昕夕而敢或忘乎?来游春申浦上,慕此乡为瀛寰英材荟萃之处,地球珍宝聚集之渊,诚为美矣备矣,五光十色,如入山阴道上,目不暇接。而攘往熙来者,风驰电掣,莫不以挟妓为威光,犯淫作风月。然而日久月诸,则败产倾家者非一,亡身患病者更多,此时悔误(悟),已是噬脐莫及矣。恰值当端午日,神仙犹乃固精培元,以保成功之气,而铁庵隐士劝世心殷,戒淫力勇,始以宜兴之奇案,编帙成本,化雅为俗,顿使观者消闲破闷,拍案惊奇,又可藏之以箧,传之子弟,定可阅而知戒,不陷淫境。同一笔墨,可见赞世之心,诚悃深厚,比行世丽词艳曲,不啻天渊之分。愚拟此编出而问衮衮诸公,谅知购先争读,总不鄙憎作老生常谈，喜其案之奇异，报之昭彰，稍补于事，快畅于心。敬致数语弁言如是云耳。光绪辛丑天中月，山左督学使者寓于愚园绿云碧水轩拜题并书。

说明：上序录自辛丑（光绪二十七年）上海书局石印本《新出宜兴奇案双坛记》，分上下两卷。原本藏徐州师范大学图书馆。封皮题"新出宜兴奇案双坛记　铁庵笺书"。上卷内封正面题"新出宜兴奇案双坛记初集"，下有"观天"阳文钤一方；背面题"辛丑榴月上海书局"。首《新出宜兴奇案双坛记序》，序字下有"司铎""铁庵"阳文篆体钤各一方；尾署"光绪辛丑天中月，山左督学使者寓于愚园绿云碧水轩拜题并书"，有"探花""阮氏"阳文篆体钤各一方。序内云"铁庵隐士劝世心殷，戒淫力勇，始以宜兴之奇案，编帙成本"，有人物绣像十六幅。正文半叶十七行，行三十字。

据序及序之题署印章，知铁庵即书作者。姓阮，阮元的曾孙，铁庵大约是他的号。此书之外，尚有《查潘斗胜全传》。

查潘斗胜全传

新编查潘斗胜全传序

白芙奇叟

余忆弱冠时，处于芸窗，初诵盛唐诗集，有云"十年一觉扬州梦，赢得青楼薄倖名"，鄙意大谬。青楼倩女，艳情绮意，妙曲清歌，正是年少风流取乐冶游之地，何得觉此扬州梦耶？后至宴罢琼林，春风得意，返棹遇歇浦友人招引，呼数十花枝侑觞，引歌度曲，婉款系情，遂是遍访名花，精求姹女，就地花天，未至旬日，神疲志怠，已觉生憎。前明卢司马有言，大丈夫何如将精神销于粉黛也。三浣无语，顿信前人不我欺。今已卅二寒暑矣。回首风流幻境，如禅参得再上乘欤？辛丑下五，重来歇浦，适雁宕灿花生新编是集，拜阅一过，诚为救世之宝筏，昏夜之晓钟。此编出而问世，先争购睹，奉为香国金鉴，慨然聊缀数语，以说鸿雪云云。光绪辛丑六月初浣，寓于味莼园西窗，剑南白芙奇叟挥汗题。

说明：上序录自辛丑（光绪二十七年）上海书局

石印本《查潘斗胜全传》，书凡四册，原本藏徐州师范大学图书馆。此本封皮题"查潘斗胜全传"，内封正面题"查潘斗胜全传"，背面署"辛丑暑月上海书局"。首"新编查潘斗胜全传序"，序字下有"奇观"篆体阳文钤一方，序尾署"光绪辛丑六月初浣，寓于味莼园西窗，剑南白芙奇叟挥汗题"。有"探华"篆体阳文钤一方。目录叶题"新辑查潘斗胜全传"。正文卷端题"阳羡铁庵隐士编次"。半叶十三行，行二十四字。

阳羡铁庵隐士，见《宜兴奇案双坛记》条。

剑南白芙奇叟，待考。

清末有京剧《查潘斗胜》(参拙作《三种未见著录的与京剧有关的小说》)。其间的关系如何，待考。

李公案奇闻

(李公案奇闻)序

劳德士　张士同

余识李公三十年矣,李公护广西抚篆之日,中法方失和,交兵南越。余以敌国之人,滞迹西粤,深虑不免,乃蒙李公派弁护送至沪,同行有英教士二,意、德、荷兰人各一,皆李公援救得生者也。然则公之于外人,其素无仇视之心也明矣。乃东山再起,改厥宗旨,庚子一役,遂以身殉。呜呼!岂无故哉。盖其性本偏于好名,而中国自甲午之败,创巨痛深,民心愤激,非疾视外人不足以媚民而邀名,遂不遑他顾,一意孤行,而不知溃败决裂之至于斯也。故前之爱护,后之仇杀,皆非公之本心,悉受祟于好名之一念,卒至杀身误国而不及悔。呜呼,惨矣!是以心不可偏,偏则蔽,蔽则溺陷而不知返,观李公之末路,可以鉴矣。虽然,偏于短者,必偏有所长,在用人者节而取之。使李公得终其身于牧令郡守,以尽其抚字刍牧之长,则茧丝保障,当不得专美于前,龚黄不足言矣,而惜乎用人者不之察也。余不能忘李公之恩,亦不敢曲讳其失,读是书益有感于余心,爰推原其后先异辙之由,书之简端,以质之中外之操人伦之鉴者。法国劳德氏口授,丹徒张士同笔述。

李公案奇闻序

恨恨生

《李案奇闻》何书乎? 小说也。小说曷为乎序之? 曰:序之者非以其书也,非以其书之为小说也。读其书有所感于心。心有所感而书之,故不必其为序也。夫幼而学者,壮而行,儒生之素志也。乃不得行其所学,于是因记其所闻而为说。说又无济于当世之大用,仅而得署曰小,不亦重可悲乎? 虽然,吾更因其所说而有说。如李公者,非所谓得行其志者乎? 由令邑而守郡而监司而封疆而督师,何莫非得行其志者,何莫非得见其所学者,而尤得死于王事,以名始,以节终,不亦几完人乎? 乃骨肉未寒而罪名加矣,诏墨未干而恤典撤矣,纪功无禄,归狱有词,讵始愿之所及乎? 故儒者非必得行其志,为幸得志而径情直行,以畅吾意之所欲,谓吾能得民之心事者，皆可称此而行也，而不知军国重要之图，度海量力之诣，贸贸焉以万乘为孤注，一卤莽灭以行之，虽一瞑而万古不视，而大局更何堪回首乎！设李公有以陶淑其情性，不徒尚意气以用事，吾知其决不出此。设李公不能得志，终其身于一州一邑之长，得竭尽其能于茧丝保障之馀，吾知其必能追踪房、杜，比肩龚、黄，将血食庙祀而无匮也。惜皆未然，竟铸此错，则得行其志固非李公之幸也。然则优游泮奂，得专心学问，以考察当世之务，优其识以老其材，以待仔肩大任而无复溃防覆馀之虞，岂非儒生之大幸而巨公元老所求而不可得者乎？吾读是书，吾乌能无所感而不书？光绪二十有八年清明后一日，恨恨生书。

说明：上序录自光绪二十八年文光书坊本《全图李公案奇闻》，原本藏徐州师范大学图书馆。此本内封由右向左，分题"光绪二十八年春刊""全图李公案奇闻""二续嗣出　寄售厂东门文光书坊"，首《李公案奇闻序》，尾署"法国劳德氏口授，丹徒张士同笔述"，"笔述"二字下有"张士同印"阴文钤一方。次《序》，尾署"光绪二十有八年清明后一日,恨恨生书"。有图八幅,各有图赞,分别署"惜红生题""痴道人题"等。

法国劳德氏、丹徒张士同、恨恨生、惜红生、痴道人等,待考。

新中国未来记

(新中国未来记)绪言

梁启超

一、余欲著此书,五年于兹矣,顾卒不能成一字,况年来身兼数役,日无寸暇,更安能以馀力及此?顾确信此类之书,于中国前途大有裨助,夙夜志此不衰。既念欲俟全书卒业,始公诸世,恐更阅数年,杀青无日,不如限以报章,用自鞭策,得寸得尺,聊胜于无。《新小说》之出,其发愿专为此编也。

一、兹编之作,专欲发表区区政见,以就正于爱国达识之君子。编中寓言,颇费覃思,不敢草草。但此不过臆见所偶及,一人之私言耳,非信其必可行也。国家人群,皆为有机体之物,其现象日日变化,虽有管、葛,亦不能以今年料明年之事,况于数十年后乎!况末学寡识如余者乎!但提出种种问题,一研究之,广征海内达人意见,未始无小补。区区之意,实在于是。读者诸君如鉴微诚,望必毋吝教言,常惠驳义,则鄙人此书,不为虚作焉耳。

一、人之见地，随学而进，因时而移。即如鄙人，自审十年来之宗旨议论，已不知变化流转几许次矣。此编月出一册，册仅数回，非亘数年不能卒业，则前后意见矛盾者，宁知多少？况以寡才而好事之身，非能屏除百务，潜心治此。计每月为此书属稿者，不过两三日，虽复殚虑，岂能完善？故结构之必凌乱，发言之常矛盾，自知其决不能免也。故名之曰"稿本"，此后随时订改，兼得名流驳正，或冀体段稍完，再写定本耳。

一、此编今初成两三回，一覆读之，似说部非说部，似稗史非稗史，似论著非论著，不知成何种文体，自顾良自失笑。虽然，既欲发表政见，商榷国计，则其体自不能不与寻常说部稍殊。编中往往多载法律、章程、演说、论文等，连编累牍，毫无趣味，知无以餍读者之望矣，愿以报中他种之有滋味者偿之，其有不喜政谈者乎，则以兹覆瓿焉可也。

一、编中于现在时流，绝不关涉，诚以他日救此一方民者，必当赖将来无名之英雄也。楼阁华严，毫无染著，读者幸勿比例揣测，谓此事为某人写照，此名为某人化身，致生种种党同伐异意见。

一、此编于广东特详者，非有所私于广东也。今日中国方合群共保之不足，而岂容复有某乡某邑之见存。顾尔尔者，吾本粤人，知粤事较悉，言其条理，可以讹谬较少，故凡语及地方自治等事，悉偏趋此点。因此之故，故书中人物亦不免多派以粤籍，相因之势使然也。不然，宁不知吾粤之无人哉？读者幸谅此意，毋晒其为夜郎。

说明：上绪言录自光绪二十八年十月十五日《新小说》（第一号）"政治小说《新中国未来记》（稿本）"。此本有绪言六则。收入《饮冰室文集类编》，连楔子共四回。阿英《晚清文学丛钞·小说一卷》收录，作五回。

梁启超（1873—1929），字卓如，号任公，广东新会人，笔名主要有饮冰子、饮冰室主人、新民子、中国之新民、自由斋主人、曼殊室主人、少年中国之少年等，清朝光绪年间举人，戊戌变法领袖之一，中国近代资产阶级改良派的著名政治活动家、思想家、文学家和学者。其著作合编为《饮冰室合集》。

瑞士建国志

政治小说瑞士建国志序

赵必振

世运日新，文明大启。学堂林立，报馆栉比。开智之道，亦几无遗。谕者谓小说一端，为功尤巨。独立自由之代表，愚夫匹妇之警钟，泰西哲学家有言曰：入其国，问其小说何种盛行，即可以觇其国之人心风俗、政治思想。旨哉言乎！中国之有小说由来已久，绝无善本，而家弦户诵者非《西游》《封神》之荒唐，则《红楼》《品花》之淫艳，而所谓《七侠五义》之类，词既鄙俚，事亦荒谬。或谓《水浒》一书，稍有国家思想，亦凤毛麟角矣。吾闻泰西之小说不可以数计。而其宗旨，则大异于吾中国操觚之流。竟至谓英、美、德、法各国之振兴，咸归功于此。日本维新之时，亦汲汲于小说，以开民智。小说之功，亦诚伟矣。吾中国忧时之士，有鉴于此，敛其惊才绝学，俯而就之，一洗旧日之习，以震动国民之脑筋为宗首，佳人奇遇、经国美谈、累卵东洋之类接踵而起,小说之宗派为之一变。

吾友贯公,既著《人民论》问世,以开民智而鼓民气。今后关心于小说一端入人深而感人易,曾译《摩西传》风行于时。近复取瑞士建国之事,译而演之。余读其书悁悁然悲,感激愤发,有不能自已者。夫瑞士隶于日耳曼之时,种种压制,仰他人之鼻息,几无人理。国中伟人维霖惕露振臂一呼,国民振起,卒脱异国之羁勒,恢复固有之疆宇。共和立政,独立地球,以迄今日,与美利坚而媲美。蕞尔弹丸,列强环立,无敢侮之者,且能倡文明政会,执各国之牛耳,谁不懿欤以视?以二万里幅员之广,四百兆人民之众,而低首下心,甘为奴隶而不求脱羁勒者,庶几知所兴起矣。异日者,吾同胞之四百兆,感发振兴,步武瑞士,而与列强相角逐,则此书之功也。舰国者又视吾中国之人心风俗、政治思想何如?九皇六十四民之后裔赵必振曰生氏序于日本之争自存斋。

校印瑞士建国志小引

李继耀

小说之多,不可胜数。小说之益,不可胜言。

惟我中国政治小说，如晨星之落，每欲得一善本，足以发聋振聩，有补民智者，苦不可得。余友贯公，亦抱此志，去岁余识荆于日本，尝与谈及，余屡促其择一东文善本，译而演之。贯公以主持报馆之笔政，不暇旁及。继而余返香港，而贯公又得港报之聘，买棹归来。余喜交缘之妙，行止相亲，遂叩以违教后有何大著。贯公即从行箧中出《瑞士建国志》稿示余。展卷一观，知是政治小说，慰如下系，即求其付枣问世。贯公以未经润色辞。延至今日求之再三，始许付诸剞劂。余细为校订，以助万一之力。书中理明词达，壮快淋漓，如暮鼓晨钟，发人深省，自有阅者鉴之，余不暇述；至论贯公议论之精，悲天悯人之苦志，观其著作，可以定评，更不俟余之饶舌褒奖也。书成，聊弁数语，以志不忘。壬寅桂月，李继耀谨识。

说明：上序、小引均录自光绪壬寅（二十八年）香港中国华洋书局本《瑞士建国志》，首《政治小说瑞士建国志序》，尾署"九皇六十四民之后裔赵必振曰生氏序于日本之争自存斋"。次《校印瑞士建国志小引》，尾署"壬寅桂月，李继耀谨识"。原本藏上海图书馆。

郑贯公,名道,字贯一,笔名"自立""仍旧",广东中山人。辛亥革命时期著名报刊活动家。曾任《清议报》助理编辑,并与冯自由、冯斯栾创办《开智录》半月刊。后经孙中山介绍,赴香港担任《中国日报》记者。后参加《世界公益报》工作,又曾创《广东报》《惟一趣报》。

赵必振(1873—1956),字粤生,或曰生,号星庵,又名廷敫(或廷颱)、赵震,祖籍武陵。曾补弟子员。因与何来保组织常德"自立军",谋应唐才常起义,事泄,亡命桂林,后入日本。历任《清议报》《新民丛报》校对、编辑,翻译了《日本维新慷慨史》《日本人权发达史》等著作多种。回国后,在香港任《商报》编辑,先后翻译出版过《二十世纪之怪物——帝国主义》《社会主义广长舌》和《近世社会主义》三部日文版社会主义著作。其《近世社会主义》一书,被认为"中国近代第一本较系统介绍社会主义学说的译著"。

李继耀,待考。

万国演义

万国演义序

沈惟贤

今学者当务之急,曰中国古近史,曰泰东西古近史。自迁、固以降,暨乎圣朝,载籍尤博,缙绅先生能言之。若乃赤县神州之外,我中国历史,目之为四裔,于其风俗政教,得诸重译,参以荒渺不经之谈。及国朝徐继畬、魏源氏,译述《瀛环志略》《海国图志》,乃始罗列东西洋欧美诸国。虽有疏阙,然大辂椎轮之功,不可泯也。海禁既启,舌人交错。于是有西教士译本,有和文译本,或详于地志而短于事实,或备于工艺而略于政宪。虽有涑水之才,欲网罗散失,以为泰东西通鉴,未之或逮也。然今学界日新,志士发愤,咸欲纵观欧亚大势,考其政教代兴之机、富强竞争之界,即横塾之师,用以发明事理,启牖来学,亦于是乎汲汲焉。盖自朝旨设学堂,改科举法,以中学为体,西学为用,士于其夙习者,或姑置之,新奇可悦者,勃然趋之矣。然而译本丛杂，抉择綦难；宗旨或乖，流弊滋大。不揣固陋，欲甄采诸书，厘订先后，都为一编，既病操觚未能，亦虑取材不逮。夫定是非之衡，争通塞之故者，莫先于蒙学。养蒙正俗，兴起其感心，通达其智力者，莫捷于小说。故疏次年纪，联缀事类，以属张氏茂烱，演说成帙，余复为之删订润色焉。溯自地质物迹之始，至于五洲剖别，泰东西诸国以次递兴，下迄十九世纪，先后五千年种族之盛衰，政体之同异，宗教之迭嬗，艺学之改良，崖略粗具。文贵征实，不蕲于振奇，所以愧文士子虚乌有之习也；义则尊王，无取乎诡激，所以矫野史嬉笑怒骂之作也。凡为六十卷五十万言。贵池高君笏堂，今之明达君子，既与商正略例，乃举以致诸剞劂氏。世之作者，幸鉴其苦心焉。光绪二十九年三月，华亭沈惟贤识。

万国演义序

高尚缙

自隋以来，史志以小说家列于子部。其为体也，或纵或横，寓言十九。可以资谈噱，不可为典要，然以隋唐志所载，仅数十部。宋中兴，志乃至二百三十二家，千九百馀卷。不知古之闻人，何乐辍其高文典册而以翰墨为游戏也。其至于今，则《广记》《稗海》之属，庋之高阁，而偏嗜所谓章回小说。凡数十百种，种各数十百卷，其诲淫海盗，及怪及戏，卑卑无足论已。或依傍正史，撰为演义，亦且点缀不根之谈，崇饰过情之誉，既误来学，又以自秽其书。夫乡曲之徒，不学无术，浸灌于诐邪之议，发生其佚荡之心，其贻害最烈。若能诱之正觉，先入为主，相渐相渍，与之俱化，其收效甚神。二者之间，孰得孰失？于小说乎卜之，彼虽小道，其于学界之相系，顾不重哉？自顷海内宏达，相与论东西洋历史，于种族之竞争、政议之兴革，三致意焉。然儒风始变，译述未宏，或粗举大略，或域于专门。有人焉，甄综条贯，上自太古，下迄近世纪，属词比事，成一家言，岂非瑰异巨观哉？余则以学界之进化，在初级之开明。必有浅显易能之词，使童稚可通；新奇易悦之事，使乡曲能记。先启其轨，然后偕之大道；先引其绪，然后索之专家。其为演义乎？辛壬之际，与沈君师徐，综论斯旨，若合符契，乃相与裒集诸书，挈其要领，汰其繁冗。张君仲清为之述草，师徐修饰润色之。及期而毕,将锓之版,因念余与师徐兢兢商订之志,欲为学科达目的,非欲于小说界争上乘也。故述其梗概如此。贵池高尚缙识。

(万国演义)凡例

一、是编专述泰东西古近事实,以供教科书之用,特为浅显之文,使人易晓,故命曰《万国演义》。

一、是编遍采各家之书,凡历史纪传、政学家言,罔不甄录;格致家新法、新理,删繁举要,连类而及,仍于卷末注明原书,以备参考。

一、是编排比年次为之经,贯穿事类为之纬,年以中西并系,事则征实,一洗小说家虚诞之习。

一、卷目用对偶标题,仍类举要典,别为细目,系于标题之下,庶一览而得其要领焉。

一、首列世界总图、五大洲分图,特就日本铸印最新图本,以资观摩。

一、人名、地名,译音互殊,别为考证于后,复举最要国地名,以中、东、西三文列为一表,俾稽之原音,以正译本之同异焉。编者识。

说明：上序及凡例均录自杭州上贤斋藏板《万国演义》，作新社铅排印本，原本藏南京图书馆、上海图书馆。首《万国演义序》，尾署"光绪二十九年三月，华亭沈惟贤识"。又序，尾署"贵池高尚缙识"。次《凡例》，署"编者识"。再次总目，凡六十卷。复次，世界各国名称中、英、日文对照及地图六幅。

张茂炯（1875—1936），字仲清，别署艮庐，号君鉴，江苏吴县（今苏州）人。光绪甲辰（三十年）恩科进士。宣统间曾任职户部，为度支部司长。著有《艮庐唱和诗钞》《艮庐酬简》《艮庐词正续集》等。

沈惟贤（1866—1940），字思齐，一字师徐，晚号逋翁、逋居士。清松江府华亭县人，光绪十七年举于乡，历任新城、石门、嘉兴、钱塘、仁和等县知县。民国间为省议会议长。著有《两汉匈奴表》《晋五胡表》《唐书西域传注》《宗境录纲要》《逋居士集》等。

高尚缙，《产宝》一书，有高尚缙"序于拳石山房"的序。《产宝》属医学书，"拳石山房"似是某个藏书处，又似是某人的斋名，尚有《拳石山房遗稿》《拳石山房杂著》传世。

官场现形记

官场现形记序

茂苑惜秋生

官之位高矣,官之名贵矣,官之权大矣,官之威重矣,五尺童子皆能知之。古之人,士、农、工、商,分为四民,各事其事,各业其业,上无所扰,亦下无所争。其后选举之法兴,则登进之途杂。士废其读,农废其耕,工废其技,商废其业,皆注意于"官"之一字。盖官者,有士、农、工、商之利,而无士、农、工、商之劳者也。天下爱之至深者,谋之必善;慕之至切者,求之必工。于是乎有脂韦滑稽者,有夤缘奔竞者,而官之流品,已极紊乱。限资之例,始于汉代。定以十算,乃得为吏。开捐纳之先路,导输助之滥觞,所谓"衣食足而知荣辱"者,直是欺人之谈。归罪孝成,无逃天地。夫赈饥出粟,犹是游侠之风;助边输财,不遗忠爱之末。乃至行博弈之道,掷为孤注;操贩鬻之行,居为奇货。其情可想,其理可推矣。

沿至于今，变本加厉。凶年饥馑，旱干水溢，皆得援救助之例，邀奖励之恩，而所谓官者，乃日出而未有穷期，不至充塞宇宙不止。朝廷颁淘汰之法，定澄叙之方。天子寄其耳目于督抚，督抚寄其耳目于司道，上下蒙蔽，一如故旧。尤其甚者，假手宵小，授意私人，因苞苴而通融，缘贿赂而解释，是欲除弊而转滋之弊也。乌乎可？且昔亦尝见夫官矣：送迎之外无治绩，供张之外无材能。忍饥渴，冒寒暑，行香则天明而往，禀见则日昃而归。卒不知其何所为而来，亦卒不知其何所为而去。袁随园之言曰："当其杂坐戏谑，欠伸假寐之时，即乡城老幼毁肢折体而待诉之时也；当其修垣轘、治供具之时，即胥吏舞文匿案而逞权之时也。"怵目惕心，无过于此。而所谓官者，方鸣其得意，视为荣宠。其为民作父母耶？抑为督抚作奴耶？试取问之，当亦哑然失笑矣。不宁惟是。田野不辟，讼狱不理，则置诸不问；应酬或缺，孝敬或少，则与之为难：大府以此责下吏，下吏以此待大府。《论语》曰："上有好者，下必有甚焉者矣。"《易》曰："上行下效，捷于影响。"执是言也，官之所以为官者，殆可想象得之。

暴秦之立法也,并禁腹诽;有宋之覆国也,以废清议。若官者,辅天子则不足,压百姓则有馀。以其位之高,以其名之贵,以其权之大,以其威之重,有语其后者,刑罚出之,有诮其旁者,拘系随之。明达之士岂故为寒蝉仗马哉？儆之于心,故慎之于口耳。其意若曰:"是固可以贾祸者。我既不系社稷之轻重,亦无关朝廷之安危。官虽苛暴,而无与我之身家;官虽贪黩,而无与我之赀产。则亦听之而已矣,又何必拂其心而撄其怒乎？"于是,官之气愈张,官之焰愈烈。羊狠狼贪之技,他人所不忍出者,而官出之;蝇营狗苟之行,他人所不屑为者,而官为之。下至声色货利,则嗜若性命;般乐饮酒,则视为故常。观其外,偭规而错矩;观其内,逾闲而荡检。种种荒谬,种种乖戾,虽罄纸墨不能书也。得失重,则妒忌之心生;倾轧甚,则睚眦之怨起。古之人,以讲学而分门户,以固位而立党援,比比然也。而官则或因调换而龃龉,或因委署而齮龁,所谓投骨于地,犬必争之者是也。其柔而害物者,且出全力以搏之,设深心以陷之,攻击过于勇夫,蹈袭逾于强敌,宜其知己知彼,百战百胜矣。而终不免于报复者，子舆氏曰："杀人父者，人亦杀其父；杀人兄者，人亦杀其兄。"《战国策》曰："螳螂捕蝉，不知黄雀之在其后。"即此类也。天下可恶者莫若盗贼，然盗贼处暂而官处常；天下可恨者莫若仇雠，然仇雠在明而官在暗。吾不知设官分职之始，亦尝计及乎此耶？抑官之性有异于人之性，故有以致于此耶？国衰而官强，国贫而官富。孝弟忠信之旧，败于官之身；礼义廉耻之遗，坏于官之手。而官之所以为人诟病，为人轻亵者，盖非一朝一夕之故，其所由来者渐矣。

南亭亭长有东方之谐谑，与淳于之滑稽，又熟知夫官之龌龊卑鄙之要凡、昏聩糊涂之大旨，欲提其耳，则彼方如巢、许之掩之而走；欲唾其面，则彼又如师德之使其自干，因喟然叹曰："昔严介溪敬礼能作古文之人，人或讶之。介溪愀然曰：'我辈他日定评，在其笔下。'是知古今来大奸大恶，天变不足畏，人言不足恤，而惟窃窃焉以身后为忧。是何故哉？盖犹未忘'耻'之一字也。佛家之论因果，曰过去，曰未来，曰现在。过去之耻，固若存而若亡；未来之耻，亦可有而可无；而现在之耻，则未有不思浣濯之以涤其污，弥缝之以泯其迹者。且夫训教者，父兄之任也；规箴者，朋友之道也；讽谏者，臣子之义也；献进者，蒙瞽之分也。我之于官，既无统属，亦鲜关系，惟有以含蓄蕴酿，存其忠厚；以酣畅淋漓，阐其隐微，则庶几近矣。"穷年累月，殚精竭神，成书一帙，名曰《官场现形记》。立体仿诸稗野，则无钩章棘句之嫌；纪事出以方言，则无佶屈聱牙之苦。开卷一过，凡神禹所不能铸之于鼎，温峤所不能烛之以犀者，无不毕备。曹孟德得陈琳檄而愈头风，杜子美对《张良传》而浮大白，读是编者知必有同情者已。光绪癸卯中秋后五日，茂苑惜秋生。

官场现形记序

忧患馀生

昔孔子作《春秋》而乱臣贼子惧，孔子曰："知我者其惟《春秋》乎？罪我者其惟《春秋》乎？"大圣人以教世为心，固不避宵小辈、大奸慝之仇之也。而一意孤行，为若辈绘影绘声，定一不磨之铁案，不但今日读之，奉为千秋公论，即若辈当日读之，亦色然神惊，而私心沮丧也。呜呼！文字之感人也深矣,而今日继起者果谁乎?

　　老友南亭亭长乃近有《官场现形记》之著,如颊上之添毫,纤悉毕露;如地狱之变相,丑态百出。每出一纸,见者拍案叫绝。熟于世故者皆曰:"是非过来人不能道其只字。"而长于钻营者则曰:"是皆吾辈之先导师。"知者见知,仁者见仁。入鲍鱼之肆,而不自知其臭,其斯之谓乎?夫今日者,人心已死,公道久绝,廉耻之亡于中国官场者,不知几何岁月,而一举一动,皆丧其羞恶之心,几视天下卑污苟贱之事,为分所应为。宠禄过当,邪所自来,竟以之兴废立篡窃之祸矣。戊戌、庚子之间,天地晦黑,觉罗不亡,殆如一线。而吾辈不畏强御,不避斧钺,笔伐口诛,大声疾呼,卒伸大义于天下,使若辈凛乎不敢犯清议,虽谓《春秋》之力至今存可也,而孰谓草茅之士不可以救天下哉!《官场现形记》一书者,新学家所谓若辈之内容,而论世者所谓若辈之实据也。

　　仆尝出入卑鄙龌龊之场,往来奔竞夤缘之地。耳之所触,目之所炫,五花八门,光怪万状。觉世间变幻之态,无有过于中国官场者,而口呐呐不能道,笔蕾蕾若钝锥,胸际秽恶,腕底牢骚,尝苦一部廿四史,不知从何处说起。今日读南亭之《官场现形记》,不觉喜曰:"是不啻吾意中所出。吾一生欢乐愉快事,无有过于此时者。"盖吾辈嫉恶之性,有同然者也。

嗟嗟! 神禹铸鼎,魑魅夜哭;温峤燃犀,魍魉避影。中国官场久为全球各国不齿于人类,而若辈穷奇浑沌,跳舞拍张,方且谓行莫予泥,令莫予违,一若睥睨自得也者,而不意有一救世佛焉,为之放大千之光,摄世界之影,使一般之蠕蠕而动、蠢蠢以争者,咸毕现于菩提镜中。此若辈意料所不到者也。然而存之万世之下,安知不作今日之《春秋》观;而今日之知我罪我,则我又何所计及乎! 是为序。

官场现形记序

迟云

中国群学,久失其传。僻壤荒村,父老愚而朴,子弟野而愿,虽无益于人,无害于人也。市廛交错,则讲群矣。机械变诈,日出不穷,阜通货财,利居其七,害居其三。仕宦之家,虽不乏名臣之裔,阀阅之流,而纨绔铜臭,罔识稼穑之艰难、缔造之勤苦,生长闱闼，阿保在前，奴隶在后，颐指气使之习，与岁俱增。知好色，则恣其渔猎，朋浮于家，比匪于外，如猱升木，如涂涂附慕。仕宦则何者可援，何者可系，何者为捷径，何者为畏途？俯仰之态，务求其圆美；倾轧之计，日形其险峻。谬种流传，绳绳继之。或合群于内，或合群于外，或由内之群以合外之群。大官大邑，荐剡升阶，发踪指示，唾手可以成功，曲折尽如其意。无力合群者，皇皇如丧家之狗，济济百尔，遑问何者为国？何者为公？识者曰："此国家之蟊贼也。此小民之虎狼也！此东西南北列强之功臣也。"列强眈眈环视，恣焉逼处，林、胡、曾、左，宣力树威之时，固尝惴惴于心，不敢径行直遂。老成次第凋谢，见一省之大小百官，未尝不审度其才能，窥伺其德性，以为外交进退疾徐之权衡。迨至此省，见上下之合群如是；至彼省，见上下之合群复如是。日日讲洋务，人人言富强，只开各官之利薮，外人之利薮。于是外人之群策益进，其步外人之群力益肆其强。而为官者方且上下相蒙，群之中有群，歧之中有歧。子女玉帛，自鸣其识，功成名高者，精力衰颓，但求无过。八股出身者，泥法先王，不通时务。人之云亡,邦国殄瘁,瓜分之祸亟,匪党之患炽。此时诸官亦一思外人之现形何如？乱民之现形何如？而犹为鬼为蜮,日夕经营,不遗馀力如是耶！

《易》曰："俭德辟难。"邦无道,危行言孙。定哀之间多微词,南亭此记伤于俭矣。既而思之,救焚者不能择音,救病者不能除苦。迹熄《诗》亡,《春秋》以作；怨诽不乱,《小雅》不芟。方今官场缪丑之形,神禹不能像,道子不能画。隐居放言之士,仿《小雅》之怨诽,为通人之木铎,犹冀百尔之一悟,风俗之一改。夫人生百年,除夜计之,五十年而已；除童昏耄老计之,三四十年而已。萃万物之精华而为人,积读书婚嫁之岁月而入官。礼义廉耻,不能遽泯于中；黜斥刑章,不能尽逃其网。凡其丑缪之行,闻人言则有腼面目,贻口实则抱惭子孙。刍豢俯仰,忽如过客,舍正勿由,日即于邪,昨日炎炎今日灭,前者既偃后者蹶。负此肢体,负此灵明,何如存其夜气,力挽犒亡,猛省人生朝露,现在之形,即过去之形,誓不与草木同腐,效外人之坚强,思同种之祸迫,绝自私自利之萌芽,为磊落光明、改过不吝之君子,父诏兄勉。当知宦海无涯,人生最易失足之地,非藏垢纳污之地,必稍读诗书,稍明忧患者,方可厕身其间。若昏墨贼吏之子孙,习见乃祖乃父之腐败秽德,以为他日居官之方,不外于是,为奴隶形,为牛马走。世济其恶,以期其傥来之富贵,侥幸旦夕,不知税驾之所,是则大愚之可哀者,则此记之非笑非非笑也。具大慈悲,宦海之大柽也。若睹此记,以为为官固宜如是,是则真犊亡者。南亭苦心,其奈之何!吾以为不犊亡者不多,真犊亡者亦不多得,夫热于中,驰驱诡于外耳!客曰:"韩子有言曰:'治吏不治民。'倘得韩子之治,则若辈何所措其手足?革面从公,形又一变。"予曰:"唯唯,否否。此事体大,穷源究委,未易更仆数也!"癸卯良月,迟云。

说明:上序出世界繁华报馆本《官场现形记》卷首。此本首《序》,尾署"光绪癸卯(二十九年)中秋后五日,茂苑惜秋生"。次《序》,不署撰人,此序只有世界繁华报的初版本有。迟云的序则出《游戏报》第2317、2318号(光绪三十年一月十九、二十日)。

南亭亭长，即李伯元（1867—1906），字宝嘉，别号南亭亭长。江苏武进人，晚清上海小报的创始人，曾创办《指南报》，后改名《游戏报》，后又改为《繁华报》，并受商务印书馆之聘，编辑出版《绣像小说》半月刊。著有《庚子国变弹词》《官场现形记》《文明小史》《中国现在记》《活地狱》《海天鸿雪记》，以及《李莲英》《海上繁华梦》《南亭笔记》《南亭四话》《滑稽丛话》《尘海妙品》《奇书快睹》《醒世缘弹词》等。

茂苑惜秋生，即欧阳钜源，见《海天鸿雪记》。

官场现形记出书预告三则

南亭新著《官场现形记》：本报所撰之《官场现形记》一书，虽甫成十二回，已得九万馀言。颇为阅报诸君所称许，来馆指购全书者，几无旦莫有。本馆特将前十二回先行刊印成书，以应远近之购取、定于重阳前出版，谨此布告，以慰殷盼。本馆谨启。

《官场现形记》，初编于癸卯九月出版，二编次年二月出版。

（一）中国官场，魑魅罔两靡所不有，实为世界一大污点。然数千年以来，从未有人为之发其奸而摘其覆者，有之，则自南亭此书始。此书措词诙谐，不减于《儒林外史》；叙事详尽，不亚于《石头记》。有欲研究官场真相者，无不家置一编，洵近来小说中唯一无二之钜制也。

（二）此书描摹官场丑态，无微不至。某京卿谓邹应龙打了严嵩，严嵩犹说打得好打得好，今之官场中人无不喜读此书，同此意也。

古人著书，稿至三四易五六易而成。此著乃初脱稿耳，阅者倘为纠谬绳愆，或以个中丑状详细胪示著者，拟俟投函齐后，评定甲乙。第一名赠本书五十部，二名赠三十部，三名赠二十部，以下酌赠。如欲现洋，即照批价付值。本埠一月为限，外埠两月，函交《繁华报》馆。著者附志。

说明：上广告分别原刊《繁华报》第八九二号（1903年9月8日出版）、《世界繁华报》第一一二三号（1904年6月17日出版）、《笑林报》第一一七一号(1904年6月23日)出版。转录自魏绍昌《李伯元研究资料》。

官场现形记序

胡适

《官场现形记》的著者自称"南亭亭长",人都知道他是李伯元,却很少人知道他的历史的。前几年因蒋竹庄先生(维乔)的介绍,我收到著者的侄子李祖杰先生的一封长信,才知道他的生平大概。

他的真姓名是李宝嘉,字伯元,江苏上元人,生于清同治六年(一八六七)。少年时,他在时文与诗赋上都做过工夫。他中秀才时,考的是第一名。他曾应过几次乡试,终不得中举人。后来在上海办《指南报》,不久就停了;又办《游戏报》,是上海"小报"中最早的一种。他后来把《游戏报》卖了,另办《繁华报》。他主办的《游戏报》,我不曾见过。我到上海时(一九○四)还见着《繁华报》。当时上海已有好几种小报专记妓女的起居,嫖客的消息,戏馆的角色等事,《繁华报》在那些小报之中,文笔与风趣都称得第一流。

他是一个多才艺的人。他的诗词小品散见当时的各小报;他又会刻图章,有《芋香印谱》行于世。他作长篇小说似乎多在光绪庚子(一九〇〇)拳祸以后。《官场现形记》是他的最长之作,起于光绪辛丑(一九〇一)至癸卯年(一九〇三),成前三编,每编十二回。后二年(一九〇四——九〇五)又成一编。次年(光绪丙午,一九〇六)他就死了。此书的第五编也许是别人续到第六十回勉强结束的。他死时,《繁华报》上还登着他的一部长篇小说,写的是上海妓家生活,我不记得书名了;他死后,此书听说归一位姓欧阳的朋友续下去,后来就不知下落了。他的长篇小说只有一部《文明小史》是做完的,先在商务印书馆的《绣像小说》里分期印出,后来单印发行。

李宝嘉死时只有四十岁,没有儿子,身后也很萧条。当时南方戏剧界中享盛名的须生孙菊仙,因为对他有知己之感,出钱替他料理丧事。(以上记的,大体根据鲁迅的《中国小说史略》,页三二七—八。鲁迅先生自注,他的记载是根据周桂笙《新庵笔记》三,及李祖杰致胡适书。我现在客中,李先生原书不在我身边,故不及参校。《小说史略》初版记李氏死于光绪三十三年三月,年四十,而下注西历为"一八六七——一九〇六"。一九〇六为光绪三十二年丙午,我疑此系印时误排为三十三年。今既不及参校,姑且改为丙午,俟将来用李先生原书订正。)

《官场现形记》是一部社会史料。它所写的是中国旧社会里最重要的一种制度与势力——官。它所写的是这种制度最腐败、最堕落的时期——捐官最盛行的时期。这书有光绪癸卯(一九〇三)茂苑惜秋生的序,痛论官的制度。这篇序大概是李宝嘉自己作的。他说(以下所引序文从略)

作者虽自己有"以含蓄蕴酿存其忠厚"的评语,但这一层实在没有做到,他只做到了"酣畅淋漓"的一步。这部书是从头至尾诅咒官场的书。全书是官的丑史,故没有一个好官,没有一个好人。这也是当时的一种自然趋势。向来人民对于官,都是敢怒而不敢言;恰好到了这个时期,政府的纸老虎是戳穿的了,还加上一种傥来的言论自由——租界的保障——所以受了官祸的人,都敢明白地攻击官的种种荒谬，淫秽，贪赃，昏庸的事迹。虽然有过分的描写与溢恶的形容，虽然传闻有不实不尽之处，然而就大体上论，我们不能不承认这部《官场现形记》里大部分的材料可以代表当日官场的实在情形。那些有名姓可考的，如华中堂之为荣禄，黑大叔之为李莲英，都是历史上的人物，不用说了。那无数无名的小官，从钱典史到黄二麻子，从那做贼的鲁总爷到那把女儿献媚上司的冒得官，也都不能说是完全虚构的人物。故《官场现形记》可算是一部社会史料。

《官场现形记》写的官是无所不包的，从那最下级的典史到最高的军机大臣，从土匪出身的到孝廉方正出身的，文的武的，正途的，军功的，捐班的，顶冒的——只要是个"官"都有他的份。

一部大书开卷便是一个训蒙私塾——制造官的工厂。那个傻小子王老三便是候补的赵温，赵温便是候补的王乡绅。王老三不争气，只会躲在赵家厨房里"伸着油晃晃的两只手在那里啃骨头"。赵温争气一点，能躺在钱典史的烟榻上捧着本新科闱墨用功揣摩。其实那哼八股的新科举人同那啃骨头的傻小子有什么分别？所谓科举的"正途出身"，至多也不过是文章用浆子糊在桌子上，低着头死念的结果。工夫深了，运气来了，瞎猫碰到了死老鼠，啃骨头的王老三也会飞黄腾达地"中进士做官"去。

这便是正途出身的官。

钱典史便是捐班出身的官的好代表。他虽然只做得一任典史，却弄了不少的钱回来，造起新房子来，也可以使王乡绅睁着大眼睛流涎生羡，称赞他"这样做官才不算白做"。他的主义只是"千里为官只为财"。他的理想是："也不想别的好处，只要早些选了出来，到了任，随你甚么苦缺，只要有本事，总可以生发的。"

这都是全书的"楔子"，以下便是"官国活动大写真"的正文了。

正文的第一幕是在江西。江西的藩台正在那里大开方便，出卖官缺。替他经手的是他的兄弟三荷包。请看三荷包报的清账：

> 玉山的王梦梅是个一万二；萍乡的周小辫子，八千；新昌胡子根，六千；上饶莫桂英，五千五；吉水陆子龄，五千；庐陵黄霑甫，六千四；新

畬赵苓州,四千五;新建王尔梅,三千五;南昌蒋大化,三千;铅山孔庆辂,武陵卢子廷,都是二千。还有些一千八百的,一时也记不清,至少也有二三十注,我笔笔都有账的。……

这笔账很可以代表当日卖官的情形。无论经手的是江西的三荷包,或是两湖制台的十二姨太太,或是北京的黄胖姑,或是宫里的黑大叔,地域有不同,官缺有大小,神通有高低,然而走的都只是这一条路。这都是捐上的加捐。第一次捐的是"官",加捐的是"缺";第一次的钱,名分上是政府得的;第二次的钱是上司自己下腰包的。捐官的钱是有定额的,买缺的钱是没有定额而只有市价的。捐官的钱是史料,买缺的钱更是史料。

"千里为官只为财",何况这班官又都是花了大本钱来的呢?他们到任之后,第一要捞回捐官的本钱,第二要捞回买缺的本钱,第三还要多弄点利钱。还有那班"带肚子"的账房二爷们,他们也都不是来喝西北风的,自然也都要捞几文回去。羊毛总出在羊身上,百姓与国家自然逃不了这班饿狼馋狗的侵害了。公开卖官之弊必至于此。李宝嘉信手拈来,都成材料；其间尽有不实不尽之处，但打个小折扣之后，《官场现形记》终可算是有社会史料的价值的。

《官场现形记》写大官的地方都不见出色，因为这种材料都是间接得来的，全靠来源如何：倘若说故事的人也不是根据亲身的观察，那故事经过几道传述，便成了乡下人说朝廷事，决不会亲切有味了。例如书中说山东抚院阅兵会外宾（第六—七回）等事，看了令人讨厌。又如书中写北京官场的情形（第二四—二九回），看了也令人起一种不自然的感觉。大概作者写北京社会的部分完全是撷拾一些很普通的"话柄"勉强串成的。其中如溥四爷认"祟"字（第二四回，页一二），如华中堂开古董铺（第二五—二六回），徐大军机论碰头的妙语（第二六回），都不过是当日喧传人口的"话柄"罢了。在这种地方，这部书的记载是很少文学兴趣的，至多不过是撷拾话柄，替一个时代的社会情形留一点史料罢了。

有人说，李宝嘉的家里有人做过佐杂小官。这话我们没有证据，不敢轻信。但读过《官场现形记》

的人总都感觉这书写大官都不自然,写佐杂小官却都有声有色。大概作者当初确曾想用全副气力描写几个小官,后来抵抗不住别的"话柄"的引诱,方才改变方针,变成一部撷拾官场"话柄"的类书。这是作者的大不幸,也是文学史上的大不幸。倘使作者当日肯根据亲身的观察,或亲属的经验,决计用全力描写佐杂下僚的社会,他的文学成绩必定大有可观,中国近代小说史上也许添一部不朽的名著了。可惜他终于有点怕难为情,终不肯抛弃"官场"全部的笼统记载,终不甘用他的天才来做一小部分的具体描写。所以他几回想特别描写佐杂小官,几回都半途收缩回去。

你看此书开头就捧出一位了不得的钱典史,此人真是做官的高手。无论在什么地方,他总抱定实事求是的秘诀。他先巴结赵温,不但想赚他几个钱,还想借他走他的座师吴赞善的门路。后来因为吴赞善对赵温很冷淡,钱典史的热心也就淡了下来。那一天,

门生请主考,同年团拜。……赵温穿着衣帽,也混在里头。钱典史跟着溜了进去瞧热

闹。只见吴赞善坐在上面看戏,赵温坐的地方离他还远着哩;一直等到散戏,没有看见吴赞善理他。

大家散了之后,钱典史不好明言,背地里说:"有现成的老师还不会巴结,叫我们这些赶门子拜老师的怎样呢?"从此以后,就把赵温不放在眼里。转念一想,读书人是包不定的,还怕他联捷上去,姑且再等他两天。(第二回)

这种细密的心思岂是那死读新科闱墨的举人老爷们想得到的吗?

第三回写钱典史交结戴昇,走黄知府的路子,谋得支应局的收支差使,这一段也写的很好。但第四回以下,钱典史便失踪了;作者的眼界抬高了,遂叫一班大官把这些佐杂老爷们都赶跑了。第七回以下,一个候选通判陶子尧上了一个洋务条陈,居然阔了一阵子。

直到第四十三回,作者大概一时缺乏大官的话柄了,忽然又把笔锋收回来描写一大群佐杂小官的生活。第四十三,四十四,四十五回,这三回的"佐杂现形记"真可算是全书最有精采的部分。这部

"佐杂现形记"共有好几幕,都细腻的很。第一幕是在首府(武昌府)的大堂门口——佐杂太爷们给首府"站班"的所在。那一天,首府把其中的一员,蕲州吏目随凤占,唤了进去,说了几句话。随凤占得此异常的荣遇,出来的时候,同班的二三十个穷佐杂都围了上来,打听消息。这一幕好看的很:

> 其时正是隆冬天气,有的穿件单外褂,有的竟其还是纱的,一个个都钉着黄线织的补子,有些黄线都已宕了下来。脚下的靴子多个是尖头上长了一对眼睛。有两个穿着"抓地虎",还算是好的咧。至于头上戴的帽子,呢的也有,绒的也有,都是破旧不堪;间或有一两顶皮的,也是光板子,没有毛的了。
>
> 大堂底下敞豁豁,一堆人站在那里都一个个冻的红眼睛,红鼻子。还有些一把胡子的人,眼泪鼻涕从胡子上直挂下来,拿着灰色布的手巾在那里擦抹。如今听说首府叫随凤占保举人,便认定了随凤占一定有什么大来头了,一齐围住了他,请问贵姓台甫。
>
> 当中有一个稍些漂亮点的,亲自走到大堂

暖阁后面一看,瞥见有个万民伞的伞架子在那里,他就搬了出来,靠墙摆好,请他坐下谈天。(第四三回,页十七)

底下便是几位佐杂太爷们——随凤占,申守尧,秦梅士等——的高论。后来,申守尧家的一个老妈子来替他拿衣服,无意之中说破了他家里没米下锅,申守尧生气了,打了她一个巴掌,老妈不服气,倒在地上号咷起来。她这一闹,惊动了许多人,围住看热闹。申守尧又羞又急,拖她不起来。后来还亏本府的门政大爷出来骂了几句,要拿她送首县,她才住了哭,站了起来。

> 此时弄得个申守尧说不出的感激,意思想走到门政大爷跟前敷衍两句,谁知等到走上前去,还未开口,那门政大爷早把他看了两眼,回转身就进去了。申守尧更觉羞的无地自容,意思又想过来,趁势吆喝老妈两句,谁知老妈早已跑掉。靴子,帽子,衣包,都丢在地下,没有人拿。……(第四四回)

幸亏那位"古道热肠"的秦梅士喊他的儿子小狗子来帮忙。

小狗子从怀里掏出一个小布包,把鞋取出,等他爸爸换好。老头子也一面把衣裳脱下折好,同靴子包在一处;又把申守尧的包裹,靴子,帽盒,也交代儿子拿着。……无奈小狗子两只手拿不了许多,幸亏他人还伶俐,便在大堂底下找到一根棍子,两头挑着;又把他爸爸的大帽子合在自己头上,然后挑了衣包,吁呀吁呀的一路喊了出去。

第一幕完了。第二幕是在申守尧的家里。申守尧同那秦小狗子回到家里,只见那挨打的老妈子在堂屋里哭骂。申守尧要撵她走,她要算清了工钱才走,还要讨送礼的脚钱。申守尧没有钱,她就哭骂不止,口口声:"老爷赖工钱,吃脚钱!"

太太正在楼上捉虱子,所以没有下来,后来听得不像样了,只得蓬着头下来解劝。其时小狗子还未走……一手拉,一面说道:"申老伯,你不要去理那混账东西。等他走了以后,老伯要送礼,等我来替你送。就是上衙门,也是我来替你拿衣帽。……"申守尧道:"世兄!你是我们秦大哥的少爷,我怎么好常常的烦你送礼拿衣帽呢?"小狗子道:"这些事,我都做惯的;况且送礼是你申老伯挑我赚钱,以后十个钱我也只要四个钱罢了。"

等到太太把老妈子的气平下来了,那位秦太爷的大少爷还不肯走。

申守尧留他吃茶也不要,留他吃饭也不要,……只是站着不肯走。申守尧问他有什么话说,他说:"问申老伯要八个铜钱买糖山楂吃。"

可怜申守尧……只得进去同太太商量。太太道:"我前天当的当只剩了二十三个大钱,在褥子底下,买半升米还不够。今天又没有米下锅,横竖总要再当的了。你就数八个给他,馀下的替我收好。"

一霎时,申守尧把钱拿了出来,小狗子爬在地下给申老伯磕了一个头,方才接过铜钱,一头走,一头数了出去。

秦大爷的做官秘诀:该同人家争的地方,一点不可放松!(第四三回,页二)都完全被他的大少爷学去了!

第二幕完了。第三幕在制台衙门的客厅上（第四四回，页———一六），第四幕在蕲州（第四四回，页一七—第四五回，页六），第五幕在蕲州河里档子班的船上（第四五回，页六—二二）——都是绝好的活动写真，我不必多引了。

这一长篇的"佐杂现形记"真可算是很有精采的描写，深刻之中有含蓄，嘲讽之中有诙谐，和《儒林外史》最接近。这一部分最有文学趣味，也最有社会史料的价值。倘使全书都能有这样的风味，《官场现形记》便成了第一流小说了。

但作者终想贪多骛远，又把随凤占、钱琼光一班佐杂太爷抛开，又去写钦差大臣童子良（铁良）的话柄了。从此以后，这部书又回到话柄小说的地位上去。不久作者也就死了。

我在《五十年来的中国文学》里，曾说《官场现形记》是一部模仿《儒林外史》的讽刺小说。（《胡适文存》二集，二，页一七三以下）鲁迅先生在他的《中国小说史略》（页三二七以下）里另标出"谴责小说"的名目，把《官场现形记》《二十年目睹之怪现状》《老残游记》《孽海花》等书都归入这一类。

他这种区别是很有见地的。他说：

> 光绪庚子(一九〇〇)后,谴责小说之出特盛。盖嘉庆以来,虽屡平内乱(白莲教,太平天国,捻,回),亦屡挫于外敌(英,法,日本),细民暗昧,尚啜茗听平逆武功,有识者则已翻然思改革,凭敌忾之心,呼维新与爱国,而于"富强"尤致意焉。戊戌变政既不成,越二年即庚子岁而有义和团之变,群乃知政府不足与图治,顿有掊击之意矣。其在小说,则揭发伏藏,显其弊恶,而于时政,严加纠弹,或更扩充,并及风俗,虽命意在于匡世,似与讽刺小说同伦,而辞气浮露,笔无藏锋,甚且过其辞,以合时人嗜好,则其度量技术之相去亦远矣,故别谓之谴责小说。

鲁迅先生最推崇《儒林外史》,曾说：

> 迨吴敬梓《儒林外史》出,乃秉持公心,指摘时弊……其文又戚而能谐,婉而多讽,于是说部中乃始有足称讽刺之书。(《小说史略》,页二四五)

他又说：

> 最后亦少以公心讽世之书如《儒林外史》者。（同书,页二五三）

鲁迅先生这样推重《儒林外史》,故不愿把近代的谴责小说同《儒林外史》并列。这种主张是我很赞同的。吴敬梓是个有学问,有高尚人格的人,他又不曾梦想靠做小说吃饭,故他的小说是一部全神贯注的著作。他是个文学家,又受了颜习斋,李刚主,程绵庄一派的思想的影响,故他的讽刺能成为有见解的社会批评。他的人格高,故能用公心讽世；他的见解高,故能"哀而不愠,微而婉"。近世做谴责小说的人大都是失意的文人,在困穷之中,借骂人为糊口的方法。他们所谴责的往往都是当时公认的罪恶,正不用什么深刻的观察与高超的见解,只要有淋漓的刻画,过度的形容,便可以博一般人的欢迎了。故近世的谴责小说的意境都不高,其中如刘鹗《老残游记》之揭清官之恶,真可算是绝无而仅有的特别见解了。

鲁迅先生批评《官场现形记》的话也很公平,他说：

> 凡所叙述,皆迎合、钻营、蒙混、罗掘、倾轧等故事,兼及士人之热心于作吏,及官吏闺中之隐情。头绪既繁,脚色复夥,其记事遂率与一人俱起,亦即与其人俱讫,若断若续,与《儒林外史》略同。然臆说颇多,难云实录,无自序所谓"含蓄蕴酿"之实,殊不足望文木老人后尘。况所搜罗,又仅"话柄",联缀此等以成类书;官场伎俩,本小异大同,汇为长编,即千篇一律。特缘时势要求,得此为快,故《官场现形记》乃骤享大名;而袭用"现形"名目,描写他事,如商界学界女界者亦接踵也。(同书,页三二九)

这部书确是联缀许多"话柄"做成的,既没有结构,又没有剪裁,是第一短处。作者自己很少官场的经验,所记大官的秽史多是间接听得来的"话柄";有时作者还肯加上一点组织点缀的工夫,有时连这一点最低限度的技术都免去了,便成了随笔记账。这是第二短处。这样信手拈来的记录,目的在于铺叙"话柄",而不在于描摹人物,故此书中的人物几乎没有一个有一点个性的表现,读者只看见一群饿狗嚷进嚷出而已。唐二乱子乱了一会，忽然又不乱了；刘大侉子侉了一会，忽然又不侉了。贾筱之（假孝子）假孝了一会，也就把老太太撇开了；甄守球（真守旧）似乎应该有点顽固的把戏，然而下文也就没有了。这是第三短处。此书里没有一个好官，也没有一个好人。作者描写这班人，只存谴责之心，毫没有哀矜之意；谴责之中，又很少诙谐的风趣，故不但不能引起人的同情心，有时竟不能使人开口一笑。这种风格，在文学上，是很低的。这是第四短处。

但我细读此书，看作者在第四十三回到第四十五回里表现的技术，终觉得李宝嘉的成绩不应该这么坏，终觉他不曾充分用他的才力。他在开卷几回里，处处现出模仿《儒林外史》的痕迹，他似乎是想用心做一部讽刺小说的。假使此书用赵温与钱典史做全书的主人翁，用后来描写湖北佐杂小官的技术来叙述这两个人的宦途历史，假使作者当日肯这样做去，这部书未尝不可以成为一部有风趣的讽刺小说。但作者个人生计上的逼迫，浅人社会的要求，都不许作者如此做去。于是李宝嘉遂不得不牺牲他的艺术而迁就一时的社会心理,于是《官场现形记》遂不得不降作一部撷拾话柄的杂记小说了。

讽刺小说之降为谴责小说,固是文学史上大不幸的事。但当时中国屡败之后,政制社会的积弊都暴露出来了,有心的人都渐渐肯抛弃向来夸大狂的态度,渐渐肯回头来谴责中国本身的制度不良,政治腐败,社会龌龊。故谴责小说虽有浅薄,显露,溢恶种种短处,然他们确能表示当日社会的反省的态度,责己的态度。这种态度是社会改革的先声。人必须自己承认有病,方才肯延医服药。故谴责小说暴扬一国的种种黑暗,种种腐败,还不失为国家将兴,社会将改革的气象。但中国人终是一个夸大狂的民族,反省的心理不久就被夸大狂的心理赶跑了。到了今日,人人专会责人而不肯责己,把一切罪状都推在洋鬼子的肩上;一面自己夸张中国的精神文明,礼义名教,一面骂人家都是资本主义,帝国主义,物质文明!在这一个"讳疾而忌医"的时代,我们回头看那班敢于指斥中国社会的罪恶的谴责小说家,真不能不脱下帽子来向他们表示十分敬意了。

说明：上序出亚东图书馆本《官场现形记》(1927年11月初版)卷首。转录自魏绍昌《李伯元研究资料》。魏绍昌云："……作了两处删节：(一)序文第一段关于谈李伯元生平的文字，因已刊在本书第一辑，此处从略(萧按：现已补上)；(二)文中引用了茂苑惜秋生的大段序文，因本书已收录该序全文，不再重刊(萧按：此处亦从略)。"

胡适，见《孔圣宗师出身全传》条。

文明小史

《文明小史》叙引

阿英

南亭亭长李伯元所撰暴露晚清官场的小说,除流传最广的《官场现形记》外,主要的还有《文明小史》。如果说《官场现形记》是一般的揭露当时官场的书,那《文明小史》就是集中的反映当时官场对新政、新学的态度,并在一定程度上刻划了新旧思想的冲突。

远在二十年前,我曾写过这样一则随笔:

> 维新运动发生以后,新旧思想的冲突,表现得非常激烈。南亭亭长的名著《文明小史》第四十二回,就说到关于书籍方面的事。说南京有一个康太尊,反对新学甚烈。他这一年"看见上海报上,还刻着许多的新书名目,无非是劝人家自由平等的一派话头",他"想这种书,倘若是被少年人瞧见了,把他们的性质引诱坏了,还了得!"他想:"我现在办的这些学

堂,全靠着压制手段部勒他们。倘若他们一个个都讲起平等来,不听我的节制,这差使还能当吗?现在正本清源之法,第一先要禁掉这些书。书店里不准卖,学堂里不准看,庶几人心或者有个挽回。"所以在"学堂里的学生,你也去买,我也去买",书店"应接不暇,利市三倍"的时候,便"蓦地里跑进来多少包着头,穿着号子的人,把买书的主顾一齐赶掉,在架子上尽着乱搜,看见有些不顺眼的书,一齐拿了就走。单把书拿了去还不算,又把店里的老板,或是管账的,也一把拖了就走,而且把账簿也拿了去,一拖拖到江宁府衙门"。一共拖去十三家书店里二三十个人。经过许多麻烦,才被"勒令众书店主人,具一张永远不敢贩卖此等劣书,违甘重办的切结,然后准其取保回去。所有搜出来的各书,一律放在江宁府大堂底下,由康太尊亲自看着,付之一炬,通统销毁。然后又把各书名揭示通衢,永远禁止贩卖。康太尊还恐怕各学堂学生,有些少年,或不免偷看此等书籍,于是又普下一纸谕单,叫各监督各教习晓谕学生,如有误买于前,准其自首,将书呈毁,免其置议。如不自首,将来倘被查出,不但革逐出堂,还要从重治罪"。当时新旧思想冲突的情形,于此可见。

从这一故事里,我们可以看到,当时统治阶级的所谓维新运动,提倡新学,最本质的动机与目的,究竟是为着什么?所以官方虽软欺硬骗,把新政、新学叫得"沸反盈天",而新旧思想的冲突,人民与官僚统治阶级以及帝国主义的矛盾,爱国者与卖国者的斗争,并不能得到消弭,相反的更加激烈,一直发展到进行革命。这就构成了《文明小史》反映维新运动时期阶级矛盾的主要特点,也就是这部小说能以获得存在并有别于《官场现形记》的地方。

话虽如此,李伯元的反映,是有歪曲的。

不妨先看《文明小史》的楔子:

……我们今日的世界,到了甚么时候了?有个人说:"老大帝国,未必转老还童。"又一个说:"幼稚时代,不难由少而壮。"据在下看起来,现在的光景,却非老大,亦非幼稚,大约离着那太阳要出,大雨要下的时候,也就不远了。

何以见得？你看这几年,新政新学,早已闹得沸反盈天,也有办得好的,也有办不好的,也有学得成的,也有学不成的。现在无论他好不好,到底先有人肯办,无论他成不成,到底先有人肯学。加以人心鼓舞,上下兴奋,这个风潮,不同那太阳要出,大雨要下的风潮一样吗？所以这一干人,且不管他是成是败,是废是兴,是公是私,是真是假,将来总要算是文明世界上一个功臣。所以在下特特做这一部书,将他们表扬一番,庶不负他们这一番苦心孤诣也。……

这里所谓"表扬",很显然是反面着笔的话。所以,在第六十回,平中丞奉命出洋考察新政,书中所"表扬"的人物,都想来当随员,"图个进身之阶"的时候,平中丞就挖苦他们："诸君的平日行事,一个个都被《文明小史》上,搜罗了进去,做了六十回的资料,比泰西的照相,还要照得清楚些,比油画还要画得透露些。诸君得此,也可以少慰抑塞磊落了。将来读《文明小史》的,或者有取法诸公之处,薪火不绝,衣钵相传,怕不供诸君的长生禄位么？"弄得这些人都"绝了妄想,一个个垂头丧气而归"。伯元是憎恨这些人物,把希望寄托在平中丞身上的,认为他考察政治回国,可以"兴利的地方兴利,除弊的地方除弊,上补朝廷之失,下救社会之偏"。不过,这希望是不是可以达到呢?伯元似乎也不敢自信,因而,在同一时期写作的《中国现在记》的楔子里,就反映了他的伤感。

《中国现在记》的楔子说:

……现在中国到了什么时候了?一个人说道:"中国上下相蒙,内外隔绝,武以弓刀为重,文以帖括见长,原是个极腐败不堪的!"在下答道:"成事不说,既往不咎,这是过去的中国,你说他做甚?"又有一个人说道:"中国兴学通商,整军经武,照此下去,不难凌铄万国,雄视九洲。"在下又答道:"成效无期,河清难俟,这是未来的中国,我等他不及。"那两个人一齐说道:"这又不是,那只不是,依你看了来,中国将无一而可的了。"在下道:"不然,不然!你我生今之时,处今之世,前不见古人,后不见来者,独立苍茫,怆然涕下。过去之中国,既不存鄙弃之心，未来之中国，亦岂绝无期望之念？但是穷而在下，权不我操，虽抱着拨乱反正之心，与那论世知人之识，也不过空口说白话，谁来睬我？谁来理我？则何如消除世虑，爱惜精神，每逢酒后茶馀，闲暇无事，走到瓜棚底下，与二三村老，指天划地，说古论今，把我生平耳所闻，目所见，世路上怪怪奇奇之事，一一说与他们知道。……"

"希望"是存在的，"希望"是渺茫的，"成效无期，河清难俟"，这就不能不使他"独立苍茫，怆然涕下"了。由于他的世界观所局限，他不能看到已经孕育在自己作品中新的革命的萌芽，他只能意味着封建统治的日趋崩溃……

在这几个楔子和尾声里，很明确的反映了李伯元的政治态度。他反对当时那些贪污和假维新的官吏，同样的反对那些主张维新以至革命的人物。他和刘铁云一样，反对"北拳南革"。在《文明小史》第五十九回里，就用一千五百言诋"革命党是破坏天理国法人情"的，说义和团"装妖作怪，骇俗惊愚"，"几乎送了国家的性命"。他希望中国有救，认为必须"维新",不能革命。而维新的希望,却寄之于能有像平中丞那样有为的官吏。维新似乎也有所限制。他的思想,仍旧是以中国固有的封建道德,拥护清朝统治为基础的。这样,他所描写的一些维新以至革命的人物,就不可能不是一些投机的,充满着缺点的人物了。他的笔触,就不可能接近到像谭嗣同那样的维新党,像孙中山、史坚如、陈千秋那样的革命党,他也无法理解。他只能看到像平中丞那样的"先进人物",认作是中国的前途。这就是他的世界观。

不过,他的认识,虽有很大的局限,但他究竟是一个现实主义者,因此,他所反映的,在某些部分,纵不免夸张和片面,基本上还是真实的。也因此,他虽不理解人民,但通过对反面人物及其环境的刻划,还是相当深度的透露了人民的要求和愿望,革命高潮的必然到来和清统治阶级的必然崩溃。殖民地化的上海生活,帝国主义对中国侵略的在各方面加紧,以及日益严重的磕头主义的外交政策,同样是暴露无遗。

《文明小史》这部小说的缺点和错误虽然不少,

但在一定程度上，还是足以帮助我们了解晚清，特别是戊戌政变(1898)以后的中国的。在艺术性上，特别是各色各样兴学官吏性格的刻划，也有相当的成就。在第三十一回里，他曾经借周翰林的话，概括他所描写的这一类人物：

现在办洋务的，认定了一个模棱主义，不管便宜吃亏，只要没有便罢，从不肯讲求一点实在的。外国人碰着这般嫩手，只当他小孩子顽。明明一块糖，里头藏着砒霜，他也不知道。那办学堂的，更是可笑。他也不晓得有什么叫做教育，只道中国没有人才，要想从这里头培植几个人才出来，这是上等的办学堂的宗旨了。其次，则为了上司重这个，他便认真些，有的将书院改个名目，略略置办些仪器书籍，把膏火改充学费，一举两得，上司也不能说他不是。还有一种，自己功名不得意，一样是进士翰林，放不到差，得不着缺，借这办学堂博取点名誉，弄几文薪水混过，也是有的。看得学生，就同村里的蒙童一般，全仗他们指教。自己举动散漫无稽，倒要顶真人家的礼貌，所以往往闹事退学,我看照这样做下去,是决计不讨好的。……

这可以说是《文明小史》里所写官僚们对外交和兴学态度的总结。是当时最富有典型意义的人物思想状态。由于对于这些人物的熟习,伯元的描写,是相当生动而深刻。通过各自不同的个性,与不同的教养与环境,呈现出各种各样不同的姿态。就中如柳继贤、万歧、姬筱山、王毓生、劳航芥……等,给予读者的印象是相当深的。只是深刻细致,较之《官场现形记》刻划佐杂,不能说不稍逊一筹。这里只想引描写劳航芥会见安绍山(康有为)较简短的一节,以见其谴责的风格:

> ……守门的把劳航芥引进厂厅,伸手便把电气铃一按,里面断断续续,声响不绝。一个披发齐眉的童子,出来问什么事。劳航芥便把外国字的名片递给了他。那童子去不多时,安绍山拄着杖,趿着鞋出来了。劳航芥上前握了一握他的手。原来安绍山是一手长指甲,蟠得弯弯曲曲,像鹰爪一般,把劳航芥的手触的生痛,连忙放了。安绍山便请劳航芥坐了,打着

广东京话道："航公，忙的很啊！今天还是第一次上我这儿来呢。"劳航芥道："我要来过好几次了！偏偏礼拜六、礼拜，都有事脱不了身。又知道你这里轻易不能进来，刚才我说了暗号，那人方肯领我，否则恐怕要闭门不纳了。"安绍山道："劳公，你不知道这当中的缘故么？我自上书触震权贵，他们一个个欲得而甘心焉。我虽遁迹此间，他们还放不过，时时遣了刺客来刺我。我死固不足惜，但是上系朝廷，下关社会，我死了以后，那个能够担得起我这责任呢？这样一想，我就不得不慎重其事，特特为为，到顺德县去聘了一个有名拳教师，替我守门，就是领你进来那人了。你不知道，那人真了得！"劳航芥道："你这两扇大门里面，漆黑的，叫人路都看不见走，是什么道理呢？"安绍山道："咳！你可知道，法国的秘密社会，那怕同进两扇门，知道路径的，便登堂入室，不知道路径，就摸一辈子都摸不到。我所以学他的法子，便大门里面，一条弄堂，用砖砌没了，另开了五六扇门，预备警察搜查起来，不能知道真实所在。"劳航芥道:"原来如此。"说着,随把电报拿在手中道:"有桩事要请教绍山先生,千祈指示。"安绍山道:"什么事?难道那腐败政府,又有什么特别举动吗?"劳航芥道:"正是。"便把安徽黄抚台要聘他去做顾问官的话,子午卯酉,诉了一遍。安绍山低下头沉吟道:"腐败政府,提起了令人痛恨!然而那班小儿,近来受外界风潮之激刺,也渐渐有一两个明白了。此举虽然是句空话,差强人意。况且劳公抱经世之学,有用之材,到了那边,因势利导,将来或有一线之望,也未可知。倒是我这个海外孤臣,萍飘梗泛,祖宗丘墓,置诸度外,今番听见航公这番说话,不禁感触,真是曹子建说的:君门万里,闻鼓吹而伤心了。"说到这句,便盈盈欲泣了。劳航芥素来听见人说安绍山忠肝义胆,足与两曜争辉,今天看见他那付涕泗横流的样子,不胜佩服。当下又谈了些别的话,劳航芥便告辞而去。临出门时,安绍山还把手一拱,说道:"前途努力,为国自爱。"说完这句,掩面而入,劳航芥又不胜太息。……

在短短的千馀言之中,把维新党领袖之一的安绍山(康有为)性格的特征,谑化的生动极了。这样的夸张,也正是晚清谴责小说描写的特征。此外,如写湖南永顺府武生暴动的场面,写群众的心理与动态,笔力的雄深健劲,在晚清的小说中,也是不多见的。

总之,李伯元的《官场现形记》与《文明小史》,虽同为暴露晚清官场黑暗之书,但各有目的,各有所长,实为姐妹篇章。读此两书,再益以吴趼人《二十年目睹之怪现状》,曾朴《孽海花》,则晚清数十年的社会情况,也大体可以知道一些。这几部小说里面,都响彻着满清封建统治阶级崩溃覆灭的"丧钟"……(1955年6月改写)

说明:《文明小史》自癸卯(光绪二十九年)五月初一《绣像小说》创刊号开始连载,至第五十六期刊毕。署"南亭亭长新著""有自在山民评",每一回前配有绣像图画两幅(有一回无图),六十回共配有一百十八幅图。另有丙午年(三十二年)上海商务印书馆铅排印本,不署作者姓名,无插图。1955年通俗文艺出版社出版排印本,书前有阿英《叙引》。

南亭亭长,即李伯元,见《海天鸿雪记》条。

有自在山民,真实身份、生平事迹待考。

二十年目睹之怪现状

二十年目睹之怪现状序

石庵

浩浩乎、洋洋乎大哉，先生之为书也！先生生于清之季世，少负经世之才，尝举经济特科不应，退而以笔墨为生涯：此其才之大而志之高者，一也。政治之紊乱，社会之腐败，至清季而极矣。先生怒焉忧之，一一笔之于书，为董狐之史，魑魅魍魉，难逃犀烛，上自朝廷士大夫，下至贩夫走卒娼优，无不收罗：此其取材之广而持论之精者，二也。先生文章尔雅，是书叙事尤淋漓痛快，有嘻笑怒骂无不成文之观：此其文之佳而兴之至者，三也。书凡数十万言，阅数寒暑而成，洋洋洒洒，成一巨著：此其毕生精神之所聚，学问经济之所寄者，四也。先生之生也贫，而有此书以自豪；先生之死也早，而有是书传不朽。呜呼噫嘻！吾无能名焉！南亭亭长者，先生之旧友，亦清代之文豪也，将先生之书而评之订之，使我得而重读之，使世之人得而普读之，岂非小说界之福音乎？岂非小说界之福音乎？民国五年一月，石庵序。

二十年目睹之怪现状总评

全书一百八回，以省疾遭丧起，以得电奔丧止，何也？痛死者之不可复生也。死者长已矣，痛之何益？记此痛也亦何益？盖非记死者也，记此九死一生者也。意若曰："死者长已矣，吾虽九死而犹幸留得一生，吾当爱惜此仅有之一生，以为报致我于九死者之用，且宜振奋此仅有之一生，急起直追，毋令致我于九死者之先我而死，得逃吾报也。"若是乎，此书皆冤愤之言也。吾岂妄测之哉？吾曾读著者之诗矣，其咏伍员曰："鞭尸三百仍多事，何若当年早进兵？"可以见矣。

读新著小说者，每咎其意味不及旧著之浓厚。此书所叙悲欢离合情景，及各种社会之状态，均能令读者如身入个中，窃谓于旧著不必多让。

新著小说，每每取其快意，振笔直书，一泻千里，至支流衍蔓时，不复知其源流所从出，散漫之病,读者议之。此书举定一人为主,如万马千军,均归一人操纵,处处有江汉朝宗之妙,遂成一团结局。且开卷时几个重要人物,于篇终时皆一一回顾到,首尾联络,妙转如圜,行文家有神龙掉尾法,疑即学之。

说明:上序录自新小说书社民国五年石印本《绘图评点二十年目睹之怪现状》。《序》载于此本的卷首,署石庵。《总评》载此本的卷末。

石庵,待考。

痛史

痛史叙

吴趼人

秦汉以来，史册繁重，皮架盈壁，浩如烟海。遑论士子购求匪易，即藏书之家，未必卒业，坐令前贤往行，徒饱蠹腹，古代精华，视等覆瓿，良可哀也。窃求其故，厥有六端：绪端复杂，艰于记忆，一也；文字深邃，不有笺注，苟非通才，遽难句读，二也；卷帙浩繁，望而生畏，三也；精神有限，岁月几何，穷年龁龁，卒业无期，四也；童蒙受学，仅授大略，采其粗范，遗其趣味，使自幼视之，已同嚼蜡，五也；人至通才，年已逾冠，虽欲补习，苦无时晷，六也。有此六端，吾将见此册籍之徒存而已也。虽然，其无善本以饷后学，实为其通病焉。年来吾国上下，竞言变法，百度维新，教授之术，亦采法列强。教科之书，日新月异，历史实居其一。吾曾受而读之，蒙学、中学之书，都嫌过简。至于高等大学，或且仍用旧册矣。从前所受，皆为大略，一蹴而就繁赜，毋乃不可，况此仅就学子而言耳。失学之辈，欲事窥探，尤无善本，坐使好学之徒，因噎废食，当世君子，或宜悯之。下走学植谫陋，每思补救，而苦无善法。隐几假寐，闻窗外喁喁。窃听之，舆夫二人，对谈三国史事也。虽附会无稽者十之五六，而史事略亦得十之三四焉。蹶然起曰："道在是矣，此演义之功也。"盖小说家言，兴味浓厚，易于引人入胜也。是故等是魏、蜀、吴事，而陈寿《三国志》，读之者寡之；如《三国演义》，则自士夫迄于舆台，盖靡不手一篇者矣。惜哉历代史籍，无演义以为之辅翼也。吾于是发大誓愿：编撰历史小说，使今日读小说者，明日读正史，如见故人；昨日读正史而不得入者，今日读小说而如身亲其境。小说附正史以驰乎？正史借小说为先导乎？请俟后人定论之，而作者固不敢以雕虫小技妄自菲薄也。握笔之始，先为之序，以望厥成。南海吴沃尧趼人氏撰。

说明：《痛史》，光绪二十九年《新小说月刊》8—24号连载，宣统三年上海广智书局本，有作者叙。书叙宋亡时，文天祥、贾似道等人事，故曰《痛史》。另有阿英《晚清文学丛钞》本，上序即转录自该本。《月月小说》第一号亦载此文,题《历史小说总序》,内容几同,不赘。

吴趼人,见《四大金刚》条。

痛史跋

残夫

按吴趼人《痛史》,作于光绪二十八年(1902)至三十二年(1906)间,故事始"制朝仪刘秉忠事敌,隐军情贾士道欺君",终"忽必烈太子蒙重冤,仙霞岭义兵张挞伐",于文天祥、谢枋得一班忠臣义士,竭尽赞扬;于汉奸佞臣,则痛加诋毁。全书极富民族主义精神,惜趼人后以思想转换,虽仅馀数回,竟未续作。然书已写至文天祥、谢枋得殉难,亦可视作完整之作,故为校点付梓,藉资激励,兼免日久湮没。民国二十七年(1938)十月校后记。

说明:上跋录自阿英《晚清文学丛钞》本《痛史》卷末。

老残游记

老残游记自序

洪都百炼生

婴儿堕地,其泣也呱呱;及其老死,家人环绕,其哭也号咷。然则哭泣也者,固人之所以成始成终也。其间人品之高下,以其哭泣之多寡为衡。盖哭泣者,灵性之现象也,有一分灵性,即有一分哭泣,而际遇之顺逆不与焉。

马与牛,终岁勤苦,食不过刍秣,与鞭策相终始,可谓辛苦矣,然不知哭泣,灵性缺也。猿猴之为物,跳掷于深林,厌饱乎梨栗,至逸乐也,而善啼。啼者,猿猴之哭泣也。故博物家云:猿猴,动物中性最近人者。以其有灵性也。古诗云:"巴东三峡巫峡长,猿啼三声断人肠。"其感情为何如矣!

灵性生感情,感情生哭泣。哭泣计有两类:一为有力类,一为无力类。痴儿呆女,失果则啼,遗簪亦泣,此为无力类之哭泣;城崩杞妇之哭,竹染湘妃之泪,此有力类之哭泣也。而有力类之哭泣又分两种：以哭泣为哭泣者，其力尚弱；不以哭泣为哭泣者，其力甚劲，其行乃弥远也。

《离骚》为屈大夫之哭泣，《庄子》为蒙叟之哭泣，《史记》为太史公之哭泣，《草堂诗集》为杜工部之哭泣，李后主以词哭，八大山人以画哭，王实甫寄哭泣于《西厢》，曹雪芹寄哭泣于《红楼梦》。王之言曰："别恨离愁满肺腑，难陶泄。除纸笔，代喉舌，我千种想思向谁说？"曹之言曰："满纸荒唐言，一把辛酸泪。都云作者痴，谁解其中意？"名其茶曰"千芳一窟"，名其酒曰"万艳同杯"者：千芳一哭，万艳同悲也。

吾人生今之时，有身世之感情，有家国之感情，有社会之感情，有种教之感情。其感情愈深者，其哭泣愈痛：此洪都百炼生所以有《老残游记》之作也。

棋局已残，吾人将老，欲不哭泣也得乎？吾知海内千芳，人间万艳，必有与吾同哭同悲者焉！

说明：上序录自亚东图书馆排印本《老残游记》。此本有自序、胡适序、汪原放读后记，藏上海图书馆。

洪都百炼生，即刘鹗（1857—1909），谱名震远，原名孟鹏，后更名鹗，字铁云，又字公约，号老残。也作"鸿都百炼生"。江苏丹徒（今镇江市）人，寄籍山阳（今江苏淮安市）。师从太谷学派。此书之外，另有《铁云藏龟》。

读老残游记感言

钱启猷

余素不善读书而有好书之癖，凡遇奇书异籍及科学说部诸编，莫不购而置诸案头。非敢云藏，性嗜之耳。兹以承乏澄江校务，于暑假之暇，赴沪购书籍仪器。闻百新公司有新出之批注《老残游记》上、下两编。余思是书上编行世有年，并无批注，其下编则未之见也。急往购阅，乃多不类前所见者，因怅然訾其错误。该公司执事徐君出而笑曰："君自误矣，仆又何尝误哉？"遂出上编旧书数本示余曰："某书为某坊出版，均有异同，并非一致。"又出上、下编两草稿曰："此洪都百炼生之原稿，仆费数载经营，物色得之于其嗣君之手，劝令寿世者也。"略一翻阅，则见铅丹盈帙，议论闳泆，与余旧藏之本彷佛似之，因兹而有感焉。夫亥豕鱼鲁，书史尚多错讹；金银伏猎，贵胄未免贻讥。况以璞朴乖辞，王黄舛姓，则尤易于失据傅会，而丧其真也。然当兹文化日阐，崇尚实学，业是道者，宜尽国民义务，潜心校雠，为文明进步之助。即如《老残游记》一书，其所能风行海内者，则以其关心治乱，权算兴亡，秉史笔而参易象之长耳。一经割裂，文义不属，则索然无味，况犹有进于此者。常见近世所出医书，每有先后错综，字画点窜之病，误人已甚，更有误黄芪为大黄，讹附子为牛子，一补一泻，一热一寒，下士执录成方，必致误人性命。我虽不杀伯仁，伯仁由我而死，于心忍乎？至于《三国》《列国》《水浒》《聊斋》等书，碎割篇章，望希缩短，固无关于轻重，然断鹤颈而续凫脚，贻笑大方，于名誉前途不无障碍。因吮毫书此，以为徐君勉。中华民国五年六月，学务委员澄江钱启猷赠。

说明：上序录自上海百新公司《刘氏原本老残游记》，上编二十章，首《读老残游记感言》，次自序（已录于上，不赘）。下编二十一至四十章，系伪作。首《老残游记下编序》，不录。

钱启猷,待考。

老残游记续集自序

鸿都百炼生

人生如梦耳。人生果如梦乎？抑或蒙叟之寓言乎？吾不能知。趋而质诸蜉蝣子,蜉蝣子不能决。趋而质诸灵椿子,灵椿子亦不能决。还而叩之昭明,昭明曰:"昨日之我如是,今日之我复如是。观我之室,一榻、一几、一席、一灯、一砚、一笔、一纸。昨日之榻、几、席、灯、砚、笔、纸若是,今日之榻、几、席、灯、砚、笔、纸仍若是。固明明有我,并有此一榻、一几、一席、一灯、一砚、一笔、一纸也。非若梦为鸟而厉乎天,觉则鸟与天俱失也。非若梦为鱼而没于渊,觉则鱼与渊俱无也。更何所谓厉与没哉？顾我之为我,实有其物,非若梦之为梦,实无其事也。然则人生如梦,固蒙叟之寓言也夫。"

吾不敢决,又以质诸杳冥。杳冥曰:"子昨日何为者？"对曰:"晨起洒扫,午餐而夕寐,弹琴读书,晤对良朋,如是而已。"杳冥曰:"前月此日,子何为者？"吾略举以对。又问:"去年此月此日,子何为者？"强忆其略，遗忘过半矣。"十年前之此月此日，子何为者？"则茫茫然矣。"推之二十年前，三十年前，四五十年前，此月此日，子何为者？"缄口结舌，无以应也。杳冥曰："前此五十年之子，固已随风驰云卷、雷奔电激以去，可知后此五十年之子，亦必应随风驰云卷、雷奔电激以去。然则与前日之梦，昨日之梦，其人、其物、其事之同归于无者，又何以别乎？前此五十年间之日月，既已渺不知其何之，今日之子，固俨然其犹存也。以俨然犹存之子，尚不能保前此五十年间之日月，使之暂留；则后此五十年后之子，必且与物俱化，更不能保其日月之暂留，断断然矣。谓之如梦，蒙叟岂欺我哉？"

夫梦之情境，虽已为幻为虚，不可复得，而叙述梦中情景之我，固俨然其犹在也。若百年后之我，且不知其归于何所，虽有此如梦之百年之情景，更无叙述此情景之我而叙述之矣！是以人生百年，比之于梦，犹觉百年更虚于梦也。呜呼！以此更虚于梦之百年，而必欲孜孜然，斤斤然，骎骎然，狺狺然，何为也哉？虽然，前此五十年间之日月，固无法使之暂留，而其五十年间，可惊、可喜、可歌、可泣之事业，固历劫而不可以忘者也。夫此如梦五十年间可惊、可喜、可歌、可泣之事，既不能忘，而此五十年间之梦，亦未尝不有可惊、可喜、可歌、可泣之事，亦同此而不忘也。同此而不忘，世间于是乎有《老残游记续集》。鸿都百炼生自序。

说明：上序录自1982年人民文学出版社《老残游记》附录。

孽海花

《孽海花》修改后要说的几句话

东亚病夫

我把《孽海花》的初二两编修改完了,付印时候,我心里有几句要说的话,把它写在这里:

我要说的话,是些什么呢?(一)这书发起的经过;(二)这书内容的组织和它的意义;(三)此次修改的理由。

这书发起的经过怎么的呢?这书造意的动机,并不是我,是爱自由者。爱自由者,在本书的楔子里就出现,但一般读者,往往认为虚构的,其实不是虚构,是实事。现在东亚病夫,已宣布了他的真姓名,爱自由者,何妨在读者前,显他的真相呢?他非别人,就是吾友金君松岑,名天翮。他发起这书,曾做过四五回。我那时正创办小说林书社,提倡译著小说,他把稿子寄给我看。我看了,认是一个好题材。但是金君的原稿,过于注重主人公,不过描写一个奇突的妓女,略映带些相关的时事,充其量,能做成了李香君的《桃花扇》，陈圆圆的《沧桑艳》，已算顶好的成绩了，而且照此写来，只怕笔法上仍跳不出《海上花列传》的蹊径。在我的意思却不然，想借用主人公做全书的线索，尽量容纳近三十年来的历史，避去正面，专把些有趣的琐闻逸事，来烘托出大事的背景，格局比较的廓大。当时就把我的意见，告诉了金君。谁知金君竟顺水推舟，把继续这书的责任，全卸到我身上来。我也就老实不客气的把金君四五回的原稿，一面点窜涂改，一面进行不息。三个月功夫，一气呵成了二十回。这二十回里的前四回，杂揉着金君的原稿不少，即如第一回的引首词和一篇骈文，都是照着原稿，一字未改。其余部分，也是触处都有，连我自己也弄不清楚谁是谁的。就是现在已修改本里，也还存着一半金君原稿的成分。从第六回起，才完全是我的作品哩。这是我要说的第一件。

这书内容的组织和它的意义是怎么样的呢？我说这书实在是个幸运儿，一出版后，意外的得了社会上大多数的欢迎，再版至十五次，行销不下五万部，赞扬的赞扬，考证的考证，模仿的、继续的，不知糟了多少笔墨,祸了多少枣梨。而尤以老友畏庐先生,最先为逾量的推许——他先并不知道是我做的——我真是惭愧得很。但因现在我先要说明组织,我却记到了《新青年》杂志里钱玄同和胡适之两先生对于《孽海花》辩论的两封信来。记得钱先生曾谬以第一流小说见许,而胡先生反对,以为只好算第二流——原文不记得,这是概括的大意——他反对的理由有二:(一)因为这书是集合了许多短篇故事,联缀而成的长篇小说,和《儒林外史》《官场现形记》是一样的格局,并无预定的结构。(二)又为了书中叙及烟台孽报一段,含有迷信意味,仍是老新党口吻。这两点,胡先生批评得很合理,也很忠实。对于第一点,恰正搔着我痒处,我的确把数十年来所见所闻的零星掌故,集中了拉扯着穿在女主人公的一条线上,表现我的想象,被胡先生瞥眼捉住,不容你躲闪,这足见他老人家读书和别人不同,焉得不佩服!但他说我的结构和《儒林外史》等一样,这句话,我却不敢承认,只为虽然同是联缀多数短篇成长篇的方式,然组织法彼此截然不同。譬如穿珠,《儒林外史》等是直穿的,拿着一根线,穿一颗算一颗，一直穿到底，是一根珠练；我是蟠曲回旋着穿的，时收时放，东西交错，不离中心，是一朵珠花。譬如植物学里说的花序，《儒林外史》等是上升花序或下降花序，从头开去，谢了一朵，再开一朵，开到末一朵为止。我是伞形花序，从中心干部一层一层的推展出各种形色来，互相连结，开成一朵球一般的大花。《儒林外史》等是谈话式，谈乙事不管甲事，就渡到丙事，又把乙事丢了，可以随便进止；我是波澜有起伏，前后有照应，有擒纵，有顺逆，不过不是整个不可分的组织，却不能说它没有复杂的结构。至第二点，是对于金君原稿一篇骈文而发的，我以为小说中对于这种含有神秘的事是常有的。希腊的三部曲，末一部完全讲的是报应固不必说，浪漫派中，如梅黎曼的短篇，尤多不可思议的想象。如《婢尼斯铜像》一篇，因误放指环于铜像指端，至惹起铜像的恋妒，搦死新郎于结婚床上。近代象征主义的作品，迷离神怪的描写，更数见不鲜，似不能概斥它做迷信。只要作品的精神上，并非真有引起此种观念的印感就是了。所以当时我也没有改去，不想因此倒赚得了胡先生一个老新党的封号。大概那时胡先生正在高唱新文化的当儿,很兴奋地自命为新党,还没想到后来有新新党出来,自己也做了老新党,受国故派的欢迎他回去呢!若说我这书的意义,畏庐先生说:"《孽海花》非小说也。"又道:"彩云是此书主中之宾,但就彩云定为书中主人翁,误矣。"这几句话,开门见山,不能不说他不是我书的知言者!但是"非小说也"一语,意在极力推许,可惜倒暴露了林先生只因在中国古文家的脑壳里,不曾晓得小说在世界文学里的价值和地位。他一生非常的努力,卓绝的天才,是我一向倾服的,结果仅成了个古文式的大翻译家,吃亏也就在此。其实我这书的成功,称它做小说,还有些自惭形秽呢!他说到这书的内容,也只提出了鼓荡民气和描写名士狂态两点。这两点,在这书里固然曾注意到,然不过附带的意义,并不是它的主干。这书主干的意义,只为我看着这三十年,是我中国由旧到新的一个大转关,一方面文化的推移,一方面政治的变动,可惊可喜的现象,都在这一时期内飞也似的进行。我就想把这些现象,合拢了它的侧影或远景和相联系的一些细事,收摄在我笔头的摄影机上，叫他自然地一幕一幕的展现，印象上不啻目击了大事的全景一般。例如：这书写政治，写到清室的亡，全注重在德宗和太后的失和，所以写皇家的婚姻史，写鱼阳伯、余敏的买官，东西宫争权的事，都是后来戊戌政变、庚子拳乱的根源。写雅聚园、含英社、谈瀛会、卧云园、强学会、苏报社，都是一时文化过程中的足印。全书叙写的精神里，都自勉的含蓄着这两种意义，我的才力太不够，能否达到这个目的，我也不敢自诩，只好待读者的评判了。这是我要说的第二件。

此次修改的理由怎么的呢？第一，是为了把孙中山先生革命的事业，时期提得太早了。兴中会的组织，大约在光绪庚寅、辛卯间，而广州第一次的举事，事实却在乙未年十月，这书叙金雯青中了状元，请假回南，过沪时就遇见陈千秋，以后便接叙青年党、兴中会的事。雯青中状元，书中说明是同治戊辰年，与乙未相差几至三十年，虽说小说非历史，时期可以作者随意伸缩，然亦不宜违背过甚，所以不得不把它按照事实移到中日战争以后。既抽去了这么一件大事，篇幅上要缺少两回的地位，好在这书里对于法越战争,叙得本来太略,补叙进去,并非蛇足。第二,原书第一回是楔子,完全是凭空结撰,第二回发端还是一篇议论,又接叙了一段美人误嫁丑状元的故事,仍是楔子的意味,不免有叠床架屋之嫌,所以把它全删了。其余自觉不满意的地方,趁这再版的机会,也删改了不少。看起来,第一编几乎大部是新产品了。这是我要说的第三件。

这书还是我二十二年前——时在光绪三十二年——一时兴到之作,那时社会的思潮,个人的观念,完全和现时不同。我不自量的奋勇继续,想完成自己未了的工作,停隔已久,不要说已搜集的材料,差不多十忘八九,便是要勉力保存时代的色彩,笔墨的格调,也觉得异常困难。矛盾拙涩,恐在所不免,读者如能忠实的加以纠正,便是我的非常宠幸了!东亚病夫自识。

说明:上代序出自1928年真善美书店出版的《孽海花》修改本卷首。《孽海花》有光绪二十九年十月《江苏》(第八期)本,仅两回;光绪三十一年小说林本,藏上海图书馆。

东亚病夫,即曾朴(1872—1935),谱名曾朴华,初字太朴,改字孟朴,又字小木、籀斋,号铭珊,笔名东亚病夫。江苏常熟人。曾创办小说林社、《小说林》月刊。民国后创办真善美书店,出版发行《真善美》杂志。

(孽海花广告四则)

此书叙赛金花一生历史,而内容包含中俄交涉、帕米尔界的事件、俄国虚无党事件、东三省事件、最近上海革命事件、东京义勇队事件、广西事件、日俄交涉事件,以至今俄国复据东三省止;又含无数掌故、学理、轶事、遗闻。精彩焕发,趣味浓深。现已付印,即日出书。

此书述赛金花一生历史,而内容包含中俄交涉、帕米尔界约事件、俄国虚无党事件、东三省事件、最近上海革命事件、东京义勇队事件、广西事件、日俄交涉事件,以至今俄国复据东三省止,又含无数掌故、学理、轶事、遗闻。精彩焕发,趣味浓深,现已付印,即日出书,上海镜今书局发行。

吴江金一原著,病夫国之病夫续成。本书以名妓赛金花为主人，纬以近三十年新旧社会之历史，如旧学时代、中日战争时代、政变时代，一切琐闻轶事，描写尽情，小说界未有之杰作也。

《孽海花》发行预约：

《孽海花》一书，是病夫二十几年前的旧作，历来文坛评论，很得一些声誉，可是病夫自己却觉得这里头很有几处毛病，每每想要动笔修改，总不得空儿。近来闭户著书，就决心要大大的拿他来重新整理一下子，却还是竭力保留着本来面目，不失著作者时代的精神。

说明：上所录广告四则，第一则出自光绪三十年(1904)3月《爱自由者译书广告》中(《江苏》)，第二则出自1904年金松岑译作《自由血》书后所附译书广告一版。两广告均将《孽海花》归入"政治小说"。第三则出自小说林社1905年所出曾朴续写本，当时已改称"历史小说"。第四则出自1927年修改本《孽海花》。第一则转录自《中国通俗小说总目提要》该条，馀均转录自魏绍昌《孽海花资料》(上海古籍出版社1982年版)。

胡雪岩外传

《胡雪岩外传》序

浙东市隐

当欧洲十九世纪中商战最剧之时,而大陆之东,支那之地,忽有不学无术,恃其天真烂熳之身以出,而与环球诸巨商战者。翳何人?翳何人?其惟我浙之胡雪岩乎!君名光墉,世居浙江,雪岩其号也。由商而宦,保膺道员,以钦赐黄褂入朝闻。虽以一身兼商宦之间,而经营事业,仍占商家之地位为多,故其先后若曾文正、左文襄、李鸿章,或以谥传,或经海外新民之口而以名传,而惟君独以号传。以谥与名传者,犹有凭藉朝廷位望之意,而以号传者,乃能独立宇内,四顾无援,一本其商家之信义,使妇人女子,无上下老少,皆如探喉而出,名为某某焉者也。

夫以君之冒险进取,能见其大,使更加以学问,而又得国家保护之力,以从事于商战最剧之舞台,我中国若茶、若丝、若金银镑圆,商业之进步必大有可观,岂必一蹶不振,竟至于是乎?乃或始赖其力,终且背之,甚者更下石焉。于国家保护之力既不可得,而君亦争闲使气,不为文明之冒险,而近野蛮之冒险,论者或归罪于土木声妓,奢侈太过,而孰知奢侈报小,顽锢祸大乎?浙人士或有借门下食客之盛,曲摹其闲情别致以传写生平者,而于中国商业社会上最大之影响或略焉而未详,则是书亦乌足传也?

然于不足传之中而读是传者,或得因其宫室之美、妻妾之奉,穷乏之后,以想见其当年鼓动商会之机力,又安必竟见为不足传者?况谈言微中,如筹饷协赈,以及匪后难民之局,钱江义渡之捐,一切我浙诸善举之于今为烈,更自有可传者在乎!嗟嗟!自君一败,而中国商业社会上之响绝音沉者几二十年,正不知受亏几何?纵偶有一二海上轻商,略涉商学,以问欧洲之津,然胆脆量狭,枝枝节节而为之,欲如君向之冒险直任,即集当今诸商董而问之,亦佥自谓勿如也。然则胡雪岩之望亦重矣哉!其入人亦深矣哉!

迄今雪岩之成而败,败而其后又渐兴,昭昭在人耳目，妇孺类能言之，独至商会之无力，有足令人抚髀长叹者。中国梦梦，吴山沉沉，安得雪岩再生，鼓舞全浙，以大开商务学堂之实业也！叹未竟，有告于旁者曰：全浙无学，而独有安定学堂者，额虽少而具完全无缺之冀望。今且兼设师范，以补前者蔡徽君有志未逮之缺点，兹非其后人藻青部郎所创捐，而好义之种性，且留贻未有艾欤？然则天道好还，积善馀庆，大可为胡君家声继起之光。后之人慎毋以雪岩之败为挥霍大戒而危燕釜鱼，厚藏以赍盗粮，且终其身大惑不解也。是又见《胡雪岩外传》者，所当盥薇三诵，自得言外之意也矣！光绪二十九年春，浙东市隐书于海上之寓庐。

说明：上序录自广雅出版有限公司《晚清小说大系》本《胡雪岩外传》。《胡雪岩外传》，署撰者"大桥式羽"，发行处在日本东京。末附"户部尚书阎奏折江督曾咨文"及"浙江巡抚刘札并奏折抄单"。

大桥式羽、浙东市隐，待考。

海上繁华梦

《海上繁华梦》序

警梦痴仙

客有问于警梦痴仙者,曰:"《海上繁华梦》何为而作也?"曰:"为其欲警醒世人痴梦也。"客又曰:"警醒痴梦奈何?"痴仙曰:"海上繁华,甲于天下。则人之游海上者,其人无一非梦中人,其境即无一非梦中境。是故灯红酒绿,一梦幻也;车水马龙,一梦游也;张园愚园、戏馆书馆,一引人入梦之地也;长三书寓、么二野鸡,一留人寻梦之乡也。推之拇战欢呼,酒肉狼藉,是为醉梦;一掷百万,囊资立罄,是为豪梦;送客留髡,荡心醉魄,是为绮梦;密语甜言,心心相印,是为呓梦;桃叶迎归,倾家不惜,是为痴梦;杨花轻薄,捉住还飞,是为空梦。况乎烟花之地,是非百出,诈伪丛生,则又梦之扰者也;醋海风酸,爱河波苦,则又梦之恶者也;千金易尽,欲壑难填,则又梦之恨者也;果结杨梅,祸贻妻子,则又梦之毒者也;既甘暴弃,渐入下流,则又梦之险而可畏者也。海上既无一非梦中境,则入是境者何一非梦中人?仆自花丛选梦以来,十数年于兹矣,见夫人迷途而不知返者,岁不知其凡几,未尝不心焉伤之,因作是书,如释氏之现身说法,冀当世阅者,或有所悟,勿负作者一片婆心。是则《繁华梦》之成,殆亦有功于世道人心,而不仅摹写花天酒地,快一时之意,博过眼之欢者欤。"客闻是言,肃然而起曰:"何物痴仙,唤醒妖梦。行将拭目而视新书之出。呕君锦心,饱我馋眼也。"痴仙一笑颔之。客去,乃为诠次其语,即以为《繁华梦》序。海上警梦痴仙漱石氏自序于沪北退醒庐。

海上繁华梦初集序

拜颠生

尝读说部,至《花月痕》《海上花列传》《青楼梦》《风月梦》《绘芳录》诸书。窃谓其描写花月闲情,俱能惟妙惟肖,然尤以《花月痕》为脍炙人口。《海上花》则本地风光,自成一家,惜乎书中纯操苏白,江浙间人能读之,外此每格格不入,且其运笔深入之处,未能显出,以是美犹有憾。今读警梦痴仙所著《繁华梦》一书，而不禁有观止之叹焉。痴仙生于沪，长于沪，以沪人道沪事，自尤耳熟能详。况情场历劫垂二十年，个中况味，一一备尝，以是摹写情景，无不刻画入微，随处淋漓尽致，而其宗旨，则一以唤醒迷人、同超孽海为主。以是此书之出，尤为有功于世道人心。而世之沉酣如杜少牧，飘逸如谢幼安，豪迈如李子靖，胡涂如屠少霞，孟浪如游冶之，风狂如郑志和，鄙俗如经营之，儇薄如夏时行，庸陋如康伯度，英爽如平戟三，痛快如凤鸣岐，古执如方端人，大方如荣锦衣，卓荦如熊聘飞，豪奢如邓子通，卖弄如潘少安，抱屈如温生甫，着魔如钱守愚，刻薄如贾逢辰，刁钻如计万全，智巧如白湘吟，作伪如乌里阿苏格达，强横如刘梦潘，虽属寓言八九，其实当世皆有其人，何尝不皆有其事？读之即可见世事一斑。至于颜如玉之笼络，巫楚云之聪明，桂天香之沉静，阿素之陷客，阿珍之惑人，与夫花媚香之媚，花艳香之艳，杜素娟之淫荡，卫莺俦之圆融，花彩蟾之可怜，则花花叶叶，纸上跃然。只以书仅初集，皆未收结，令人急欲纵观其后，是则痴仙笔墨狡狯，犹之珍羞在前，一时不令入口，逮至略一忍饥，而其味尤美于未忍饥时，则读是书者，尚其知作者用心，勿徒赏书中之花天酒地，一片神行，亦思极盛之难乎为继，黄金易尽，青眼难逢，悔说多情，空讥薄幸也夫。爰序其大略如此。光绪二十八年壬寅孟秋，古皖拜颠生稿于海上语新楼。

海上繁华梦初集题词

情天觉梦人　曾经沧海客

三十回书结构新，一回细读一惊人。写来海上花间事，证到情天梦里身。鹿鹿鱼鱼怜我辈，红红紫紫为谁春？桃源咫尺迷津近，欲语渔郎莫问津。

载酒看花易着魔，爱河深处有风波。只看半部才人稿，已醒三更春梦婆。花尽蚨钱青眼少，缚来蚕茧绮愁多。情根从此应教划，休向樽前唤奈何。

我亦繁华梦里人，十年买笑沪江滨。舞低杨柳楼头月，醉倒芙蓉帐不底。春合个中磨几月，可怜无底耗金银。奇书读到惊心处，敢为情痴误此身。

草草欢场百感并，现身说法太分明。照奸禹鼎飞空铸，烛怪温犀澈水清。惨绿愁红花下恨，荆天棘地世间情。书成多少人倾倒，争识江南漱石生。

（是书实为海上漱石生所著，而托名于警梦痴仙者，故云。）情天觉梦人。

金粉妆成字字香，清才今又见孙郎。徐陵天与珊瑚笔，李贺春归锦绣囊。幸接风流怜我晚，久羁尘迹为君伤。世间多少荣枯梦，都付先生翰墨场。曾经沧海客。

海上繁华梦题辞

周忠鏊　古瀚狎鸥子

浮生原是梦，斯世奈繁华。海上谁投辖，人间此驻车。醉醒偏爱酒，病废尽看花。九死情难灭，三生愿最赊。趾离招我去，心坎替侬爬。艳色能消渴(朱艳卿)，奇香许辟邪(周素香、汪素香)。四声怀沅芷(苏韵兰)，一饭感胡麻(胡红卿)。大地飘晴雪(小洪雪香)，中天丽彩霞(范彩霞旧名张小红)。弹秋梧有韵(陆韵秋、陆韵梧)，扫月竹空拿(李月仙、孙竹卿)。寂寂经兰若(王兰卿)，凄凄谱楚些(林文仙、张小宝)。销金纫作佩(金丽卿、金佩卿)，炫玉净无瑕(玉亭亭)。旧事差堪忆，新懽蒇以加。痴魂凝枕簟，素手涩筝琶。不分求题叶，惟应学种瓜。孙郎才八斗,余子误三叉。楮墨传喉舌,文章代齿牙。迷城攻窟兔,疑实破杯蛇。鲛客都垂泪,鲰生诅嗜痂。万言曾倚马,只字肯涂鸦。野史编香国,稗官称作家。骚坛齐搁笔,佛殿好笼纱。欲证频伽果,休萌智慧芽。词惭率尔草,诗贵正而葩。叹息蕢腾客,遮奢恋狭斜。歙县周忠鋆病鸳。

　　十载扬州杜牧之,欢场历尽梦醒时。几多鬼蜮人情态,说与旁人知不知。

　　欲海茫茫滚浊流,沦身灭顶几时休。莫教说敝生公舌,顽石无言不点头。

　　酒筵歌罢博盆张,罗绮成帷粉黛香。兴会淋漓何日已,有人枕畔煮黄粱。

　　傀儡登场线索牵,衣冠优孟剧堪怜。梦中说梦人多少,摹绘神情到笔巅。

　　绝妙词华自不刊,风云倏忽幻无端。不辞呕出心头血,炼作人间醒睡丸。

　　青楼原不异红楼,假语村言一例收。不管啾啾鬼夜哭,两般梦影各千秋。

　　栋折榱崩万口喧,主人酣睡正昏昏。须知解佩江皋赋,别有伤心不可言。

生恨繁华福未修,一身冷落伴浮鸥。有怀欲觅趾离子,海上痴仙笑我不。古瀚狎鸥子。

说明:上序、题词录自清光绪三十四年戊申上海泰记乐群书局铅印本《绣像海上繁华梦》,分初集、二集、三集,凡一百回。目录叶署"古沪警梦痴仙戏墨"。首《序》,次"古皖拜颠生"序。再次"情天觉梦人""曾经沧海客""歙县周忠鋆病鸳""古瀚狎鸥子"《海上繁华梦题词》。

警梦痴仙,即海上漱石生,即孙家振,见《仙侠五花剑》条。

女狱花

(女狱花)叶女士序

沧桑客

旷观千古,横览全球,无代而无人才也,无地而无人才也。然天地精华,川陆灵秀,其磅礴郁积,独钟毓于须眉,而于女子何阙如耶?抑独钟毓泰西各国之女子,而于中国又何阙如耶?盖由女学不兴,女权不振故也。尝考历史,间有一二作者,本至性,发为文章,得附于著作之林,昭兹来许,宋元而后,阒寂无闻矣。嗟乎!女子亦国民,何害于国,何令其愚且弱也?岂专制之压力至于极点,女界之奴性亦至于极点耶?然天道循环,剥极必复,压力愈深,激力必愈大且速,所虑者,开创风气为难耳!今则国中言女学女权者,亦稍稍萌蘖,莫不恶专制,爱共和,以唤醒国民之梦梦而畴谓巾帼中之愚且弱者如故也。

甲辰之春,三月既望,罗君景仁出德配王妙如女士所著《女狱花》小说征序。予何人斯,敢序此麟麟炳炳之文？第伏读一过，无一事不惊心怵目，无一语不可泣可歌。且小说为文学之上乘，风气之先声，最易提倡国民之思想，发达人心爱恶，功力甚巨。今之小说关乎政治者，指不胜屈，而足与此媲美者，诚不易得。爰不揣愚昧，赘以数言。呜呼！女士逝矣，使天假其年，竟其才智，肆其魄力，鼓吹女界革命之大风潮，瀚知非异人任也？虽然，女士逝矣，而苦心孤诣，遗此一书，亦足以开民智，醒迷信，育一国之文明。凡我同胞群，当醉心于此，则是书其不朽矣。女士其不死矣！光绪甲辰三月既望，沧桑客识于亦园。

（女狱花）俞女士序

俞佩兰

中国旧时之小说，有章回体，有传奇体，有弹词体，有志传体，朋兴焱起，云蔚霞蒸，可谓盛矣。若论其思想，则状元宰相也，牛鬼蛇神也，而讥弹时事，阐明哲理者，盖鲜矣。至于创女权，劝女学者，好比六月之霜，三秋之燕焉。近时之小说思想可谓有进步矣，然议论多而事实少，不合小说体裁。文人学士鄙之夷之。且讲女权女学之小说，亦有硕果晨星之叹。甚矣，作小说之难也。作女界小说之尤难也。

西湖女士王妙如君，以咏絮之才，生花之笔，菩萨之心肠，豪杰之手段，而成此《女狱花》一部，非但思想之新奇，体裁之完备，且殷殷提倡女界革命之事，先从破坏，后归建立。呜呼！沧海中之慈航耶，地狱中之明灯耶？吾愿同胞姊妹，香花迎奉之。惜天不永其年，中途夭折，不能竟其振兴女界之大愿力。然理想者，事实之母也。后之人读其书，感慨兴起，将黑暗女界，放大光明，则食果应推女士之赐矣。钱塘俞佩兰序。

（女狱花跋）

罗景仁

王妙如，名保福，泉唐人氏，幼时性质聪慧，且嗜书史。年二十三，匹予为偶。予每自负得闺房益友。乃结缡未足四年，而竟溘然长逝矣。其生平所著之书，有《小桃源》传奇、《女狱花》小说、《唱和集》诗词。而《女狱花》一部，尤为妙如得意之作，尝对予曰：近日女界黑暗，以至极点。自恨弱躯多病，不能如我佛释迦，亲入地狱，普救众生，只得以秃笔残墨，为棒喝之具。虽然革命之事，先从激烈，后归平和，眇眇一身，难期圆满。惟此书立意，将革命之事，源源本本，历道其详，非但一我妙如之现影，实千百万我妙如之现影云。每作一回书，必嘱予略加批点，以为互相规励之举。乃杀青未几，人已云亡。披览遗稿，我心惨惨。体厥遗志，付之剞劂。聊志数言，以当序跋。光绪甲辰仲春，泉唐罗景仁志于双人轩。

说明：上序、跋均录自光绪甲辰石印本《女狱花》。原本藏南京图书馆。封面题"最新小说闺阁豪杰传"，绘有图像，曰"朱斗南写"。首《叶女士序》，尾署"光绪甲辰三月既望，沧桑客识于亦园"。次《俞女士序》，尾署"钱塘俞佩兰序"。又次光绪甲辰罗景仁跋。次图像六叶。正文第一叶卷端题"红闺泪 西湖女士王妙如遗稿、中国青年罗景仁加批、磻溪旧主泣群重校"，据序跋及题署，则此书本名《女狱花》，又名《闺阁豪杰传》《红闺泪》。半叶十三行，行三十二字。

西湖女士王妙如(1878？—1904？)，名保福，泉唐人氏。其生平所著之书，有《小桃源》传奇、《女狱花》小说、《唱和集》诗词。

叶女士，待考。(国家图书馆藏光绪甲辰本《女狱花》，《叶女士序》尾署后有"叶墨君女史"阳文钤。叶翰仙，字墨君，仁和人，有词集《适庐集》。)

磻溪旧主泣群，真实身份、生平事迹待考。

女娲石

《女娲石》序

卧龙浪士

海天独啸子以学期试验之暇,谓余曰:"我将作一小说,名之曰《女娲石》,君以为何如?"余曰:"请道其故。"海天独啸子曰:"我国小说,汗牛充栋,而其尤者,莫如《水浒传》《红楼梦》二书。《红楼》善道儿女事,而婉转悱恻,柔人肝肠,读其书者,非入于厌世,即入于乐天,几将曰'英雄气短,儿女情长'矣。是书也,予不取之。《水浒》以武侠胜,于我国民气,大有关系,今社会中,尚有馀赐焉,然于妇女界,尚有馀憾。我国山河秀丽,富于柔美之观。人民思想,多以妇女为中心。故社会改革,以男子难,而以妇女易。妇女一变,而全国皆变矣。虽然,欲求妇女之改革,则不得不输其武侠之思想,增其最新之智识,此二者,皆小说操其能事,而以戏曲歌本为之后殿,庶几其普及乎。今我之小说,对于我国之妇女者有二,对于世界者有二:

一、我国妇女富于想像力、富于感化力。

一、我国上等社会女权最重。

是二者皆于国民有绝大之关系。今我国女学未兴，家庭腐败，凡百男子，皆为之钳制，为之束缚。即其显者言之，今之梗阻废科举，必欲复八股者，皆强半妇女之感念也。此等波及于政治界者，何可胜数？外则如改易服制，我国所万不能。其不能之故，则又妇女握其权也。况乎家庭教育不兴，未来之腐败国民，又制造于妇女之手。此其间非荡扫而廓清之，我国进化之前途可想像乎？对于世界者何？曰：

> 今世界之教育经济，皆女子占其优势。各国妇女势力，方膨胀于政治界，而我国之太太小姐，此时亦不可不出现于世。

> 各国革命变法，皆有妇女一席。我国今日，亦不可不有阴性之干预。

是二者，则以世界之观感，而密接于我国家。我国今日之国民，方为幼稚时代，则我国今日之国女，亦不得不为诞生时代。诞生之，阿保之，壮大而成立之，则又女教育家、小说家操其能事也。"余曰："善，可谓先获我心矣。愿闻君想像中之小说趋向之迹。"海天独啸子曰:"是亦难言。予将欲遍搜妇女之人材,如英俊者、武俊者、伶俐者、诙谐者、文学者、教育者,撮而成之,为意泡中之一女子国。"余曰:"善,善。"甫暌十日,遂手甲卷以示余。余阅之,抚掌大笑曰:"我等须眉为之丧气矣。"乃稍一批评,并志弁言于卷端。卧虎浪士叙。

(女娲石)凡例

一、近来改革之初,我国志士皆以小说为社会之药石。故近日所出小说颇多,皆传以伟大国民之新思想。但其中稍有缺憾者,则其论议多而事实少也。是篇力反其弊,凡于议论,务求简当,庶使阅者诸君,不致生厌。

一、小说欲其普及,必不得不用官话演之。鄙人生长边陲,半多方语,虽力加效颦,终有夹杂支离之所,幸阅者谅之。

一、鄙人生性愚鲁,不学无术,一切书籍,瞠目未睹。或其中所用理想,太属荒唐;所演事实,强半谬戾。幸阅者诸君纠正之。

一、我国古来小说，多有名家。但其经营之日必久，致志之力必专。鄙人以学期试验之暇，勉加从事，其疵戾之多，自不言而喻，幸阅者原谅。

一、此书题目太大，卷帙必多，今以甲卷先行出版，以后出书，陆续印刷，以供阅者。

说明：上序录自东亚编辑局铅排印本《女娲石》。原本藏上海图书馆。书凡二卷，甲卷印行于光绪三十年（1904）六月，乙卷印行于次年二月。书未完。首序，尾署"卧虎浪士叙"。次凡例。

海天独啸子、卧虎浪士，真实身份、生平事迹待考。

海上尘天影

海上尘天影叙

王韬

《断肠碑》初名《尘天影》,门下士梁溪邹生为汪畹根女史作也。女史名瑗,本休宁盐贾女。兵燹以前,富商大贾,半在扬州,衣冠粉黛之盛甲天下。畹香大父席巨赀以享丰厚,当时有汪不穷之说。世运无常,发捻告警,铜山金谷,废于一朝,不穷者竟穷矣。女大父死,父虽读书,而纨绔不能治生产,因收其馀烬,酒食游戏相征逐。夫人劝之不从,以忧愤死。家道益衰。转徙至金阊,娶某姓女,数年遂生畹香。早孤,幼有令德,喜读书。母死无依。阚姓者,皖之世族也,以大挑服官苏省,见女婉娩,收为义女,仍教之读,日写《灵飞经》、米南宫字各一页。女史性既聪颖,又喜浏览群编,自庄、骚、班、汉,以至唐人说部,近时章回小说,靡不过目,加以评断。尝闻其评《花月痕》谓:大旨从《品花宝鉴》脱胎,与《红楼梦》不相合,所谓韦痴珠者,即韩荷生之影；杜采秋即傅秋痕之影，两男两女，实则一男一女。其识见之精卓如此！惜辰命不犹，堕入风尘，改字韵兰，而颜其居曰"幽贞馆"。章台溷迹，幽怨惺忪。久之，畹香之年，已数至星张翼轸，拟欲在泥城桥西，创筑小园，为隐丽藏娇之所。顾以秋娘渐老，久厌欢场，即使花下夺标，已觉为时无几，以故遂作罢论。然在平康中声名鹊起。性静逸，有林下风。治事有心计，酬应之外，手一卷以自娱，不蹈时习也。尤多情，对客默然，遇可意者，则娓娓纵谈，披襟露抱，缠绵肫挚，使人之意也消。沪上为中外通商总汇，来游者非以势矜，即以财胜，女史视之蔑如也。所折节者，多读书长厚之人，浮华子弟，望而却步。与生交在壬辰之年，而女史已倦风尘矣。酒后茶馀，吐露衷曲，令人涕泪沾襟。生家境寒，知不能营金屋，谓女史曰："卿嫁，必先一月告我。"女荡气回肠，若答若不答。会某大僚奉使出京，招生入幕。离别匆促，执手依依，泪眼交流，生亦勉强就道。从此萧郎神女，相见无期矣。生出外，屡通音信。当临别时，女史手裁玉版笺数十页，嘱曰："君到客中，交游内有佳诗词者，乞代求题《幽贞馆写韵图》,妾他日从良,《幽贞写韵图》赠严姓,《幽贞馆图》贻君。汝二人皆读书多情,留此手泽,必能为我珍重,则见物如见妾也。"呜呼,伤心之言,不忍入耳!会有娶女史者,女史忆前约,函寄生,有"素心人相见无期,餐眠珍重"之语。遂于乙未中秋后一日脱离苦海。生得信太迟,重阳日归,则室迩人远,无可挽回。每吟白香山"天长地久有时尽"两句以自伤。此皆生所自言者。

生在幕时,即著此书,始只五十二章,名《尘天影》。兹因女史之嫁,将五十二章,悉行删改,又续增数章,改名《断肠碑》,久藏箧衍,不轻示人。有与生同志者,曾索视之,谓其中所述,各女子均有其人,且各有性情,各有归束,前后起结,隐伏绾带,章法井然。大旨专事言情。离合悲欢,具有婉转绸缪之致,笔亦清灵曲折,无美不臻。且于时务一门,议论确切,如象纬舆图、格致韬略、算学医术、制造工作以及西国语言,并逮诗词歌曲,下至猜谜酒令、琴瑟管箫、诙谐杂技,无乎不备,直是入世通才,目无馀子。阅者如入山阴道上,多宝船中,惬目赏心,有予取予求之乐。历来章回说部中,《石头记》以细腻胜，《水浒传》以粗豪胜，《镜花缘》以苛刻胜，《品花宝鉴》以含蓄胜，《野叟曝言》以夸大胜，《花月痕》以情致胜，是书兼而有之，可与以上说部家分争一席。其所以誉之者如此。余尝观此书，颇有经世实学，寓乎其中。若以之问世，殊足善风俗而导颛蒙，徒以说部视之，亦浅之乎测生矣。

生近日所著，如《万国近政考略》《洋务罪言》等，皆有用之书，原非徒呕出心肝为缘情绮靡之作者。时予已移居城西，自颜草堂之额曰"畏人小筑"。门楣署以一联云：聊借一尘容市隐，别开三径寄闲身。盖至此避世之心益决，而伏而不出之志弥坚矣。适生来访敝庐，屡述作书颠末，即复抽笔记之，谓其缘起也可，谓其序记也亦无不可。光绪丙申荷生日，天南遁叟王韬撰，年六十有九。

海上尘天影珍锦

苏瑗

司香旧尉侍右：前承枉顾，得证三生。情话缠绵，过蒙推许。以大才人之宏奖风流，而于小女子如此倾倒，飞来月旦，岂真善善从长耶？索及拙诗，兹特送上，蝉琴蚓笛，自愧不工，乞运腕下灵珠，痛加删改。他日还拟灾之梨枣，附骥传名，幸甚感甚。今夜重楼有月，小苑无人，倘荷惠临，当酌酒评茶，一尽联吟雅兴。词人其有意乎？专肃，敬颂撰安。百鹿苏瑷裣衽。癸巳二月十七日。

司香旧尉青及：捧到瑶章，欲歌得宝，回环额颂，齿颊生香。然妆媌费黛，行自愧矣。伏念兰悮堕风尘，自伤薄命，乃承诸名士殷殷提倡，不以闲花野草视之，一瓣心香，时时敬爇。倘得如我家小小，借诗人妙句，流布芳名，则抬举杨枝，更比东风着力矣。大作缠绵绮丽，不愧温、李替人。然观见赠第二章，则似从厉樊榭入手，而得王次回之精者，当手制锦囊以贮。承属继声，恐贻弄斧之诮。重违尊命，勉强效颦。伏祈笔之削之，至为祷祝。朔风凛冽，珍重吟身。谨请著安。诸惟爱照。苏瑷谨上。癸巳十月廿二。

承赐大著《三借庐赘谭》《浇愁集》各一部，拜领谢谢。《浇愁集》嬉笑怒骂，都成文章，但偶有习见之处,因少年之作,不足病也。二集之稿,远胜初集,必传无疑。《赘谭》说诗,有见到处,然以葛女子比瑗,则何敢当?《牡丹亭》《西厢记》两书,执事誉之过当。瑗与丽娘、双文,向不心折,盖渠闺阁千金,即使年届标梅,不应以一梦顿生妄想。双文之于张生,事近淫奔,要皆荒谬绝伦,万非良家女子立品之道。然瑗论人有馀,律己不足,处境既异,则所为不同,但区区抱洁之心,尚堪自信。阁下相识已及两载,当能窥见其微也。专肃,敬请撰安。苏瑗上言。甲午四月初三。

司香旧尉青睐:叠荷赐书,不我遐弃,拟即裁笺奉复,而俗气熏蒸,握管辄止,迟迟之故,知我者当谅我也。今晚明月窥帘,寒梅吐萼,香温茶熟,意况颇佳,濡毫申楮,上陈清听。自君行后,殊觉无聊,兼之时事日非,更深愁闷。北洋军务,不堪问矣。旅顺于十月二十二失守。诸将皆望风先遁。以天然之险要而拱手让人,若辈之肉,其足食乎!使畹根易巾帼为须眉,当仗剑从戎,灭此而朝食。今者风尘雌伏,不得与花木兰、秦良玉诸人媲美,行自愧矣。此间前月中旬,亦讹言四起,谓敌舰悉将南窜,并有二十四日攻扑制造局之谣。城中及南市诸巨户,多迁往租界。即局员眷属,亦有先去以为民望者。岂知至今安堵如常,并无警报。沪地最为乐土,诚如尊谕。灵鹣阁主惠我佳章,过蒙矜宠,谨爇心香以谢。索题小华生玉照,深恐唐突西施,重违雅命,勉强效颦六章。写作俱劣,伏祈代道歉衷。附呈素纸一幅,请此公题《幽贞馆写韵图》。妆嬩费黛,大才人或不吝教。闻此公兼精铁笔,可否转乞数方,以增临池之色。想推阁下乌屋之爱,当亦首肯也。比来贤主嘉宾,如何欢洽,莲幕中得名下士团聚,题襟集后,定有嗣音。岳麓为湘中名胜,闻阁下兴复不浅,蜡屐独游,龙门健笔,将得山川之助,气益豪矣。蒙许代刊拙稿,益滋愧赧。喓喓草虫,不过自鸣天籁,灾梨祸枣,不免贻笑大方。且暂作罢论可也。夜漏渐深,灯花欲炧,略布一二,以当麈谭,藉请旅安。诸惟珍重。甲午除月初九夜,畹根谨上。

素心人瑷谨上书于司香旧尉阁下:两接手函,

方图奉答，前月又接一函骈四俪六。一往情深，不言愁而愁自独工，且其中谶语甚多，阅之令人气短。《尘天影》目录甚佳，然作书须当一气贯通，前后起伏，不可紊乱，而近人姓名，须当隐去，瑗名犹不可彰。此书既为瑗而作，下笔须处处留神。来函问及全书收场，瑗倦于风尘久矣，忆相见之初，曾有成约：如将来适人，定先一月前告知。故上月中浣，曾有一函寄来。今有故乡族人，见兰身入平康，殊为可惜，因再三前来商酌，嘱为闭门谢客，别选良人。兰深感其情，悉如所教，今定于本月初起，藏玉怀珠，概不见客。俟料理俗事既毕，即将先父母灵柩，择地安葬，然后回至故乡，择人而字。此即瑗之心事，亦即大作之收场，可叙入其中，以为结束。前书邀吾知己，于中秋前能到申江，尚可告别。今势已不及，徒惹悲伤。相见无期，手此留别。此后餐眠动作，诸望自珍，勿以薄情人为念。乙未八月十六。

谨和司香旧尉见赠元玉，即请吟坛点正：

甲煎初添篆袅烟，朗吟佳句惹愁牵。多才难换摩登劫，小谪都从忉利天。愧我尘中称侍史，羡君笔底挟飞仙。一缣一字酬嫌薄,拟买新丰酒十千。

吟魂一缕黯然销,苦为情多暗损娇。未必丁娘真十索,不劳子贡竟三挑。花心无计辞红雨,珠泪偷弹湿绛绡。愿乞慈云常掩护,免教飞絮逐萍飘。畹根呈稿。

司香旧尉将之楚南,依依临别,不能无言,率赋两章,聊当骊唱,即请吟坛教正。

橐笔长征意洒然,嘉宾贤主两情联。凭君高着衡文眼,珊网宏搜到九渊。

秋风着意送行旌,饯别先持酒一尊(是夕邀君持螯)。指点申江千尺水,那能写得此离情?畹根呈草。

口占答瘦鹤

分明心事怨飘蓬,北辙南辕各不同。南国夭桃花万树,任他开放逐东风。

小阁疏灯酒一杯,多君青眼解怜才。笑他年少挥金手,谁识风流雅趣来?

2689

倚雯楼主以小华生小影嘱题，并赠六截句，勉和元韵，藉报知音，勿谓欲索解人而不得也。

蓬岛奇葩别样红，却教抬举到东风。分明此是瑶台种，占断情天十二重。

生涯神女还疑梦，梦影遥飞海市楼。底事惊鸿好风格，不随桃叶上轻舟？（原诗中有"我有牙签三万轴，与卿同上木兰舟"之句，故调之。）

劫话摩登倍怅然，与谁共证有情禅？瀛洲小现华鬘影，留补生前未了缘。

刻翠裁红写艳词，感甄一赋掷相思。文通自有生花笔，载忆春风结梦时。

闲从画里觅真真，一幅生绡着色新。隐约春魂呼欲出，不将红豆系吟身。

影事模糊指鹊桥，思量一度一魂销。崔徽卷作深情帖，镇日相随慰寂寥。

以上皆女史成作也，搜之箧笥，吉光片羽，珍若连城，早已装裱册页，不知千百年后，传至何人。天地有灵，当隐为呵护耳。司香旧尉附志。

海上尘天影题词

樵云山人等

志士抱奇特,伏枥骐骥耻。文章命不辰,眼界空馀子。梁溪有美人,大笔惯驱使。尘海遇杨枝,愿作妆台侍。三湘作客回,惊听飞琼逝。感事发幽情,编作稗官史。其名《断肠碑》,托辞良有以。或写儿女情,甘为伯舆死。他若词令曲,诙谐杂绮靡。离合与悲欢,可惊亦可喜。东山多妙倡,北里罗才子。我昔会斯人,风流果如此。吐属绝聪明,胸中皆块垒。一编索我题,快睹称观止。他日传鸡林,洛阳当贵纸。酒逸小桃源樵云山人。

春蚕缚茧太缠绵,客里无聊著一编。姹女谁怜倾国色,娲皇难补有情天。灵山因果伤尘劫,孽海遭逢误散仙。费尽邹阳才八斗,偏将火树换青莲。酒仙石芝。

秀曼风流笔一枝,美人香草写相思。自从读过《情僧录》,又读君家绝妙词。酒侠兰台生。

《断肠碑》纪断肠人，薄命谁怜谪降身？兰玉不逢苏小嫁，空馀双泪哭花神。问梅山人。

才华绝世堕风尘，小筑幽贞寄此身。我亦无端情脉脉，伤心况是意中人？

当年驿使寄新吟，千里相思几许深。漫说汪伦情意重，任君肠断到而今。淞溪醉墨生。

金缕曲

命也何须说算，由来才人命薄。古今同辙，绝代相逢知底用，落得西风离别。争忍把琵琶捻拨，三载京尘成一梦，到醒来旧约同虚设。思畴往，总凄绝。　　重来崔护愁如铁，只剩了行囊画幅，绮声残阕。毕竟多情容易误，浪受几多摧折。且漫谓风流，消歇卷帙。流传诚实贵寿，他时影事休磨灭，好比那长圆月。南海梅庵主人。

生花如笔写清愁，心绪牢骚易感秋。浣透青衫千点泪，伤怀应似白江州。

诗酒雄心渐渐空，迷金醉纸廿年中。如今换却新怀抱,爱谱清词付小红。

骚客从来用意深,世间何处获知音?枝头绿叶来何晚,悔煞当年枉费心。

销魂同是一般痴,不减清狂只自知。回首旧游零落感,不堪卒读《断肠碑》。古黟知白子。

海上尘天影缘根

司香旧尉

《齐天乐》词曰:银毫蘸艳修香史,写将美人眉妩。春影描痴,秋情搦怨,费尽冬郎辛苦。苍天可诉,把九畹灵根,移栽净土。弹尽相思,玉箫声里紫云度。　青衫依旧故我,怕汪伦嫁去,金屋难住。桐叶题笺,兰花春梦,都入伤心词句。杨枝空遇,奈纸阁芦帘,终轮(输)朱户。愿结来生,胜缘休再误。

这首词乃当时感赠之作,无非生死缠绵,性天固结,而究其大旨,不过一个情字。盖自有形色以来,情之一字,感结最深。万物资生,为情之所钟毓;天地翕辟,为情之所弥纶。自古及今,凡忠臣之忠,孝子之孝,义士之义,贞女之贞,贤人之贤,烈妇之烈,可以敦伦常而励风纪者,靡不维系于真情,为所欲为，丝毫不形勉强。或者谓气之所感，自然而然。感正气者得正用，感邪气者得邪用。余谓天壤间但有正气、戾气，而无邪气。忠、孝、节、烈、义、侠、贞、廉，固正气之所钟，其他如蚩尤、共兜、桀、纣、幽、厉、秦政、操莽、东昏、武曌，均是戾气。若夫野田草露，女爱男欢，赠勺河滨，采桑陌上，亦得气之至正，故泰西各国，无节、孝、贞、烈之说，而男女以正，婚姻以时，罕闻有杀奸之事。中国男尊于女，设立礼节之防，而淫杀犯上，殆不可问。益轻重违则政不平，政不平则心不洽。欲强至爱为不爱，遂生乱阶。故余谓：男女之欲，虽是郑卫之风，亦属性中所固有，任其相悦，自畅其天，不可强遏，以生杀念。试观男女自有知识，靡不爱慕。圣人云：男女饮食，人之大欲存焉。又云：知好色，则慕少艾。此乃探原知本之言。所以谓男女之私，无论合礼违礼，皆天赋之原。爱之真，即亲之切，不足怪也，亦不必防也。有一等戾气所钟者，如吴起之杀妻，易牙之烹子，商臣之弑父，傲象之厄兄，是伦常情天中之大变，深心人特思一法，以制戾气，曰礼，曰例。于是累及感正气者，亦不得任情，而倚翠偎红，逾墙钻穴，势所不免。不谅者，犹以法绳之，而情场中苦矣。作者之旨，本为情字发端，而又不敢越礼，致满怀抑郁，大不能平，以为负君恩祖德之高，天生地成之厚，父母之期望，妻子之瞻依，碌碌无成，有志未逮，穷途潦倒，世俗讥嘲。彼无情者，反高爵厚禄，姬侍盈前。更有两等之人，或以计算起家，或藉前人馀荫，后堂丝竹，献媚争妍，俗臭熏天，不知情为何物，坐使倾城颜色，或格于例，或困于心，或处于艰，或绌于势，随在不得自由。此等作为，罪过不浅。昔人云：圣贤作，盗贼兴；法度行，奸伪起。又云：剖斗折衡，而民不争；绝圣弃智，而天下治。盖圣人教人，自主自化，非教人迂腐不知变通也。自庸才一出，妄自聪明，遂多固执，殊不知天地生材，菁华半钟女子，故品格尊贵，气体清明，抱洁净之姿，秉和平之性，但教之有道，养之有方，即成世间尤物。《石头记》说得好，男子生而浊臭，万不及他，宜如何敬重爱护，俾如其愿以相偿，不至枝节别生，以违天地钟灵本旨。譬如一花，灌溉寒暖得宜，则有色有香，曲如本性；否则萼而不蕊，蕊而不花，未能如意。因不如意而咎之，为之花者不亦苦乎？女子亦然。爱之也真,事之也谨,护之也力,则施于我者必无所违。但世俗已锢,往往抑女尊男,说女子治内,吾辈被其戏侮,即为不祥。即有好色之心,尚装出一等正经架子,而色厉内荏,品行卑污,你想可恨不可恨,可笑不可笑?然而我此番议论,未免奇辟,虽存一片真心,与圣贤教世道理似有不合。不过秉性如此,不肯作违心之论,以欺世人。

看官,你道《断肠碑》为何而作?就是起初一首词。因为当时认得一位名媛,心中十分欢喜爱慕,只是措大排场,不能如愿,心中无穷的怨恨,兀坐斗室,便编出这部若干章书来,以遣悲怀。譬如只算已经如愿,由我尊护爱惜,博名媛的欢喜,所以任意写来,颇有许多曲折。其中事迹,大半真实可信,不同《石头记》之凭空结撰。作书者又说:余生平经济,只护名花,所难堪者,赵壹单门,杨朱歧路,穷愁潦倒,文字无灵,任英俊之消磨,感桑榆之迟暮,所有一腔惜玉惜香的手段,不能发泄出来,搔首问天,长呼负负,不得已借这位才女,以写胸中,其为杜牧之罪言,韩非之孤愤,近世后来,有知我者,亦有罪我者。但情之所钟,正在我辈,愿自此以后,广启情天,重更化日,环肥燕瘦,编香粉之春秋;花好月圆,助风流之经济。荡淫声之靡滥,养玉性而温存。有笑必妍,无思不艳。倘荷东皇培植,必将西子扶持。借来一片浓春,圆成绮梦;炼得三分香气,化作痴云。留才思于金荃,都种相思之果;记姓名于玉茗,巧搓如意之珠。翡翠屏娇,鸳鸯巢稳。只恐画楼镜破,泪洒连枝;还愁幽径香埋,钗敲瘦竹。看官,你看此等心肠,能配"司香"二字的封号么？诗曰：

沅芷湘兰涕泪深,惜花痴念少知音。小窗自试凌云笔,替写群芳一片心。

仙种灵根九畹栽,天风吹堕辱尘埃。幽闲贞静何人见,谁向情天赏识来？

第一首,作者自云平生抱痴情一片,茫茫天壤,不能得一知己,谅其苦心,试其作用,惟有托之笔墨,写其悱恻缠绵、涕泪纵横,孤芳自赏,真是无聊之极思,故此书又名《断肠碑》。次首言所遇之人,兰为王者之香,空谷幽芳,丰致韵绝,乃亦辱身尘溷,赏识人稀。我虽与之相亲,深心爱惜,无如犀心虽透,蝶信难通,侘傺花前,终成别恨。此即作者本旨,即根之所缘也。

城南草堂主人许幻园稿

许幻园

小劫红尘谪大罗，三生无分奈天何。仙缘未缔风流客，好事如催春梦婆。长恨千秋难解脱，痴情万劫不销磨。《断肠碑》在人何在？回首香楼感慨多。

彩丝绣好合欢衿，么凤双栖玳瑁簪。鱼若无灵难比目，花真有福得同心。烛灰蚕死情曾在，地老天荒恨转深。会得求凰琴一曲，文君毕竟是知音。

悔恨隔世种情根，收拾愁怀付酒樽。杨柳婆娑名士泪，海棠憔悴女儿魂。妆台恍睹描蛾影，奁匣还留宿粉痕。底事春风门已锁，重来崔护不堪论。

人生何事苦相思，写尽冬郎忆旧诗。巫峡雨云原是梦，天台刘阮总成痴。悲怀难遣元才子，薄幸差强杜牧之。绮习频年消不得，全凭慧剑斩情丝。

姓名别号，则断不能。来信相见无期乎，此留别八字，读之觉回肠荡气，苦恼丛丛。白香山"天长地久有时尽，此恨绵绵无绝期"之句，某真为今日之李三郎矣。鄙意：此次回来，卒无藏娇之想，但愿主人嫁后，如朋友亲戚，合礼往来，并不敢再生奢望。不意绝人太甚，一面难逢。特不知主人堂上，遗棺曾否料理，不能不令人记忆也。沧桑可改，日月易亏，方寸相思，万劫难泯。此时想主人已属旧时痕迹，不知将来阅《断肠碑》者，又将若何？恨不能排九阍，入帝阍，呼梦梦者而一问之也。

寄幽贞馆主人书

司香旧尉

丙申十月朔，从湘幕归。甫抵上海，即赴友人家，询主人近状。郑君善之、华君子仪曰："君若何迟耶？主人于中秋后一日，已适万姓，或云曹姓。将嫁前，屡遣媪蹀躞至此，来问君归否，意欲一诉离情，然后脱然以去。既而，媪遂绝迹，盖已绝而深入侯门矣。今旧媪金珠，仍在清和坊旧处，已从役他人。君往访之，必知其确。"余闻言，如汤沃雪。华复出主人告别函。读未竟，堕泪吞声，婉转欲绝。急访金珠，不能询一语。金珠曰："中秋前十日，姑婢先以离别书嘱华寄君。华以君即日将归未寄。于十日以后，望眼欲穿。十六适人，临行留言曰：

'我去后，有邹某、严某来访，必当痛哭。汝但嘱其珍重，再结来生缘，勿以所适何人及里居实告，恐彼此缠扰，情累丛生，我不能安于室也。'"时余代刻主人印章甚多，并主人所托代征《幽贞馆写韵图》，所题诗词及画，皆名士手笔，凡数十页，又有文具箱、茄楠珠、茶杯、酒盒、暖碗，皆刻主人别号者，凡数十件，并书籍十馀种，此皆无可以送，因商于金珠；将《断肠碑》稿及册页图章送去，并附短笺云：恨恨生致书于幽贞馆主慧鉴。十月朔，自湘中归，得悉主人已藏金屋，无穷怨悔，为平生第一伤心，从此死别生离，不能再面。回想在湘一载，著书辛苦，尽付西风。初三日遇见旧婢阿珩，彼绝不作慰藉语，固知其非情天来者。惟拟送各物，兹只将印章册页奉上，其馀文具玩物，均留自用，非吝也，恐主人睹物怀人，致乱方寸耳。子仪代交函中嘱改书中结尾，统当遵命，惟欲改去（似未完）

说明：上序等均录自亚非尔丹督理监印本《海上尘天影》。此本现藏复旦大学图书馆。内封前半叶三栏，右栏双行题"公历一千九百零四年　光绪三十年小阳月"，中题"海上尘天影"，左题"亚非尔丹督理监印"。后半叶双行题"书经存案　翻印必究"。首《海上尘天影叙》,尾署"光绪丙申(二十二年)荷生日,天南遁叟王韬撰年六十有九"。次《海上尘天影珍锦》,皆署苏媛(畹根)作。又次《海上尘天影题词》,分署酒逸小桃源樵云山人、酒怪石芝、酒侠兰台生、问梅山人、淞溪醉墨生、南海梅庵主人、古黟知白子。再次,《海上尘天影缘根》,署"梁溪司香旧尉编"。复次《城南草堂主人许幻园稿》,再次《寄幽贞馆主人书》,似未完,作者当为本书著者。无总目,正文卷端题"海上尘天影　梁溪司香旧尉编",半叶十九行,行四十五字。版心黑口单鱼尾下署章次、叶次。

梁溪司香旧尉,即邹弢(1850—1931),字翰飞,号酒丐、瘦鹤词人、潇湘馆侍者,亦称司香旧尉,江苏无锡人。入泮后,尝十试春闱皆造弃,曾任《申报》馆记室,《苏报》主编。另有《三借庐笔谈》《浇愁集》等。

南遁叟王韬,见《第五才子书》条。

酒逸小桃源樵云山人、酒怪石芝、酒侠兰台生、问梅山人、淞溪醉墨生、南海梅庵主人、古黟知白子,真实身份、生平事迹待考。

辽天鹤唳记

辽天鹤唳记叙

贾生

东三省者,我中国之东三省也。俄人占之,我不敢讨;日人攻之,我不敢助;英、美、法、德鹰瞵鹗视,环而伺之,我且趑趄嗫嚅,瞻顾踟蹰,而不敢有所表达。忆自昔日,法人创瓜分之说;英人又变为势力范围之论;德人则依违其间,以其强硬手段,割我胶州而制山东全省之死命;俄人更高蹠远瞩,略无顾忌,霸占满洲,其一端也。惟美人以开放为言,宗旨似较和平。日本者,我东亚邻近之邦也,怀辅车相依之谊,抱唇亡齿寒之惧。庚子以后,中国危迫益急,日本时时以忠告道我政府,奈我政府未能尽行其言也。兹者,日、俄两国战衅既开,结局尚难测度。日胜也,中国犹可为也;俄胜也,中国之害,不知伊于胡底耳。自开战至今,已历岁馀,往陈之迹,坊间具有专书,惟词旨深邃,不能普及国民之观念。不佞不揣固陋,用浅显语句,仿章回体裁,编成是书,务令通国国民,周知普及,易入脑筋,尽能解释,知日俄两国之战争,实缘中国积弱之所致。夫中国之土地不能自守,而藉他人之力以争之,吁!可耻甚矣!虽然,中国存亡之机盖系乎此。吾愿国民切勿以日本之战胜喜而有所恃也!当思权重自立,蹶然奋兴,俾我黄帝子孙,同胞四万万众,各尽个人之天职,庶乎国脉以存。不然,苟且如故,其不为波兰、印度之续也几希矣!甲辰冬月,贾生书于赵家乾净室。

说明:上叙录自光绪三十年石印本《辽天鹤唳记》,原本藏天津图书馆。四编十六回,题"日本东京田太郎著"。此本有图六叶。首《叙》,尾署"甲辰(光绪三十年)冬月,贾生书于赵家乾净室"。似系作者自《叙》。《叙》谓:"兹者,日、俄两国战衅既开,结局尚难测度。"又叙事止于1904年冬,日俄战争尚未结束。谓续编嗣出。续编未见。

贾生,真实身份、生平事迹待考。

美人魂

(美人魂序)

田铸

吾友钓叟,深乎情者也。故是作云言爱情至矣,极矣。起手从后事说起,追叙前事,是倒卷珠帘之法。其间大开大合,皆从绝处逢生,所谓山穷水尽疑无路,柳暗花明又一村。若前后映带法无不备,真小说界中上乘文字焉。聊志数有(语),以弁简端。

(美人魂自序)

孙金易

天下万物,莫不有情爱。同胞有爱同胞的情爱,祖国有爱祖国的情爱。而其起点,实自男女的爱情立之基础。所谓男女的爱情者,自有一种你怜我惜的情形。绝非登徒子好色之谓也。是故欲念深,则情念转淡,亦情念深则欲念转淡。二者殊不相侔。鄙人作这部小说,专言乎情而不言乎欲,自不嫌于诲淫焉已。

说明:上序及自序均转录自陈大康《〈中国通俗小说总目提要〉"未见"条目之补遗》(见《明清小说研究》2013年第1期)一文。作者谓有光绪三十三年新世界小说社刊本,标言情小说。目录叶与正文前均标"艳情小说",署"松岭钓叟田铸编著,古桐花里孙金易评注"。首"孙金易序",次"自序"。

松岭钓叟田铸、古桐花里孙金易,待考。

廿载繁华梦

廿载繁华梦小说序

赖应钧

本报小说《廿载繁华梦》一书,书出版有日矣。顺德赖应钧曰:是书也,其知道乎?钧不可无序也。钧幼读孔氏书,至"富贵浮云"一语,则喟然曰:此儒家矫饰论矣。当富贵时,畴辨其义与不义也,则并孔氏而亦疑之。稍长,涉猎乎诸史诸子,而上下其事实与理论,则稍稍惊。生前华屋,零落山邱。悲夫,古今人一辙也!逐逐者不悟,当其富贵时,以不可一日之概,夸耀流辈。其尤可嗤者,席祖若父之馀荫,施施纨绔以为荣。不十年间,而虚悙以僵矣。宁待廿载乎哉?宁待廿载乎哉!虽然,周氏以一人娶子而繁华廿载,虽一梦也,亦足豪。且古今来帝王卿相,烟云过眼者,何可胜道,宁独一周氏?桑田沧海,变局万状。后之视今,将不止如今之视昔。万古一梦,当作如是观也。若是,则钧何暇哀周氏,更何暇哀不如周氏之纨绔儿?然此则腐迁所云可为知者道，难与俗人言者也。悲夫！钧尤惧知者之少，而达人一笑之论之见，嗤于俗人也，则钧达矣。是为序！（顺德赖应钧。）

说明：《廿载繁华梦》光绪乙巳年（三十一年）九月（或曰十一月）起至丁未年（光绪三十三年）八月（或曰十月）止，连载于广州《时事画报》。丁未年七月五日，赖应钧为其作序，刊载于该刊的第十七期。本篇转录自方志强《黄世仲大传》（夏菲尔国际出版公司1999年版）。《中国近代小说大系》本《廿载繁华梦》此序略有不同，首曰："番禺黄子小配，撰小说《廿载繁华梦》一书，分章刊诸《广州时事画报》，已两易寒暑，排编四十回而全书成，以序嘱应钧为之，钧不敢辞也。且钧窃有触于怀而不能不宣诸口者，曰：是书也……"尾署"丁未秋，顺德赖应钧"。

黄小配（1872—1912），名世仲，号棣荪，广东番禺人。同盟会会员，曾任《中国日报》记者，先后参与创办《世界公益报》《广东日报》《有所谓报》《香港少年报》等。其小说著作，除《廿载繁华梦》外，还有《洪秀全演义》《大马扁》《宦海升沉录》《黄粱梦》等。

赖应钧，待考。

《廿载繁华梦》序

岑学吕

沧桑大陆，依稀留劫外之棋；混沌众生，仿佛入邯郸之道。香迷蝴蝶，痴梦难醒；悟到木犀，灵魂已散。看几许英雄儿女，滚滚风尘，都付与衰草夕阳，茫茫今古。此金圣叹所谓"大地梦国，古今梦影，荣乐梦事，众生梦魂"者也。然沉醉仙乡，陈希夷千年睡足；迷离枯冢，丁令威今日归来。人间为短命之花，桃开千岁；天上是长生之树，昙现刹那。从未有衣冠王谢，转瞬都非；宫阙邮亭，当场即幻。就令平波往复，天道自有循环；无如世路崎岖，人心日形叵测。虽水莲泡影，达观久付虚空；然飞絮沾濡，识者能无感喟？此《廿载繁华梦》之所由作也。

黄君小配，挟子胥吹箫之技，具太冲作赋之才。每拔剑以唾壶，因人抱忿；或废书而陨涕，为古担忧。自昔墨客词人，慷慨每征于歌咏；忧时志士，感愤即寄于文章。况往事未陈，情焉能已？伊人宛在，末如之何。对三秋萧瑟之悲，纪廿载繁华之梦。盖以宋艳班香，赏雅而弗能赏俗；南华东野，信耳而未必信心。于是拾一代之蜗闻，作千秋之龟鉴。或写庸夫俗子，弹指而佩玉带金鱼；或叙约素横波，转眼而作囚奴灶婢。长乐院之珠帘画栋，回首何堪？未央宫之绿鬓朱颜，伤心莫问。乌衣旧巷，燕去堂空；白鹭荒洲，鱼潜水静。今日重经故垒，能不感慨系之乎？更有根骈兰艾，薰莸之气味虽殊；谊属葭莩，瓜蔓之灾殃亦到。休计冤衔于围马，已连祸及乎池鱼。可怜宦海风潮，鲸鲵未息；试看官场攫噬，鹰虎弗如。嗟乎，嗟乎！廿年幻梦，如此收场；万里故乡，罔知所适。若论祸福，塞翁之马难知；语到死生，庄子之龟未卜。叹浮生其若梦，为欢几何？抚结局以如斯，前尘已矣。二十载繁华往事，付与茶馀酒后之谈；数千言锦绣文章，都是水月镜花之影。丁未重阳后十日，华亭过客学吕谨序。

《廿载繁华梦》序

晏殊庵主

吾粤溯殷富者，道咸间曰卢、曰潘、曰叶。其豪奢煊赫勿具论，但论潘氏有《海山仙馆丛书》，及所摹刻古帖，识者宝之。叶氏《风满楼帖》，亦为士林所珍贵。卢氏于搜罗文献，寂无所闻，顾尝刻《鉴史提纲》，便于初学，文锦亲为作序，则卢氏殆亦知尊儒重学者。虽皆不免于猎名乎，其文采风流，亦足尚矣。

越近时有所谓南海周氏者，以海关库书起其家。初寓粤城东横街，门户乍恢宏，意气骄侈，而周实不通翰墨，通人亦不乐与之相接近。彼所居固去万寿（宫）弗远也，周以此意示某，嘱为撰门联。某乃愚弄之，其词曰："宫阙近螭头。"是以周之室比诸王宫也。且句法实不可解，而周遽烂然雕刻，悬诸门首。越数日，某友晓之曰："此联岂惟欠通，且欲控君僭拟宫阙，而勒索多金也。"周乃怵然惧，命家人立斫之以为薪，然人多寓目矣。

以周比潘、卢、叶，则潘、卢、叶近文，而周鄙野也。东横街家屋被烬后，迁寓西关宝华正中约。该屋本郭氏物，而顺德黎氏折数屋以成一大屋。黎以宦闽也，售诸周氏，周又稍扩充之。虽阔八间过，然平板无曲折，入其门，一览可尽，且深不逾十二丈。

以视潘、卢、叶，又何如也？河南安海，所谓伍榜三大屋者，即卢氏故址。近年来虽拆为通衢，顾改建二三间过之屋，弥望皆是，则其地之恢广殆可知。潘氏除宅子不计，海山仙馆宽逾数亩，老圃犹能道及。叶氏宅与祠连，有叶家祠之称。第十甫而外，自十六甫以至旋源桥下，皆叶氏故址也。是以房屋一端而论，又潘、卢、叶广而周隘矣。

呜呼！周之繁华，岂吾粤之巨擘哉？但以官论，则周差胜。盖潘得简运司，以为殊荣；而卢、叶则不过部郎而已，未若周之由四品京堂而三品京堂也。虽然，其为南柯一梦，则彼此皆同。潘以欠饷被查抄，卢、叶亦日就零落，甚至叶（弃）其木主于社坛，放而不祀。迄今故老道其遗事，有不欷歔感喟，叹人生若梦，为欢几何者乎？彼周氏者，旋放钦差大臣，旋被参籍没。引富人覆没之历史，又有不以潘、卢、叶为比例者乎？顾潘、卢所享，约计各有五十年，潘、卢则及身而败，与周相同；叶则及其子孙，繁华乃消歇，与周小异。而计享用之久暂，则周甚暂，而潘、卢、叶差久，盖彰然明矣。此所以适成其为二十载繁华梦，而作书者于以有词也。

曩有伍氏者，亦以富称，然持以与周较，则文采宫室，皆视周为胜，享用亦稍久。至今衰零者虽过半，而园囿尚有存者。惟伍氏官爵不逾布政司衔，逊于周之京卿。顾今尚可以此傲庸人也，则胜于周之参革矣。嗟夫！地球一梦境耳，人类胥傀儡耳，何有于中国？何有于中国广东之潘、卢、伍、叶及周氏？然梦中说梦，亦人所乐闻，其有于酒后，或作英雄梦，或作儿女梦，或作人世间必无是事之梦，而梦境才醒之际，执此卷向昏灯读之，当有悲喜交集，而歌哭无端者。光绪丁未中秋节，曼殊庵主叙。

（廿载繁华梦）凡例

黄小配

凡作书不可无主脑。是书主脑，全在警醒骄奢淫佚，而悖入悖出之，因果寓焉。读者不可不留意。是书以"牝鸡司晨，为家之索"二语，为全书脉络。盖女权不可无，而家庭教育之不讲，徒事野蛮雌威，此风诚不可长也。

是书凡四十回，必有深意。即一夫一妻，为欧美文明制度；而中国富室，每以一人而妻妾充斥下陈，最为野蛮陋习。是书虽未明言此理，而以此风世之意寓然。观结处知之矣。盖周氏末路，妻妾互拥多资，只图私囊自顾。盖唯多妻，而妻妾乃无专一之感情也。

凡寻常著书，每多断语，唯是书则不然，全作叙事体而不断之，断已寓于其间。

凡寻常著书，除历史的演义外，多说报应。唯此书却不从此着想。然不报应之报应，每在其间，盖胎息《石头记》来也。

凡作书忌断续处，故门豆寸甚难。此书以马氏为主，以周庸祐为副，而其馀皆宾也。故每事转折，皆从马氏为贯输，所以全无斧凿之痕，亦无断续之迹。

凡作书者须先有全局在胸，方能下笔。若见事写事，则必至散漫无纪。是书殆胸中先有全局在胸者。于何见之？于是傅成到港时，对李德观语见之。

是书有大脉落处。其起结是也。叙周庸祐以负担访亲为一起，以再走暹罗为一结；叙邓娘以刘婆说媒为一起，以邓义卿谢绝周府为一结；叙马氏以子良嫁妹为一起，以马氏责夫在暹罗买妓为一结。叙马氏妒妾也，以香屏入门为一起，以庸祐回港筹款不予为一结。叙马氏之于儿女也，以忌伍娘生子为一起，以不令长子中举为一结。以限制婚娶之期又为一结。叙朋友之于周家也，以十二为友为一起，以查抄时无人过问为一结。叙周家之于朋友也，以早田借款为一起，以籍没早田遗赀为一结。叙库书之于监督也，以联元谋差为一起，以德声吞金为一结。叙监督之于库书也，以晋祥入京为一起，以德声借款不遂为一结。叙求官也，亦以周氏随晋祥入京为一起，而以奉命出使为一结。叙库书也，以傅成召顶书差为一起，以少西承乏为一结。以海关裁撤也，又为一结。叙巴结上司也，以报效得京堂为一起，以京邸拜王爷为一结。叙打算儿子也，以捐款中举为一起，以马氏拥私囊不予庸祐为一结。叙周家第宅也，以除夕火烧为一起，以封屋入官为一结。叙周少西也，以周姓认同胞为一起，以香桃奉主入狱为一结。叙周家财帛也，以香屏带财入宅为一起，以姨太拥赀私逃为一结。以匿金骗舅为一起，以逃后回港，各商业无数可算为一结。

叙周家功名也，以报捐知府为一起，以撤革钦差为一结。其馀十馀房侍女妾，无一房无来历，无归宿。自觉一丝不漏，真有密织联针之妙。

是书逼近《石头》，惟大观园之奢侈在文，京卿第之奢侈在俗，此其不同也。是书纪事，非目击即耳闻，殆不尽虚，与《石头记》实不相类。故不能强插诗章词曲，盖记实也。

是书上半截写邓娘、马娘、伍氏、香屏、桂妹、春桂，皆详而有色，殆仿太史公无人不可立传之意。自七八姨太太以下稍略焉。盖亦不能强无事为有事云尔。

是书之警骄奢淫佚，首罪马氏，次罪庸祐，故于周氏儿子，无甚责备，而周氏三女，则不能从略，盖以定马氏之无教育也。然记庸祐儿子如是，记少西儿子亦如是，或亦口诛笔伐，只及其身，仍为二世祖留地步，不失诗人忠厚之心。

是书风世之道，无所不备。究以惊惕骄奢淫佚，及炎凉世态为关键。

是书有应纪而不纪者，当周庸祐任驻英参赞。马氏本随任，曾以水洗缠足带晒于使署，纷嘲笑之，谓那日为中国大庆日,故应特别旗帜于署前。盖嘲缠足带旗帜也。是书独不记此段,得毋笔墨不欲过为刻薄,且此事为国体所关系乎哉。或亦全书主脑既在马氏,故割爱此段,而留马氏于省中,庶写周府事不至寂寞,且较易调动笔墨耳。

说明:上二序、《凡例》最早出自时事画报社本《廿载繁华梦》。转录自方志强《黄世仲大传》。时事画报社本眉题"时事小说",丁未九月出版。首二序,分署"丁未重阳后十日,华亭过客学吕谨序""光绪丁未中秋节,曼殊庵主叙"。

学吕,岑学吕(1882—1963),字伯槃,晚号师尚老人。上佳市人,同盟会会员。尝与黄小配一起主笔《有所谓报》。辛亥革命后历任广东都督府秘书,东莞、番禺、丰顺县县长等。著有《虚云和尚年谱》(详参《顺德人物》)。

曼殊庵主,即麦仲华(1876—1956),字曼宣,号瑟宝、瑟庵琴斋主人、曼殊庵主。康有为长女康同薇夫婿。

此书另有宣统元年仲春上海书局石印本,内分正面题"绘图廿载繁华梦",背面署"宣统元年仲春上海书局印行",首序,尾署"丁未重阳后十日,华亭过客学吕谨序"。次序,尾署"光绪丁未中秋节,曼殊庵主叙"。正文半叶十九行,行四十五字。版心上题"绘图繁华梦",中署卷次、回次,下记叶码。石印。又有阿英《晚清文学丛钞·小说卷》本(中华书局1960年版)等。

(廿载繁华梦)弁言

黄小配

自《诗》亡而《春秋》作,口诛笔伐,而褒贬之权行焉。顾圣人虽无其位,而有其德,则能知其故,而行其褒贬,此《春秋》所由作也。吾人既无其位,又无其德,而有其责任,则能究其原而尽其责任,此公论所由出也。是放《诗》《书》《礼》《易》,圣人之书也。金圣叹曰:"《易》者导之,使为善者也。《礼》者防之,使为恶者也。《书》者纵以尽人情之变,《诗》者冲以会人情之通。是一篇之中,皆有深意焉。"然而教道德,别善恶,圣人之深意也。衡世故,鉴人情,吾人之深意也。世风既变,书说贵贱亦异其趋,虚而求诸理,何如实而征诸事,渺冥而苦诸索，何如活泼而快诸谈。施耐庵、罗贯中、王凤洲、曹雪芹之伦，有其责任，由是知其故。究其原，征诸事，快诸谈，因之以为说部。与东西洋诸小说大家，竞长争雄，骋材斗学，此圣贤志而豪杰事也。乘其风气之所趋，完其责任之所在，本仲尼有其德知其故之意，成子长综群书衷圣籍之实，教世讽世，其揆一耳。吾人观人感事，气能忍，心能耐，笔不能曲，则以无事不可成书，无人不能立传。纪其人，书其事，质诸古人，问诸当世，赠诸后人，使慕善儆恶，趋智避愚，则亦圣贤志而豪杰事也。彼夫纨袴子之纵欲败度，养其祸而蒙其羞，用取败亡，宜矣。周氏式微孤裔耳，甘苦固亦备尝，骤退贫贱而进富贵，宁不知所以自持，顾亦自得自失，败不旋踵，吾知必有纵欲败度，使之养其祸而蒙其羞者。周氏乃得而身受也。嗟乎！高明鬼瞰，稍一弗兢，火将及睫，况不读书，不知礼，国家观念彼弗闻，社会公益彼弗知，随纵欲败度以为终始，如周氏者哉。君子曰："是可以为世镜也。"吾乃究其原，尽其责任，征诸事，快诸谈，纪其人，书其事，以为是书，凡十五万言，以告后世，其有慕善儆恶、趋智避愚奉以为家族师者，固吾生无涯之希望,而知我罪我之故,其亦以此乎!时中历丁未九月,世界之个人禺山黄小配序于香江寓楼。

说明:上弁言录自《中国近代小说大系》本《廿载繁华梦》。此本亦据《时事画报》社1907年出版本为底本校点排印。(方志强《黄世仲大传》附录此条有目无辞。)

(廿载繁华梦)广告两则

本社小说《廿载繁华梦》全书出版预告:

是书详叙周庸祐近事,第一回出世,已为社会欢迎。全书四十回,全稿已脱。本社今经发刊,准九月内出版,分三大册,价银九毫。用上好纸张,洋装精美。另有新图书付印,届期出版。阅者幸留意焉。发行另议。光绪三十三年丁未八月吉日时事画报社谨启。(《时事画报》光绪三十三年八月十五日第廿一期至第廿五期)

《廿载繁华梦》已出版,爱阅者快来快来。每套

价银九毫,邮费照加。发行另议。本报谨启。(见丁未年十一月二十五日《时事画报》第三十一期)

说明:上广告处出《时事画报》,转录自方志强编著《黄世仲大传》,夏菲尔出版公司1999年版。

廿载繁华梦小引

我不赞成所谓出世的思想,我不同意所谓消极的观念;一个人既然生到了这世界上,为了名和利两事而劳碌奔走,原是应该的。不过我们所应该注意的,或是对于功名富贵,无论如何总务必要用正当的手段,和光明的方法去取得。既取得了之后,又总务以此功名,以此富贵,去用在有价值,有道理的去处!明白的说,就是既得了功名富贵,那么我们一定要利用这功名富贵,去做些有利于国家,有利于人群的事业,那才可算是尽善尽美!至于这书中主人周庸祐,他固然是取尽了富贵了;但是他的得,是强取豪夺的,是阴谋暗算的;他的用,是骄奢淫佚的,是挥霍逍遥的。又何怪他不过短短廿载,就如过眼烟云,一扫而光呢?今世的如周庸祐其人者,或者不在少数罢！那么我深愿能得个个一读此书,以为殷鉴,从速悔悟;能如此,不特减少了房人被压迫被掾削的痛苦,同时自身也免了徒劳无益的不幸,而我们的整理和出版此书,也总算有了代价了。

说明:上小引出民国二十四年一月大达图书供应社再版本,转录自方志强《黄世仲大传》。

洪秀全演义

洪秀全演义序

章炳麟

演义之萌芽,盖远起于战国。今观晚周诸子说上世故事,多根本经典,而以己意饰增,或言或事,率多数倍。若《六韬》之出于太公,则演其事者也;若《素问》之托于岐伯,则演其言者也。演言者,宋、明诸儒因之为《大学衍义》;演事者,则小说家之能事。根据旧史,观其会通,察其情伪,推己意以明古人之用心,而附之以街谈巷议,亦使田家孺子知有秦汉至今帝王将相之业;不然,则中夏齐民之不知故国,将与印度同列。然则演事者虽多稗传,而存古之功亦大矣。

禺山世次郎作《洪秀全演义》,盖比物斯志者也。余维满洲入踞中国全土且三百年。自郑氏亡而伪业定,其间非无故家遗民,推刃致果,然不能声罪以彰讨伐,虏未大创,旋踵即仆。微洪王则三才毁而九法斁。洪王起于三七之际,建旗金田,入定南都,握图籍十二年。旗旄所至,执讯获丑,十有六省,功虽不就,亦雁行于明祖。其时朝政虽粗略未具,而人物方略多可观者。若石达开、林启荣、李秀成之徒,方之徐达、常遇春,当有过之。虏廷官书虽载,既非翔实,盗憎主人,又时以恶言相诋。近时始有搜集故事为《太平天国战史》者,文辞骏骤,庶足以发潜德之幽光,然非里巷细人所识。夫国家种族之事,闻者愈多,则兴起者愈广。诸葛武侯、岳鄂王事,牧猪奴皆知之,正赖演义为之宣昭。今闻次郎为此,其遗事既得之故老,文亦适俗。自兹以往,余知尊念洪王者,当与尊念岳、葛二公相等。昔人有言:"舜何人也?予何人也?"洪王朽矣,亦思复有洪王作也。丙午九月,章炳麟序。

《洪秀全演义》自序

黄小配

余尝谓中国无史,盖谓三代直道,业荡然无存,后儒矫揉,只能为媚上之文章,而不得为史笔之传记也。当一代鼎革,必有无量英雄齐起,乃倡为成王败寇之谬说,编若者为正统,若者为僭国,若者为伪朝，吾诚不解其故。良由专制君主享无上尊荣，枭雄者辈即以元勋佐命的名号，分藩食采的衔爵，诱其僚属，相助相争。彼夫民族的大义，民权的公理，固非其所知，而后儒编修前史，皆承命于当王，遂曲笔取媚，视其版图广狭为国之正僭，视其受位久暂为君之真伪。夫三国时代，陈寿、司马光者，见晋武、宋太与曹操若也，则上曹下蜀；习凿齿、朱熹者，见夫晋元、宋高与刘备若也，则上蜀下曹。而求如《世家》陈涉、《本纪》项羽，殆罕觏焉。是纲也，鉴也，目也，只一朝君主之家谱耳，史云乎哉！是以英雄神圣，自古而今，其奋然举义为种族争、为国民死者，类湮没而弗彰也。藉有之矣，其不訾之为伪主与贬之为匪逆，其又几何？

吾观洪氏之起义师，不数年天下响应，发广西，趋两湖，克三吴，竟长江之极，下取闽、浙、燕、齐、晋、汴，林凤翔叱咤之所及，望者如归。其间若冯云山、钱东平之观变沉机，若李秀成、石达开之智勇器量，若陈玉成、林启荣、萧朝贵之勇毅精锐，人才彬彬，同应汉运，即汉、唐、宋、明之开国名世，宁足多乎！当其定鼎金陵，宣布新国，雅得文明风气之先。

君臣则以兄弟平等,男女则以官位平权,凡举国政戎机,去专制独权,必集君臣会议。复除锢闭陋习,首与欧美大国遣使通商,文明灿物,规模大备。视泰西文明政体,又宁多让乎!惜夫天未祚汉,馑疫洊臻,而贪荣慕禄、戕同媚异之徒,又从而推之,遂所事不终,半途失败,智者方悯焉。而四十年来,书腐亡国,肆口雌黄,"发逆""洪匪"之称,犹不绝耳。殆由曾氏《大事纪》一出,取媚当王,遂忘种族。既纪事乖违,而《李秀成供状》一书,复窜改而为之黑白,遂使愤愤百年亡国之惨,起而与民请命之英雄,各国所认为独立相与遣使通商者,至本国人士独反相没而自污之,怪矣!

吾蓄虑积愤,亦既有年,童时与高曾祖父老谈论洪朝,每有所闻,辄笔记之。洎自夫乙未之秋,识□山上人于羊垣某寺中,适是年广州光复党人起义,相与谈论时局,遂述及洪朝往事,如数家珍,并嘱为之书。余诺焉而叩之,则上人固洪朝侍王幕府也,积是所闻既夥。而今也文明东渡,民族主义既明,如《太平天国战史》《杨辅清福州供词》及日人《满清纪事》诸书,相继出现,益知昔之贬洪王曰

"匪"曰"逆"者，皆戎同媚异、忘国颂仇之辈，又狃于成王败寇之说，故颠倒其是非，此皆媚上之文章，而非史笔之传记也。爰搜集旧闻，并师诸说及流风馀韵之犹存者，悉记之，经三年是书乃成。其中近三十万言，皆洪氏一朝之实录，即以传汉族之光荣。吾同胞观之，当知虽无老成，尚有典型，祖宗文物，犹未泯也，亦伟矣乎！时黄帝纪元四千六百零六年季夏，禺山黄小配序。

《洪秀全演义》例言

凡读书者，须明作此书者之用意。读孔氏书，须知其排贵族专制政体；读孟氏书，当知其排君主专制政体。故太史公愤时嫉俗，于《游侠》诸传特地着神。顾三代后作者之眼光，孰如史迁，陈涉列为《世家》，项羽编为《本纪》，真能扫成王败寇之腐说，为英雄生色者。是书即本此意，以演洪王大事，读者不可不知。

是书有握要处，全在书法。司马光书五代事，次第书五代纪元，而各国纪元单列其下；盖彼已成独立体段，不能媚于一尊，而称为伪、为匪、为逆也。惟是书全从种族着想，故书法以天国纪元为首，与《通鉴》不同。

或谓耐庵《水浒传》独罪宋江，是歼厥渠魁之意，岂其然乎？则何以罪宋江而不罪晁盖者也？不知耐庵之罪宋江者，罪其外示谦让，内怀奸狡，图作寨主耳。若洪王，则实力从国家种族思想下手者，故是书亦与《水浒传》不同。

或问《列国志》《西游记》其题目何如？答曰：皆非好题目也。《列国》人物事体太多，笔下难于转动；《西游》又太无地脚，只是逐段捏撮出来耳。惟是书全写实事，又简而易赅；题目既好，则笔墨材料当绰有馀裕。

是书有数大段足见洪朝人物之真为豪杰者：君臣以兄弟相称，则举国皆同胞，而上下皆平等也；奉教传道，有崇拜宗教之感情；开录女科，有男女平权之体段；遣使通商，有中外交通之思想；行政必行会议，有立宪议院之体裁。此等眼光，固非清国诸臣所及，亦不在欧美诸政治家及外交家之下。

是书以洪、杨二人首，然杨秀清不及也。洪王深明种族大义，奈人心锢闭，故其始只以暴官狼差为借口，直至入湖以后，人心渐开，遂伸出民族之理，一往不变。若东王杨秀清，只具一帝王思想耳。故无东王则洪朝事不易成，以其素拥巨资也；亦无东王则洪朝事不易败，以其徒觊大位也。后有作者，可为殷鉴。

或谓洪王之败，即种族复亡，一由于王位过多，已无统属。实由于所得之地，尺寸不舍，故满人能分百路游击以扰之，洪朝疲于奔命；至林凤翔殁后，遂不暇北上。此读是书者所当太息，亦此后当视为前车者也。

洪朝之败，实败于杨秀清，以其觊觎大位，遂开互杀之媒，致能员渐散。后人加以淫孽之词，谓其竞争女色所致，厚诬英雄，当下拔舌地狱。

书中李秀成是古今来第一流人物。其身历安危，民心不变，其得人也胜似武侯；出奇制胜，用兵如神，其行军也胜似韩信；几历艰劫，军粮不绝，其筹饷也胜似萧何；其优待降将，礼葬敌国亡臣，豁达大度，古未曾有，真合清国曾、左、胡、李、僧、胜诸人而不能望其肩背者也。至以一身生死，系国家存亡,则姜维、王彦章以后,惟有此公耳。

石达开自是上上人物。以一介书生,掷笔即为名将,纵横数省,当者莫撄其锋。其勇猛如是,却能雍容儒雅,诗章却敌,真有儒将风流。

林启荣自是上上人物。九江当数省之冲,独能坚守孤城,断敌国交通之路,时历数年,身经百战,矫然不移。即古之良将,何以过之!

林凤翔是上上人物。以老将神威,所向无敌,统三十六军,自扬州而山东,而安徽,而河南,而山西,而直隶,直捣北京。历古用兵,未见有如是之锐者。然卒令功败垂成,就义以殁,读者当为惜之。

演义中如《列国》《两汉》《三国》《隋唐》,人材之盛极矣。然钱江、冯云山之料敌决胜,陈玉成、李开芳、吉文元、李世贤、韦昌辉、萧朝贵之骁勇善战,黄文金之百折不回,皆一时之奇彦,人材济济,比诸前时演义中人,当有过之无不及也。然事卒不成,或亦非战之罪欤?

寻常说部,皆有全局在胸,然后借材料以实其中。如建屋焉,砖瓦木石俱备,皆循图纸间架而成。若此书,则全从实事上搬演得来。盖先留下许多事实,以成是书者,故能俯拾即是,皆成文章。

是书有详叙法。如赚杨秀清举义,当时许多曲折,自然费许多笔墨;若赚石达开举义,则一弄即成,毫不费力。盖石达开人格高出秀清之上,自然闻声相应。

是书有欲合仍离法。如卷首即写钱江,然必待洪王起后始与同军。此十数回中,应令读者想望钱先生不置。及其一出,又令读者另换一副精神。

是书上半截写洪仁发却好,后半截却不好,何也?盖仁发为受和受采之人,初时何等天真烂漫,其后殆不如矣。得毋观杨秀清之举动,有以变其心志耶?

读此书如读《三国演义》,钱江、冯云山、李秀成三人,犹武侯、徐庶、姜维也。云山早来先死,又如徐庶早来先去;钱江中来先去,如武侯中来先死;若以一身支危局,则秀成与姜维同也。观金陵之失,视绵竹之降,当同一般感情者矣。

读此书胜似读《史记》。《史记》以文运事,是书以事成文。盖以文运事,即史公高才,仍有苦处。今以事成文,到处落花流水,无不自然。

或曰：钱江与范增同乎？答曰：不同。范增不知其主，又仕非其国，复不知机，其运则同。若钱江之智、之才、之志，皆非范增所及也。

或曰：李秀成、王彦章、姜维，皆能以一身生死为一国存亡，其英雄中之同道欤？答曰：亦有不同。盖得君之专，得人之深，与其权谋、其志量，秀成之为秀成，亦非姜维、王彦章所及也。

或曰：史称坐而言能起而行者，仅得三人，曰武侯，曰王猛，曰许衡。今得钱江，共四人矣。然王猛辅胡苻，许衡辅蒙古，其见地又在武侯、钱江之下。

说明：上序录自人民文学出版社1984年版《洪秀全演义》。原书曾连载于1905年香港《有所谓报》《少年报》。书首章炳麟丙午序、作者自序、例言。凡五十六回，未完。1906年有香港中国日报社本。上海广益书局印行本题作《洪杨豪杰传》，取黄著五十四回，续写至八十六回，与黄著异。

萧按：章炳麟序作于"丙午"（光绪三十二年，1906），这没问题，然自序纪年为"黄帝纪元四千六百零六年"，即光绪三十四年（1908），令人生疑。是章炳麟序先作好，正式出版时黄小配才作序？待核实。

　　章炳麟，即章太炎（1869—1936），原名学乘，字枚叔，后易名为炳麟。浙江馀杭人。因参加维新运动被通缉，流亡日本，因发表《驳康有为论革命书》并为邹容《革命军》作序，被捕入狱。曾与蔡元培等合作，发起光复会。并于日本参加同盟会，主编同盟会机关报《民报》。著作有《儒术新论》《订孔》等。

　　黄小配，见《廿载繁华梦》条。

五使瀛环略

五使瀛环录总序

<small>小新民爱东氏</small>

天演而为地球,地演而生人种。只因种类不齐,则遂于三百六十五度,南北两温带之中,又演成一竞争世界。试观欧风美雨,逼我支那,几将百载。考其所以致富致强、蒸蒸日上之精神,要不外宪章之效力。至于东瀛岛国,蕞尔弹丸,甲辰一役,竟胜强俄。溯其胜负之由,实关于宪法之感情不少。我朝廷圣神文武,洞烛民情,早知神州宇内,非宪法之昭垂不足以保疆土,非宪章之势力不足以振民心。所以迟迟而不骤立者,实深知国民之程度、资格,两均未逮,于是林立学堂,广兴教育,此皆为他年立宪之胚胎、富强之预备。况自去年日俄战后,朝廷一发振国之精神,慨降纶音,先派大臣出洋考察。兹者五臣回国,丹诏明颁,强富之基,于兹起算。愿我支那二千年文明之国,四百兆神圣之裔,从此发爱国之精神、保种之思想,切勿负朝廷深培厚望之心,

俾将数十载老大帝国之讥,一变而为少年中国之誉,幸矣。

鄙人谨按五使出使大略情形,凑成说部,亦明知大题小作,不足当方家一哂,然欲开下流社会之知识,舍此无由。篇中虽略有风花雪月,原欲使人生警惕之心,绝非淫词艳曲之流,可以易人血性,况所载实皆有所由来、征诸确据,鄙人断无丝发捏造也。二十世纪小新民爱东氏谨集。

说明:上序录自光绪间排印本《最新小说五使瀛环略》,首《五使瀛环录总序》,尾署"二十世纪小新民爱东氏谨集",次目录,不署回章次第,凡十八目。原本藏浙江图书馆。

爱东氏,真实身份、生平事迹待考。

苦社会

《苦社会》叙

漱石生

小说之作，不难于详叙事实，难于感发人心；不难于感发人心，难于使感发之人读其书不啻身历其境，亲见夫抑郁不平之事、流离无告之人，而为之掩卷长思，废书浩叹者也。是则此《苦社会》一书可以传矣。夫是书作于旅美华工，以旅美之人，述旅美之事，固宜情真语切，纸上跃然，非凭空结撰者比。故书都四十八回，而自二十回以后，几于有字皆泪，有泪皆血，令人不忍卒读，而又不可不读。良以稍有血气，皆爱同胞。今同胞为贫所累，谋食重洋，即使宾至如归，已有家室仳离之慨，况复惨苦万状，禁虐百端？思归则游子无从，欲留则楚囚饮泣，此中进退维谷，在作者当有无量难言之隐，始能笔之于书，以为后来之华工告，而更为欲来之华工警。是诚人人不忍卒读之书，而又人人不可不读之书也。书既成，航海递华。痛其含毫邈然时，不知挥尽几升血泪也。因为著书者叙其大旨如此。光绪乙巳七月，漱石生叙。

说明：上序录自光绪三十一年上海图书集成局印行本《苦社会》。书凡四十八回，不题撰人。《叙》谓作者系一"旅美华工"。首序，尾署"光绪乙巳七月，漱石生叙"。另有台湾广雅出版公司《晚清小说大系》本等。

旅美华工，阿英《晚清小说史》以为"作者似非真正的工人"，"大概是一个熟悉在美华工华裔的知识分子"。

漱石生，见《仙侠五花剑》条。

瓮金梦

瓮金梦自序

湖州现愚

丁未中冬,客扬州,旅馆岑寂,草《瓮金梦》说部以派遣竟,会稽鲍心耐过而读之,曰:"人世竞贪,子犹以掘藏之说作先导耶?"著者曰:"不然,观阿巧迷瓮金,实业是荒,妻子身家,几不赡顾,则可破求富者惑。观黄翁偌大家私,徒贻他人以享受,则可为守钱虏恫。观阿巧得横财,热心公益,而己留仅十分之二,聆者咸拍手贺。则可醒悭吝人迷。反此以读,晨钟泠然。寄语同胞,盍移痴贪而注重实业乎。"心耐道:"善。"遂弁诸篇首。著者自识。

说明:上叙转录自陈大康《〈中国通俗小说总目提要〉"未见"条目之补遗》(见《明清小说研究》2013年第一期)一文。作者谓:"此书现藏上海图书馆,光绪三十四年三月上海小说林社版。"署"湖州现愚著。"

湖州现愚,待考。

情天恨

（情天恨识语）

顽石

顽石曰：余生平所阅书，未及四百种，而小说其半，且最喜读言情小说。尝谓：天地间万事万物，莫不有情。用情最正者，莫如男女。盖男女之情有不期然而然者。故情为天地之正气，男女为情界之代表。写情小说为世界之正史。不知情者为矿物，不知男女之情者为枯骨，不知读写情小说者为笨伯。《红楼梦》《茶花女》，写情小说之最佳者。《红楼梦》之佳，在能体贴入微，丝毫无漏；《茶花女》之佳，在能事事纪实，丝毫无伪。余作此书，非敢云与《红楼梦》《茶花女》并传于世，不过书中所记，皆系实事，似乎与《出抓女》相类，且半系吾友口述，余但笔记其言，略加渲染而已。而此书本旨有二：（一）遵吾友之嘱，欲使天下人知宇宙之间，有此恨事，有此情种；（二）明我之旨，欲使天下人知婚姻不自由为情界之巨害，至于文词鄙陋，语意谬误，在所不计。余本无学,阅者幸勿以此见责。

说明:上识语录自光绪乙巳年(三十一年)十二月新学社刊本《情天恨》,由群学社、科学会社寄售。原本藏上海师大图书馆。此本正文卷端题"言情小说情天恨上"。半叶十一行,行二十八字。版心镌"情天恨"、叶次。正文前有类似识语的说明,叙作书之旨意。虽未署撰者,而撰者即顽石。

顽石,真实身份、生平事迹待考。

官世界

《官世界》序

潜虬

蠖叟因南亭亭长《官场现形记》，感而著《官场世界变》，孤愤危言，是笑是骂，此老用心何自苦耳。潜虬执书而问曰：茫茫世界，叟将欲一变而至于鲁乎？抑将欲一变而至于道乎？人恒言：现时世界，真一黑暗世界。语似激楚，然在今日之工商，殚极心血，振刷精神，似尚欲在商战世界中别辟一懋迁世界；士庶人研究天演，不惜脑筋，又似欲在专制世界中辟一自由世界，惟官吏则但知保守财命，不耻卑贱，已将完全文明之世界变而为破坏龌龊之世界。叟之以变惕官场期官场，岂不知夏虫不可语冰？用意深，命名悖矣。披读全书，若所谓大官小官者，何一非卑贱龌龊、心心念念惟在阿堵中思变化者。此书一出，窃恐朱顶翠翎之辈，不知所警惕，反鸣为得意，则龌龊世界一变而为金银世界。金之为色也黄，银之为色也白，又黄者忽变而为白，白者忽变而为黄,黄白累累,争攘予取,甚必至于欲白者尽变而为黄,欲黄者不欲变而为白,于是穷极变化,浑然淆杂,昏昏暗暗,直非变而为一无日无月之世界不可矣。呜呼！叟盍以变警人惕人？《春秋》《梼杌》非其时也。试看环球之垂涎者何？四民之醉心者何？推而论之,至于督抚、道守、牧令不惜暮夜苞苴欲窃取者又何？当晓然曰:财而已矣。虬不敏,敢请更其名曰《生财大道》。还质蠖叟,叟掀髯而笑曰:潜虬,潜虬！可以读吾书矣！潜虬拜序。

（官世界）自序

蜀冈蠖叟

尝读南亭亭长《官场现形记》一书,不禁废书而起,喟然而叹曰:吾不知今日官场之现形一何如此其极耶？粤稽设官分职,因分定名,积优成陟,累劣取黜,故所以重其禄位,崇其名器,勉其贤良,超其志趣,即所以斥其虚伪,戒其暴虐,禁其贪黩,防其逾闲也。在上元际会之时,君君臣臣,分茅守土,大法小廉,内修政治,外慎边防,皇皇然惟恐无以对吾君,兢兢然惟恐无以对吾民,风行草偃,郅治日隆,

2741

岂不懿哉？岂不懿哉？降及下元运会，世风日靡。自选举之法不廉，则登庸之进身乱；自捐纳之途大开，而仕官之品流杂。夤缘奔竞，贿赂公行。朝输金钱，夕纡朱紫。起居过于贵人，苞苴丰于禄俸。整纲立纪之朝，一变而为贸迁攘利之肆。其俨然为民之父母者，田野不知辟，讼狱不能理，以致邑有流氓，野多冻馁，案惟留牍，狱尽沉冤，凄楚颠沛之声、委屈呼号之状，堂帘深邃，而耳若罔闻，目若罔见也。南亭之所以以强盗寇雠喻官吏者，信有在矣。

夫支那处神州之域，界赤道之交，自尊曰中华，自美曰大国，而外人则目之以病夫，视之以野蛮，画瓜分之图，演割裂之剧，侪之于土耳其、印度之不如。呜呼！恸哉！于是海内俊杰之士，草泽隐逸之贤，累卵思危，含血欲喷。不变法固无以存吾国，不变法亦无以保吾种。号泣奔告，群灵应响。为士为农，为工为商，为老为稚，为男为女，合四万万人，莫不延颈望治，变法自强。今若此，可为吾国贺，更可为吾种庆矣。然而士农工商，老稚男女，譬如制造家一机器耳。机器不能自动，必藉人力而后能运动转旋。其能为机器之运动力者，当世莫如官，但今之官者，脑筋所印，气力所动，有若送迎之外无治绩，酬酢之馀无材能。声色货利，嗜如性命；般乐饮酒，习为故常。种种乖戾之行，种种荒谬之态，用之害新法则可，用之变新法敢决其不可。以三义括之曰：媚上、谄外、利己而已矣。即有一二趋时之辈挺然而出，兴言：学堂急宜立也，而人才之委靡如故；警察速宜办也，而盗贼之充斥又如故；矿产宜开也，美利乐输于外邦；武备宜讲也，兵权甘受于他族。犹复大言不惭，睥睨同类：某某顽固，某某守旧，道不同不相为谋。其所指斥痛诋者，不过一般小忠小信，不识开化之流，然究其肺肠，考其脑印，君君臣臣之本义或未尽忘。请试与之斥之诋之者而比论之：今之言维新者，不过欲藉以饰虚伪，保禄位，较诸克勤克慎者，未若也；言变法者，不过欲乘以肆暴虐，夸名器，较诸毋暴毋忝者，未若也。横征苛敛，足以济贪黩，矫贤良，较诸苟予苟取者，何如也？蒙耻阿谀，假以放逸闲，逞志趣，较诸有为有守者又何如也？吁嗟乎！以此讲运动，以此究启发，以此励民，以此为吏，非惟为维新者所不取，更恐为守旧者所窃笑矣。蒙读书不成，欲为官，耻官之污吾名；欲学贾,防贾之累吾身。穷抱一经,漫游四宇,扩我眼帘,饫我胸膈,归将遁迹穷荒,纂《禽兽经》,修《草木史》,老死崖壑,不复敢再出而问世矣。

昨经汉皋,得览奇文,有触于怀,突然技痒,语摭里谚,体仿章回,或托廋词,或诠真义,积时累月,裹然成帙,无以名之,名之曰《官世界》。其行人之铎,达摩之偈,无非唤醒痴聋,警觉鼾睡,与南亭之意正复遥合。赘此弁言,奉质南亭亭长,会心处当不远矣。蜀冈蠮螉自记。

龌龊犹如虱处裈,也知团结也知群。旁观冷眼啼为笑,天下谁人不识君?

说明:上序录自光绪乙巳(三十一年)公益书局本《官世界》,封面题"社会小说""官世界""第一编"(均横列)。首《序》,尾署"潜虬拜序",次《自序》,尾署"蜀冈蠮螉自记"。复次"社会小说官世界目次 原名生财大道"。原本藏浙江图书馆。

蜀冈蠮螉,真实身份、生平事迹待考。

兰花梦奇传

《兰花梦奇传》小引

秋帆

夫天之生人也，阴阳对待，男女并重，固无分乎彼此。顾自亘古以来，巾帼之胜于须眉者，非可指数，即基于此。将世无才女一科，故皆湮没而无闻耳！即武如木兰，文如崇嘏，久已脍炙人口，余曾叹为观止。不意今读《兰花梦奇传》而至宝珠，则深觉其人质秉纯阴，性含至静，武深于木兰，文超于崇嘏，两美合并，二妙兼全，诚亘古今而无能匹之者！宜乎其赞襄国政，攻战沙场，立不世之奇功，缨显贵之要职，赫赫威然，矫矫虎臣，大有雄视一世之概。迨后机漏秘露，下嫁文卿。以曾握雄军百万之主师，而竟慑于夫威，百计听从，识者或有诋其为妄，情出于理。第不知此乃床笫之私事，岂外人所得而知者？至其结果之惨淡，观宝珠临危之际，与鹤山道人之对语，则其自误已深，此乃天意，非人力所得而挽回者也。夫妇德、妇言、妇容、妇工四者，本妇女之至德所不能废弃者。乃自道学之说与(兴)，谓"女子无才便是德"，而闺阁少隽才矣！夫书也者，足以陶冶性情，增备德行，何于女子而独非，至废古圣贤之所传？诚百思而不解者也。今《兰花梦》一书作者，对诸才女之文学武艺，畅论颂扬，极尽淋漓之至，实获我心，故特缀数语于此。秋帆识。

兰花梦奇传(序)

烟波散人

前人每谓：扶舆清淑之气不钟于男子而钟于妇人，殆有所激而云然耶？窃怪叔季之世，须眉所为，不啻巾帼。倪亦小人道长，君子道消，阴阳颠倒，有如是耶？吟梅山人撰《兰花梦奇传》，离奇变幻，信笔诙谐，草创自出心裁，花样全翻旧谱，可以资谈柄，可以遣睡魔，而前人有激而云之旨，即寓乎其中，有识者，均能辨之，或无俟鄙人之赘论也。前因麈尘山人以序属，爰题数语，弁之简端。光绪御极三十一载乙巳元旦，烟波散人题于沪江窗明几净斋。

说明：上小引录自广益书局1912年排印本《绣

像仿宋完整本兰花梦奇传》。烟波散人序则出上海文元阁书庄本。另有民国间上海大成书局石印本，无序跋。原本藏南京图书馆。

秋帆、吟梅山人，待考。

泡影录

（泡影录）弁言

儒冠和尚

余读破佛《栖霞传》，叹其清洁高旷，遗世独立；读《琵琶湖》，叹其风流蕴藉，秀逸宜人；读《闺中剑》，叹其温厚俊丽，风范可仰；读《三家村》，叹其苍凉惨淡，悱恻绝伦。今读《泡影录》，又叹其诙谐滑稽，顽皮无比，夫然后知破佛乃一善变相之大禅师也。破佛尝自恨为家境所累，又不得一知己者，遂致强就时尚，为糊口计，縻耗精神于小说之中。悲夫！不然，具此才识，展其抱负，所见于世，未可臆测，岂读其游戏之文也，而遂能知其人乎？丙午七月下旬，儒冠和尚书于破佛维航处。

（泡影录）题辞

诸葛知白　古吴铁骨

慈悲原是旧弥陀，妙谛纷纶解脱多。从此广施大灵感，不须膜拜诵波罗。

鬼蜮官绅处处同，殃民误国恨无穷。孰知百变狐狸态，尽在先生笑语中。诸葛知白。

蛮云恶雾高千丈，昏障山河二百年。忽地佛光来普照，众生一霎现媸妍。

方根径寸大慈悲，只恐神州化劫灰。欲唤长眠魂梦醒，莲花舌底动春雷。

宿因昧果破迷关，庄语佻词喝巨奸。满纸冰霜寒砭骨，个中血泪染成殷。古吴铁骨。

说明：上弁言、题辞均录自光绪三十二年上海小说林本《泡影录》。首《弁言》，尾署"丙午（光绪三十二年）七月下旬，儒冠和尚书于破佛维航处"。复有《题辞》，分署"诸葛知白""古吴铁骨"。原本藏上海图书馆。

儒冠和尚，即彭俞，别署破佛、亚东破佛、儒冠和尚、守愚氏、竹泉生、盲道人等。江苏溧阳人。原籍浙江绍兴。曾主编《竞立社小说月报》。著有长篇小说《三家村》《泡影录》《闺中剑》《天上大审判》《情天琐记》等。又曾翻译小说《双义侠》《栖霞女侠传》等。详参彭长卿《亚东破佛传略》。

闺中剑

家庭小说闺中剑（原名普如堂课子记）弁言

是书宗旨在强种，强种之道在兴学，兴学又贵于普及以成大同之化，故托名普如堂。

欲求振兴，必先务本，是书所为专重德育而属意于家庭之间，故托为课子。

是书注意又重在开通妇人稚子之智识，故托为记事小说以助潜移默化之力。

家庭教育非男子所及任，以其无时不当注意殊形琐屑且极委曲也，故是书又侧重女学。

各种技术基于算学，故是书于技艺之学独重算术，亦务本之意也。

德性之秉赋始于胚胎怀孕之妇，所当研究而慎重者，是书既重女学，故又附及胎教之说。

胎教即性命之学之起点，其道亦与卫生之理相辅并行，因又附及卫生之学。

卫生之理与医术又相为表里，故是书所记又转及医学。

男女饮食，人之大欲存焉，故是书亦有男女感慕之事，然必止于礼，归于正，可以观，可以兴，非寻常艳情小说之所可同日语者。

（闺中剑跋）

沪滨散人

余读古今中外小说家言千数百种，其价值之高，文章之妙，未有如《闺中剑》一书也。古人云：诵其诗，读其书，而知其人。破佛以饥寒，故橐笔沪上，求获菽水之资，以奉其母，非欲与市侩争利，亦非欲与一孔之儒争名也。故其为是书也，将藉为开发民智，挽救时弊，保存国粹之具，不欲资为渔利之饵。而其用笔之灵捷，制局之细密，写生之工致，所谓妙手偶得，非其意之所在也。而不知者犹以为破佛欲以此区区小说自雄也，悲夫！……沪滨散人跋。

(闺中剑跋)

盲道人

余从破佛游，读其所译述诸说部，辄敬其温厚高旷而喜其文之清新俊丽，仍能无诡于正也。然诸书多系文笔，犹谓其惨淡经营，非大难事。兹又得其以俗笔所记之《普如堂课子》书，诵之，抑又惊洁简练，浑沦浩荡，清新俊丽，沉雄郁律，舒徐淡宕，抑扬反复，显晦疏密，极尽文章之各境焉，于是瞿然而惊，愕然而骇，恍然而悟，怃然而叹，而知其志趣之高旷，德性温厚，有以致此也。盲道人跋。

说明：上弁言、二跋均录自光绪三十二年上海小说林本《家庭小说闺中剑》，原本藏上海图书馆。此本封面题"家庭小说闺中剑"，首《家庭小说闺中剑(原名《普如堂课子记》)弁言》九条。次"家庭小说闺中剑上编目次"。次《改名闺中剑说》一、二，分署"毗陵半邱子""平陵莽仙"；"闺中剑赞"一、二，分署"谪娲女史""蒳松女史"；"题辞"一、二，分署"阳羡诸葛知日""古吴铁骨"；"评话"署"荫庵"。"跋"一、二，分署"沪滨散人跋""盲道人跋"；书末"读闺中剑书后"，署"儒冠和尚"。有沪滨散人文中双行小字评注及盲道人眉头批点。

亚东破佛、盲道人、儒冠和尚,见《泡影录》条。

沪滨散人、毗陵半邱子、平陵莽仙、谪娲女史、莳松女史、阳羡诸葛知日、古吴铁骨、荫庵,真实身份、生平事迹待考。

糊涂世界

《糊涂世界》序

茂苑惜秋生

"举世皆浊,何不掘其泥而扬其波?众人皆醉,何不铺其糟而啜其醨?"是以糊涂教人者。"不知许事,且食蛤蜊",是以糊涂教己者。古之君子,唯恐人之不糊涂与己之不糊涂,而发为诗歌,见于谈论,佩如丝韦,勒若箴铭,洵知几之达人,保身之明哲哉!叔季以降,唐宋而还,本浑噩之遗,继混沌之后。君于人者曰:"天下饥,食肉糜。"臣于人者曰:"不识字,更快活。"驯至今日,则更麻木达于脏腑,冥顽中其膏肓,可惊,可诧,可笑,可叹。守株待兔之举,视若不二法门;覆蕉寻鹿之徒,尊为无上妙品。行之既久,靡然风从。名山大川之间,赤县神州之外,无远勿届,不期而然。上者为朝,则所谓贤士大夫,皆专其心于饮食男女之中,肆其志于肥甘轻暖之内。舍此二者,一物不知。若后乘之载刍灵,若当场之弄木偶。下者为野,不为鹿豕,即为豚鱼。与谈兴废，犹考钟鼓以享爰居；与论治乱，犹取仁义以教禽兽。观于其上如彼，观于其下如此。谓之为老大之国，野蛮之乡，自是定评，实非过论。善哉，茧叟本之著书，其情事则相喻于微，其议论则能见其大。昔者，大禹铸鼎，遂穷九幽；温峤然犀，因烛百怪。对勘互较，殆出一辙。夫东坡说鬼，遂兴无稽之谈；干宝搜神，乃张异端之焰。是书不落窠臼，独辟畦町。游神于非想，非非想之天；析理于无名，无无名之境。虽贵洛阳之纸，已腐太元之豪。读者审之。丙午二月，茂苑惜秋生撰。

说明：上序录自光绪丙寅上海世界繁华报馆校刊本《糊涂世界》。原本藏南京图书馆。此本分上下两卷，然并不见下卷。上卷内封正面三栏，分题"光绪丙寅（光绪无丙寅，是丙午之误？）中秋月出版""糊涂世界上卷""每集定价大洋壹元"。背面方框内镌"版权所在　不准翻印"。首《序》，尾署"丙午（光绪三十二年）二月，茂苑惜秋生撰"。次"糊涂世界卷上目录"，凡十二回。正文第一叶卷端题"糊涂世界卷之一　茧叟"，半叶十二行，行十三字。版心单鱼尾上镌"糊涂世界"，下镌卷次、叶次、

"上海世界繁华报馆校印"。

茧叟，即吴趼人，见《四大金刚》条。

茂苑惜秋生，即欧阳钜源，见《海天鸿雪记》条。

精禽填海记

《精禽填海记》编辑大意

沁梅子

一、本书事实皆本正史，博采旧闻，无片语只字虚言杜撰，特将调查诸书开列于下，俾读者有所考焉。

《明史稿》《南疆绎史》《绎史摭遗》《行朝录》《明史纪事本末》《三藩纪事本末》《绥寇纪略》《明季遗闻》《三朝野纪》《烈皇小识》《甲申传信录》《再生纪》《国变难臣钞》《桐城子遗录》《保定榆林城守纪略》《圣安本纪》《宏光实录》《南渡录》《三垣笔记》《幸存录》《续幸存录》《甲乙纪》《甲乙汇略》《青燐屑》《伪东宫伪后事略》《宏光大事纪》《金陵贕事》《扬州殉难瓻》《福人录》《扬州十日记》《所知录》《天南逸史》《思文大纪》《行在阳秋》《存信编》《岭表纪年》《劫灰录》《南粤新书》《粤游见闻》《东明见闻录》《仿指南录》《风倒梧桐纪》《纪事始末》《滇缅纪闻》《遗忠录》《求野录》《也是

录》《江阴城守纪》《赣州乙丙纪略》《江变纪》《蜀难叙》《浮海纪》《甲子纪略》《闽海见闻》《航海遗闻》《江东事案》《江南义师始末》《舟山忠节表》《江上孤忠录》《朱成功始末》《台湾外纪》《嘉定屠城记》《太白剑》《哨虹笔记》《吴耿尚孔四王合传》《小腆纪年》《圣武纪》《寒支集》《临兰集》

一、本编于福、唐、桂三王事实,载之弥详,而于甲申以前之事,不过略略点叙,非有所偏重,缘崇祯一朝事故载在正史,阅者早已明了也。

一、明季流贼共有一百七十馀股,而于明社存亡有关系者,不过张、李二贼,故是编于二贼事载之较他寇为详。

一、明季文字之佳,近古罕有其匹,而国变以后流传甚鲜,好古者每以为憾。是编广搜博采,载入诗文至百馀篇之夥,读者得此,亦一快事。兹将诸文篇目录下,以为先声。

《李闯北伐檄》《崇祯罪己诏》《杨汝成颂李闯表》《周钟劝进表》《吴襄致子三桂书》《三桂报父襄书》《三桂致大清书》《摄政王报三桂书》《史可法勤王檄》《陈函辉起义檄》《凌駧讨李闯檄》《刘宗周上

福王疏》《邓彪佳争诏狱疏》《姜日广乞休疏》《詹兆恒进钦定逆案疏》《摄政王致史阁部书》《史阁部答书》《继善上蜀王书》《史可法论恢复疏》《高杰答肃王书》《左良玉讨马士英檄》《王思任致马士英书》《唐王监国谕》《夏允彝致清将书》《沈崑铜祭阮大铖文》《刘清泰致朱成功书》《朱成功报父芝龙书》《又与弟渡书》《刘清泰再致朱成功书》《佟岱致朱成功书》《朱成功再致父芝龙书》《永乐帝祭十八忠臣文》《张煌言再报清将书》《永乐帝致三桂书》《张煌言再报清将书》《郑经报明珠书》《再报李率泰书》《再报耿继茂书》

此外诸忠就义时所咏诗歌不下百馀首，厥目繁夥，不及悉载。诸君耐心阅下，自能得窥全豹也。

一、每成十回即出一编，全书共有几回、分几编，则此刻编辑方新，尚难预定。

一、前哲议论之确当者，则摘录于每回下，间或加以按语，例如批评，低下本文一格。

说明：上编辑大意录自光绪丙午上海愈愚书社排印本《精禽填海记》，原本藏吉林大学图书馆。此本首《编辑大意》，次"历史小说精禽填海记第一编

目录　沁梅子撰"。书系"丙午(光绪三十二年)八年"(萧按:"年"殆"月"之误)出版,愈愚社活版部印刷。(萧按:托王汝梅录得。)

　　沁梅子,即陆士谔(1878—1944),名守先,字云翔,号士谔,亦号云间龙、沁梅子等。青浦珠溪镇(今上海青浦朱家角)人。精于医,负文名,著有《医学指南》《加评温病条辨》等医书十馀种,并著有《也是西游记》《飞行剑侠》《女皇秘史》《清史演义》《清朝开国演义》《十尾龟》《新孽海花》《孽海花续编》等说部百馀种,还有《蕉窗雨话》等笔记二三种行世(详参《云间珠溪陆氏谱牒》陆士谔小传等)。

赠履奇情传

《赠履奇情传》序

惜莳居士

余尝阅稽古今书史,评论人物奸强(妍媸),其事则悲欢离合,不一而足;其人则奸佞忠良,不胜其数。每于无可如何、丧心害理之处,未尝不为掩卷而咨嗟,亦且不为之而忿激,如《绣鞋》一书,彼叶荫芝身居科第,名列班曹,正宜奋志庙廊,何乃潜踪桑梓,日与狐群狗党,好谈风月,辱玷闺门,谋夺资财,武断乡曲,名缰顿失,欲海难填,如奸拐张凤姐,威逼黄成通,此其事实不耻于人类,岂非衣冠中之禽兽乎?若两人者,不自珍重,罔顾廉耻,忍心害理,败节亡身,此固不能不为之而咨嗟,亦且不(似夺"能不"二字)为之而忿激也!爰书数语,弁其首焉,以为贪夫色鬼所警戒云尔。惜莳居士作于海上之鸿雪轩。

说明:上序录自光绪丙午上海书局石印本《绣像赠履奇情传》,原本藏芜湖图书馆。此本内封正面两行，分题"绣像赠履奇情传"，背面方框内署"光绪丙午孟春　上海书局石印"，首《序》，尾署"惜莳居士作于海上之鸿雪轩"。次"绣像赠履奇情传目录"，凡二十回。有图像二十幅。正文第一叶卷端题"绣像赠履奇情传"，半叶十六行，行三十字。

惜莳居士，待考。

邹谈一噱

(邹谈一噱)叙

蛰园氏

昔黎莼齐先生撰《儒学本论》,谓孟子之言,尤合于时宜。其记孟子之订约、交邻、议院、关税、学馆,以上溯天文、勾股、重力学而旁建西人之茶会、音乐、蹈舞等,至巨炮、铁舰、炮台亦括之。证据确凿,观者了如。今去黎君时浸浸又二十年矣。国警之迫,发于戊戌,而溃于庚子,虽枢臣借箸,能事事以泰东西为圭臬,但撷其糟粕,去其精华,稍明大局者,杞忧正未有艾。仆以窭人子而不才,又复见弃,时事所迫,何敢举私见而毁誉之。但蜷伏无聊,每于酒酣耳热时,朗诵《孟子》,一过再过,窃叹拙尊园言尚未得什之五六也。信手编纂,所论不无过激,但祈言者无罪,闻者足戒,幸矣。谓之狎侮先贤,谓之激刺新政,惟识者辨诸。颜曰《邹谈》,愿作寓言观可;颜曰《一噱》,愿作滑稽观可。光绪丙午,乌程蛰园氏弁首。

（邹谈一噱识语）

启文社主

是书为乌程蛰园先生所撰。先生以著作才而又富于理想，有鉴于近日之小说汗牛充栋，欲求不落窠臼，出人意外，而仍入人意中者实难，其选用是本平日见闻，参以读书心得，独辟蹊径，著为是书，名《邹谈一噱》。书凡二十四回，借《孟子》中事实，贯以新学，真觉匪夷所思，是为说部中放一异彩。启文社主识。

（邹谈一噱）跋

汪鋆

蛰园孝廉，生年最服膺孟子，谓其崇论闳议，不肯下一死笔，故虽战国诸说士，未有敢肆力相攻者。墨、庄、老、列，皆得其一体而已，曷足贵耶？韩昌黎曰："孟子纯乎信。"信矣。鋆从遊蛰园久，每以服膺孟子者服膺蛰园。今蛰园乃撰《邹谈一噱》相示，其嬉春之蝶耶？其吟夏之蝉耶？其悲秋之蛰，号寒之虫耶？鋆均不敢遽必。惟蛰园之才之志，仅以是编寄托之，悲夫。光绪丙午，蜀山汪鋆。

说明:上序、识语及跋均录自该书之光绪丙午(三十二年)上海启文社刊行本。原本藏南京图书馆、吉林图书馆。凡二编二十四回。首叙,尾署"光绪丙午(三十二年),乌程蛰园氏弁首",次"邹谈一噱目录",无回次,凡二十四联,目后有识语,尾署"启文社主识"。正文第一叶卷端题"邹谈一噱前编"。书后有《跋》,尾署"光绪丙午,蜀山汪鉴"。

乌程蛰园氏,据序知为孝廉,乌程人,待考。

蜀山汪鉴,待考。

禽海石

言情小说禽海石弁言

符霖

曩闻谭浏阳言：造物所以造成此世界者，只是一仁字。余窃以为不然。盖仁字之范围甚褊，未足以组织乾坤，纲维宇宙也。余以为，造物之所以造成此世界者，只是一情字。世界上一切形形色色，如彼山川、人物、草木、鸟兽，何一非情之所集合者？使世界而无情，则天必坠，地必崩，山川、人物、草木、鸟兽，将莫不化为冰质，与世界末日无以异。故凡生存于此世界者，莫不有情。儿女之情，情之小焉者也。特是人为万物之灵，自人之一部分观之，则凡颠倒生死于情之一字者，实足为造物者之代表。是以善言情者，要必曲绘夫儿女悲欢离合之情，以泄造物者之秘奥而不厌其烦。兹编为言情小说，可与天下有情人共读之。读之而能勃然动其爱同种、爱祖国之思想者，其即能本区区儿女之情而扩而充之者也。若如谭浏阳所言，则造物不仁，以生、种子、保胎,治杨梅疮、结毒等法,尤为精详,效如桴鼓。其中附写才子佳人,达权守经,情义缠绵之处,更觉悲欢离合,摹绘入神。较之近时所出诸小说,有天壤之别焉。明窗净几之间,把玩此书,既可以消遣长日,尤可以获无涯之益也。光绪岁次丙午仲秋之月,江阴陈道庵于溢香馆。

(医界现形记)小引

闻尧氏

在沪数载,疫疠时兴。悯医道之腐败,卫生之不讲,窃叹吾国医界有江河日下之势。爰就耳之所闻,目之所见,加以广咨博闻,于诊病之暇,笔之于纸。积久成帙,分廿二回,稿凡数易。于医家隐其名者,存忠厚也;不讳其事实者,冀其改良也。世之阅者,于医家现态,灼然可见。而于卫生治病之道,亦不无小补。知我罪我,不暇计也。因借阅者纷至沓来,深恐转辗遗失,同人咸劝予付梓,以公同好云。时在丙午仲秋朔,闻尧氏志于上海新马路梅福里医室。

说明:上序、小引均录自清光绪三十二年商务印书馆铅印本《医界现形记》。原本藏上海图书馆。

郁闻尧，江阴人，客寓沪江，医生，生平事迹不详。著有《时医砭》，另辑有《鼠疫良方汇编》。

陈道庵，待考。

彭刚直公奇案

（社会小说彭刚直公奇案出版广告）

刚直公玉麟，为国朝独一无二之人物也。秉性刚毅耿直，时称铁面。扫荡丑类，廓清朝野之扰乱；躬勤民事，代伸社会之不平。威慑全球，名轰妇孺。其事迹虽经某舞台排演成剧，然拉杂凿空，在所不免。本社特倩名手，搜罗公之奇闻轶事，据实编述，次第成书。其中光怪陆离，真令人目不暇给。当此晚秋多愁，各执一编，藉以消遣，谁曰不宜？洋装一册，定价二角正（整）。发行所上海四马路海左书林、益新书局及各大书局均有出售。

说明：上广告出宣统二年九月二十六日上海《时事报》，转录自陈大康《〈中国通俗小说总目提要〉"未见"条目之补遗》（见《明清小说研究》2013年第一期）。

两晋演义

两晋演义序

我佛山人

自《三国演义》行世之后,历史小说,层出不穷。盖吾国文化,开通最早,开通早则事迹多。而吾国人具有一种崇拜古人之性质,崇拜古人则喜谈古事。自周、秦迄今,二千馀年,历姓嬗代,纷争无已,遂演出种种活剧,诚有令后人追道之犹为之怵心胆、动魂魄者。故《三国演义》出,而脍炙人口,自士大夫以至舆台,莫不人手一篇。人见其风行也,遂竞敩为之,然每况愈下,动以附会为能,转使历史真相,隐而不彰;而一般无稽之言,徒乱人耳目。愚昧之人读之,互相传述,一若吾古人果有如是种种之怪谬之事也者。呜呼!自此等书出,而愚人益愚矣。吾尝默计之,自《春秋列国》以迄《英烈传》《铁冠图》,除《列国》外,其附会者当居百分之九九。甚至借一古人之姓名,以为一书之主脑,除此主脑姓名之外,无一非附会者,如《征东传》之写薛仁贵、

《万花楼》之写狄青是也。至如《封神榜》之以神怪之谈，而借历史为依附者，更无论矣。夫小说虽小道，究亦同为文字，同供流传者，其内容乃如是，纵不惧重诬古人，岂亦不畏贻误来者耶？等而上之者，如《东西汉》《东西晋》等书，似较以上云云者略善矣，顾又失于简略，殊乏意味，而复不能免蹈虚附会之谈。夫蹈虚附会，诚小说所不能免者，然既蹈虚附会矣，而仍不免失于简略无味，人亦何贵有此小说也？人亦何乐读此小说也？况其章回之分剖未明，叙事之不成片段，均失小说体裁，此尤愚蒙所窃不解者也。

《月月小说》社主人，创为《月月小说》，就商于余。余向以滑稽自喜，年来更从事小说，盖改良社会之心，无一息敢自已焉。至是乃正襟以语主人曰："小说虽一家言，要其门类颇复杂，余亦不能枚举，要而言之，奇正两端而已。余畴曩喜为奇言，盖以为正规不如谲谏，庄语不如谐词之易入也。然《月月小说》者，月月为之，使尽为诡谲之词，毋亦徒取憎于社会耳。无已，则寓教育于闲谈，使读者于消闲遣兴之中，仍可获益于消遣之际，如是者其为历史小说乎？历史小说之最足动人者，为《三国演义》，读至篇终，鲜有不怅然以不知晋以后事为憾者。吾请继《三国演义》以为《两晋演义》。虽坊间已有《东西晋》之刻，然其书不成片段，不合体裁，文人学士见之，则曰：'有正史在，吾何必阅此？'略识之无者见之，则曰：'吾不解此也。'是有小说如无小说也。吾请更为之，以《通鉴》为线索，以《晋书》十六国春秋为材料，一归于正，而沃以意味，使从此而得一良小说焉，谓为小学历史教科之臂助焉，可；谓为失学者补习历史之南针焉，亦无不可。其对于旧有之《东西晋》也，谓余此作为改良彼作焉，可；谓为余之别撰焉，亦无不可；庶几不以小说家言见诮大方，而笔墨匠亦不笑我之浪用其资料也。"主人闻而首肯。乃驰书告诸友曰："吾将一变其诙诡之方针，而为历史小说矣，爱我者乞有以教我也。"旋得吾益友蒋子紫侪来函，勖我曰"撰历史小说者，当以发明正史事实为宗旨，以借古鉴今为诱导，不可过涉虚诞，与正史相刺谬，尤不可张冠李戴，以别朝之事实牵率羼入，贻误阅者"云云。末一语，盖蒋子以余所撰《痛史》而发也，余之撰《痛史》，因别有所感，故尔尔,即微蒋子勉言,余且不复为,今而后尤当服膺斯言矣。操笔之始,因记之以自励。著者自序。

说明:上序录自《中国近代小说大系》本《两晋演义》,点校者谓据光绪年间《月月小说》连载本录入。此书光绪三十二年九月至次年十月连载于《月月小说》第一至第十号。二十三回,未完。标"历史小说","两晋演义"书名下注"稿本"二小字,括号中注"甲部历史小说第一种"。首《历史小说总序》,署"光绪丙午八月南海吴沃尧趼人氏撰"。次"两晋演义序"。有眉批。一、二、三、六回后有回评。

另有宣统二年(1910)三月上海群学社据《月月小说》排印出版单行本。

我佛山人,即吴趼人,见《四大金刚》条。

立宪镜

立宪镜作意问答

问:《立宪镜》何为而作?

曰:为国家颁布预备立宪之命令,唤起一般国民之预备,使人人有预备之精神,作者非徒镜人,亦自镜,故命之曰:《立宪镜》。

问:镜中人物何以始于金人先生?

曰:先生者镜中反射光之托力也,无先生则光虽反射,亦不甚明。即以先生为镜中之主魂可也。

问:金人先生何如人?

曰:亦寻常人耳,不过于丧心昧良之事知之而不敢为;为矣而猛然返。如是而已。

问:金人先生何以必注重于工艺?

曰:工艺者,立宪国民之机体也,有机体然后有精神,故言预备者必先注重工艺。

问:工艺与教育孰重?

曰:工艺重。驱饥寒交迫之民,而入于道德范围之内，如戈返日，势必不能。作者所以先工艺而后教育。

问：书中事实有据否？

曰：大都采诸报纸新闻及道听途说，信以传信，疑以传疑，响壁虚造、无知妄作所不敢也。

问：《立宪镜》于今国民有何益处？

曰：提倡实业，人皆生利，其益一。破除迷信，俗渐改良，其益二。形容社会，兴观自治，其益三。调停党派，和平进化，其益四。鼓励尚武，强种争存，其益五。开通民智，合群爱国，其益六。非此益者，概不羼入，以一宗旨。

说明：上问答录自光绪三十二年九月四日新小说社刊本《社会小说立宪镜》，此本封面题"社会小说立宪镜"，署"杭州戊公演义，谢亭亭长评论"。另有复旦图书馆藏本，亦有《立宪镜作意问答》，不题撰人。

戊公，待考。

谢亭亭长，曾评西泠冬青的《新水浒》，似系杭州人，馀待考。

梦平鬼奴记

《梦平鬼奴记》弁言

仙源苍园

仆不才,无见于世,受外界刺激,慨内治腐败,时怀更新之想。经甲午、庚子两大潮流,清梦所至,恨不扬帆沧海,乘长风万里,一泄我块垒。今日中国,锐意维新,尚武精神萌蘖,日见他日发达,完全以国民团结心、道德心,复春秋九世之统,大中外一统之义,国之福也,民之荣也,乐莫大焉,幸何如之!然今日为教育幼稚时代,黄金虽美,孺子弟识明珠虽宝,野人勿责,则小说尚焉。仆不揣谫陋,搜敝簏,捡得原稿一编,删汰一过,重加厘订,都为十四节,值竞争剧烈之潮满,窃附于寓言讽世之末座,于黑暗地狱中设一通光明,以为祖国前途发达之豫备,或亦言爱国者所不弃哉。光绪丙午十月,仙源苍园氏自志。

（梦平鬼奴记跋）

是为丙午年十月某日之午刻,余自有此梦,知鬼魂作祟,殆一子虚耳。疑生鬼,鬼何在？梦鬼鬼来,梦醒鬼去。余素有此幻想,故有此怪梦,因剽取诸葛先生语以自玩曰："大梦谁先觉,平生我自知。草堂春睡足,窗外日迟迟。"少年老曰:统观全书,乃一幻景小说耳。然玩其通篇结构,煞费经营,作者之志可嘉。其设想如此,抑可悲已。

说明:上弁言、跋录自一石印本《幻景小说梦平鬼奴记》。原本藏苏州市图书馆。此本内封三栏,分题"仙源苍园著""幻景小说梦平鬼奴记""息厂署"。首《弁言》,有绣像。书末有跋。有版权页。

另有光绪三十二年上海震东学社石印本,有光绪丙午仙源苍园氏自志《弁言》,藏东北师大图书馆。

仙源苍园,即项苍园(1876—？),笔名苍园、仙源苍园等。安徽人。著有《家庭现形记》《新中国之伟人》《扬州梦》。一说项苍园即小说家张春帆(1872—1935)的笔名,缺乏实证。

海外扶馀

海外扶馀序

嗟夫,怒狮一跃三千丈,搏尽群螈却睡魔,此非我祖国将来之希望乎?黄祸迷漫遍大陆,蹂残欧美入蹄阑,此非我同胞将来之希望乎?呜呼,而今何时?而今何时?而今则一息奄奄,卧病在床,子孙逃散,大盗在墙。虽有卢、扁,莫救其亡之残年将尽之末日也。夫国既不保,何问于家?种且不保,何问于身?此必然之势也。然而今试执途人而告之曰:若身有疾,不治将丧;若家有疾,不治将亡。未有不色然怒者也。及其信也,必百计以挽回之。更告之曰:若国有疾,不治将丧;若种有疾,不治将亡。亦必然笑而置之而已。即其信也,亦但相对咨嗟太息而已,岂闻有所以救之者?噫!是诚爱身、爱家之重于爱国矣。虽然,是虽爱身家而实又不善爱者也。夫种者积身而成也,国者积家而成也。善谋家者,不遗其国,而后家可谋焉;善保身者,不遗其种,而后身可保焉。今也弃郊门而守户牖,则大盗之来,宜其尽丧而无存矣。同胞同胞,其亦知十七世纪之上半,东亚大陆之上有顶天立地之英雄,于吾祖国上演龙争虎跳之活剧,为吾同胞出一代表人物,留一伟壮纪念之郑成功其人者乎!呜呼!成功而今何往?吾于百世下想其仰天长号,拔剑斫地,挥戈返日,投鞭绝流之气概,是诚最善于爱身爱家者矣。夫以言身家,则成功之身家降矣,杀矣。然吾身既在,则吾亦国家之一分子也;既有一分子在,安可弃其责任?以爱身家性命之精神,发为国家种族之思想,是诚无愧于爱身家性命者矣。吾思之,吾欲效之,吾愿吾同胞皆效之,以强我种族,以兴我祖国,以达我将来所希望之目的。

说明:上序录自上海师范大学图书馆藏抄本《海外扶馀》。此本不题撰人,图书卡片中署"陈墨峰"。此本凡二册,首《海外扶馀序》,不题撰人。书当作于1905至1907年间(详参《中国通俗小说总目提要》王立兴所撰该条)。

陈墨峰,名渊(1885—1907),一名伯平,字墨峰。一字师礼,别号白萍生、光复子。浙江会稽平水人。曾东渡日本,谋学陆军未成,改学巡警。应秋瑾电召回国,在上海佐秋瑾创刊《中国女报》。参与徐锡麟发起的安庆起义,战死。

海上魂

(海上魂)绪言

莽莽神州,沉沉大陆,虎狼压境,中原流血,此正我所最亲爱、最崇拜之英雄最凄惨、最失志之时也,而亦我同胞今日所当流血以哭、馨香以祝之一纪念日也。乃当此地球以上,强权之旗到处奔走,民族帝国之风潮排山倒海而来,行将看太平洋上,于二十世纪开绝大之舞台,演非常之绝剧,而奈之何我同胞犹有昏昏梦梦、如醉如睡者,此伤心人所以不能不为我国同胞哭且吊也。我哭之,我吊之,我无以赠之,我将赠之以纪念。我同胞其亦"莫须有"之三字狱乎?吾知此虽娟娟幼妇、垂垂髫令,苟识之无,皆能口叙其事,而发指眦裂;此无他,《岳传》一书之为功也。

今有人焉,于零丁洋上发大声以唤国魂,出死力以保民族。已而出师未捷,颈血横飞,国破种衰,君臣投海,悠悠千载。吾哭其事泪枯而声绝,吾祝其人灰冷而香灭,吾日日纪念之不忘而妄挥吾秃笔,今出以赠我同胞,我同胞其以为纪念,日念被亡孤魂于海上,唤国魂于海上,为我祖国之大人物。呜呼!噫嘻!高天苍苍,大海茫茫,明月欲咽,潮流欢扬。国魂耶?英雄之魂耶?魂兮魂兮其归来!吾将见之,吾无以名之,名之曰:《海上魂》。

说明:上绪言出上海师范大学图书馆藏抄本《海上魂》,转录自孙逊、孙菊园校注,湖南人民出版社1985年版《文天祥传奇海上魂》。原本不题撰人,惟馆藏图书卡片著录作者陈墨涛。首《绪言》,未署撰人年月。据序语意,似即作者自叙。

陈墨涛,即陈湛(1883—?),原名师良,字墨涛。浙江会稽平水人。邑庠生。父陈嘉禄。弟陈渊,字墨峰。墨涛事迹不详,惟知墨峰殉难,曾将子过继墨峰;且与陈去病相熟,弟殉难后,尝请为立传。此书的写作时间大约在庚子国变以后不久。

罂粟花

（罂粟花）弁言

观我斋主人

木棉花种产于印度，元代流入中国。其时，彼国中有奇人，能知未来事，曰："此物入中国，衣被苍生，大利支那。后数百年，更将有一物输入，以祸支那人，可以亡种，可以灭国。"噫嘻！此何物也？曰：罂粟花也。由斯以谈，鸦片烟之祸我中国，殆亦劫运之不可逃者。然烟之为祸，虽由天劫，实由人谋之不臧。彼国有奇人，知烟之能祸中国，我国亦未尝无奇人知烟之能祸中国，其人为谁，则深识远见、智勇足备之林文忠公是也。

公督两广时，英人商船夹带鸦片，公严禁之，前后焚烧烟土为数甚巨。英人惭愤，以兵力从事。公洞悉夷情，相机御敌，着着制胜。卒以邻省失败，宵小媒孽其短，坐公偾事。呜呼！公之才、之学、之识，既见得到，自然办得到。假当年委任不疑，俾奏奇绩，何由厄我黄人，沦斯黑籍，中土脂膏几竭，外人势力愈强，致现今日如斯之险象哉！奈何海疆重寄，坏汝长城，庸劣无谋，一误再误。乐毅去而骑劫代将，廉颇废而赵括覆军，千古丧师辱国，如出一辙也。

《罂粟花》一书，于当日文忠运筹、庸臣误事，以及英人贻祸中国、无礼要求，详叙始末，纤悉无遗。欲令读是书者，触目惊心，痛恨洋烟之为祸，则此后之禁烟，各宜加之实力，庶中国尚有万一之可救，此则著者之苦衷焉。是为序。观我斋主人。

说明：上弁言录自该书之台湾广雅出版公司《晚清小说大系》本。未知其所据为何种版本。书凡二十五回。署"元和观我斋主人著"。别题《通商原委演义》。应有二集，二集未见。演林则徐禁烟，鸦片战争事。

观我斋主人，待考。

雌蝶影

雌蝶影重印缘起

须弥

《雌蝶影》著作者,原署非涵秋名,然人莫不知为涵秋所著。余于《广陵潮》序中说明之矣。兹承平等阁主人以版权见畀,用特重印,改署涵秋名,以存其真也。书中有渴饮咖啡语,读者以不合欧洲习俗嗤之,不知是书系著而非译,且著于十七年前,彼时敷述欧美之事者,往往有此笑柄,是固不足诟病也。至于设想之奇,布局之巧,则读者有目共赏,毋俟赘陈。中华民国十二年二月五日,须弥志。

说明:上缘起录自民国间铅排印本《雌蝶影》,原本藏上海市图书馆。另有光绪间印本,署"包柚斧著",未见序跋;上海国学书室本,藏复旦图书馆。

须弥,乃李涵秋知己钱芥尘。钱芥尘(1887—1969),原名家福,改署芥尘,号须弥、炯炯,前清秀才,浙江嘉兴人,创办过《警钟日报》《大共和日报》《神州日报》《晶报》等报刊。

包柚斧，即李涵秋（1873—1923），名应漳，字涵秋，号韵花，别署沁香阁主人。扬州人。先后在扬州、安庆、武昌执教，历任《半月》《快活》《小时报》《小说时报》主编。著有《广陵潮》《双花记》等长篇小说，及《我之小说观》《沁香阁笔记》《沁香阁诗集》等诗文杂著。

上海游骖录

(上海游骖录自跋)

吴趼人

各人之眼光不同,即各人之见地不同。各人之见地不同,即各人所期望于所见者不同。各人期望于所见者不同,即各人之思所以达其期望之法不同。以仆之眼,观于今日之社会,诚岌岌可危,固非急图恢复我固有之道德,不足以维持之,非徒言输入文明,即可以改良革新者也。意见所及,因以小说体,一畅言之。虽然,此特仆一人之见解耳。一人之见,必不能免于偏。海内小说家,亦有关心社会,而所见与仆不同者乎?盍亦各出其见解,演为稗官,而相与讨论社会之状况欤?著者附识。

说明:上跋录自光绪三十四年上海群学社本《上海游骖录》,初载于光绪三十三年《月月小说》6—8号,书末有跋。

趼人,即吴趼人,见《四大金刚》条。

冷国复仇记

《冷国复仇记》序言

林下老人

语云:前车之覆,后车之鉴。甲午一役,我国败于日,水陆之师熸焉。马关订约,区高丽为独立国,宣布各邦。曾几何时,设立统监,干涉内政,任意要求,无所不至。向之所谓独立者,乃至藩属之不若。近者上下迫于义愤,交哄未已,其中非无热血坌勇之志士,蹈白刃而不顾,临炮火而如饴,然机势已失,张空拳,奋赤臂,太息而莫可如何。呜呼!高丽已矣,环顾我国,立宪立宪,敷衍犹昔;革命革命,党祸蔓延。而外人眈眈,彼此立约,将实行此瓜分之政策。译者滋惧,乃述彼国之往事,为此国之警钟,俾读是书者,知区区一冷国,尚有无数志士,于莫可藉手之中,相与奔走呼号,艰难尽瘁,卒能还我自由,靖外侮而定国基。以我例彼,大小相悬,难易较然,特未知沉沉大梦,何日方醒耳。噫!林下老人跋于圣湖之退思轩。

（冷国复仇记）引子

守白

列位，可晓得世界上有器官、具感觉的动物，都有生存竞争，优胜劣败的一段公例么？人类在这动物里头，却是最高等。这又和消说得？但是人类的竞争，却与寻常动物不同的。寻常动物，爪牙毛羽性质，受自生初，到后来无一些儿更动变化。他的优劣也是前定，胜败也是前定。兽类有狮虎熊罴等，禽类有鹰隼鹖鹫等，都是爪牙锋锐，毛羽劲健，同类里头，谁能敌得他过？所以他却常踞优胜的地位。更有一层，动物的智识，究竟不及人类远甚，弱小一遇强大，便自俯首帖耳，不敢抵抗了，也不考究考究自己不及他的缺点，设法弥缝，再同他竞争了。人类却是不然，手足耳目，脏腑筋骸，虽然也是受之生初，强弱不齐的，但既生以后，偏能用那自己保存的手段，补偏救敝，使适于竞争而后已。所以骤然间遇了强敌，一时虽吃他的亏，便罢了不成？心定千方百计，要想报复的。据此看来，人类的优胜劣败，岂有一定么？暂时占了优胜地位，也不必自尊自大；暂时屈了劣败地位，更不必自暴自弃。"人生贵立志,男儿当自强。"这两句话儿,我劝千万同胞,要猛省,要牢记哩。如今且讲一段故事与列位听听。列位听了,也好于茶馀酒后,大家传诵,显见得人类的优胜劣败,却是没有前定的。

说明:上序言、引子均录自光绪三十三年新世界小说社铅排印本《义侠小说冷国复仇记》,原本藏南京图书馆。封面题"义侠小说""冷国复仇记"。版权页署"译者守白著"。首《序言》,尾署"林下老人跋于圣湖之退思轩"。次《引子》,复次"冷国复仇记目录",凡十六回。为据"冷国"事创作的小说。

守白、林下老人,待考。

海外奇缘

(海外奇缘序)

梅如

余友孤山小隐主人,所著小说甚夥,随时刊印出售。其中或浅言,或白话,上追齐髡滑稽之遗,远埒庄子寓言之旨,间或出以嘲讽,亦必意在劝惩。敝人素好小说,于近时新出诸书,所见已不下数百馀种,求其结构谨严,可称完璧者,固非无其书,而拉杂成篇,徒耗目力,阅之生厌者,不知凡几。甚且一书而异其名,几令购者望洋生叹,无所适从。今小隐主人所著《海外奇缘》一书,离奇变幻,信笔诙谐,草创自出心裁,花样全翻旧谱,可以资谈柄,可以遣睡魔,而前人有激而云之旨,即寓乎其中,有识者自能辨之,无俟鄙人之赘论也。兹小隐主人以序属余,爰志数语,弁之简端。光绪三十二年岁次丙午季秋之吉,满洲梅如谨识。

说明:上序录自光绪三十三年译新书社本《言情小说海外奇缘》,原本藏芜湖图书馆。此本内封三栏，分题"说部丛书第三编""言情小说海外奇缘""总发行所译新书社"。首序，尾署"满洲梅如谨识"。正文第一叶卷端题"新译海外奇缘"。版权页题"光绪三十三年二月付印""四月发行""编辑者　古盐补留生"。古盐补留生又尝为《和尚现形记》作序，且著有《暗杀奇案报仇冤》。

孤山小隐主人、满洲梅如、古盐补留生，真实身份、生平事迹待考。

新水浒

新水浒序

谢亭亭长

一书必有命意所在，小说亦然。旧小说之最有价值者莫如《水浒传》。或者谓其祐盗贼，排官军，败坏社会，有碍道德。夫作《水浒》者，施耐庵。耐公，元人也。当时盖有见于奇渥温氏之压抑（或作"制"）胜国遗民，受种种不平等、不自由之虐待，影射宋事作《水浒》。梁山泊一洼地，聚义堂内外，事无大小，百八人男女皆与议，隐然一小共和国。然则此书实为宪政之萌芽。冬青乃承耐公之志，作《新水浒》。光绪乙未仲春，谢亭亭长。

说明：上序录自光绪三十三年鸿文恒记书局排印本《新水浒》，原本藏吉林大学图书馆。此本由新世界小说社发行（详参《中国通俗小说总目提要》该条，作者王汝梅）分甲、乙两集，凡二十八回。署"西泠冬青演义，谢亭亭长平（评）论"。首序，尾署"光绪乙未仲春，谢亭亭长"，然光绪无乙未，或为丁未之误,即光绪三十三年。

书尾印有乙集目录。乙集未见。

西泠冬青、谢亭亭长似系同一人,其真实身份、生平事迹待考。

谢亭亭长另著有历史演义小说《尚父商战记》,刊载于光绪三十三年十月的竞立社《小说月报》第2期,未完。《尚父商战记》署"杭州谢亭亭长著,儒冠和尚评",则谢亭亭长为杭州人,或与儒冠和尚有某种联系。儒冠和尚即彭俞,见《泡影录》条。

闺门秘术

（闺门秘术）序

月湖渔隐

古人有言曰：牝鸡无晨。牝鸡司晨，惟家之索。此专为妇人女子而言，欲令其克尽妇道也。惜世人未能尽遵古训，而又于《内则》诸篇不获悉心详读，悟厥义旨，以致悍泼者有矣，嫉妒者有矣，淫贱者有矣。闺门大义，日渐浇漓，可胜浩叹！或者曰：此非有法以处之，不克化其恶习也。自古妇教之书，靡不胜举，然皆深于理而不深于情，近乎雅而不近乎俗。贤者蕙心兰质，不难卒读。加以上承姆教，自能则而效之。若愚者则不然，无怪乎不明大义矣。于是沪上书局主人有鉴于此，因作《闺门秘术》小说一部，皆以俗情二字，历叙贤愚臧否，用佐女史于万一，庶若辈知所感悟，悍泼者化为循良，嫉妒者化为和顺，淫贱者化为贞静，亦闺门中之绝大幸事也。阅者幸毋认为邪说也可。光绪辛丑（二十七年）仲春，甬上月湖渔隐叙。

说明：上序录自双红堂文库光绪甲辰（三十年，1904）海上书局石印本《绣像闺门秘术》。此本封面题"绘图闺房秘术剑仙传"，内封题"绣像闺门秘术"，内封背叶题"光绪甲辰孟秋海上书局石印"字样。

月湖渔隐，待考。

中外三百年之大舞台

中外三百年之大舞台序

啸庐

呜呼！我中国以廿二行省之广，四百兆人民之多，益以土壤之美，物产之富，甲于五洲，诚有如英将威士勒云：中国人有蹂躏全球之资格。惜乎负此资格而不能发有为，与列强相见于竞争之战场，徒使外人笑我同胞，辱之胯下，按之泥涂，举左右手挞之，都不以为意，但思起身时拾地下黄金以去。又若日本，区区岛国也，亦谓中国国辱兵败而不知耻，叩头求活于他人之宇下，唾面自干而毫无发之情，后生大事惟黄金是贮，甚至比我于嘘言八百、贪贿赂、破约束、亡国之印度。呜呼！以震旦文明而受此五千年来历史未有污点，能不痛心欤？吾不知大陆睡狮其梦竟何日觉，举世病夫厥竟何日瘳也？吾于是借楮墨为舞台，演瀛寰之活剧。又私念文言之不如质言之，因取官私诸书十数种，采辑通商始末，而成是书，俾人易晓易于愧勉。盖中国不能人人读

《左》《国》，而无一人不读《列国演义》，不能人人读历史，而无一人不读《三国演义》，此二书固说部之巨观，而亦说部中最完善者。其他有一战争，即有一传记，惟驳而不纯，儒者弗道。然自文人学士，只知奉高头讲章乡会程墨，为弋科名地，遂有老死而不知其书之名。其甚者并三皇五帝亦不知为何年何代人物，反让贩夫走卒酒后茶馀口讲而指画，博览而详说，于历代兴亡大略，往往犹能言之历历，甚矣说部之有益于人之易读易晓固如是哉！虽然，其有功于世，使人易于愧勉，尤彰彰也。而《三国》为甚，故有武夫闻而踔厉发扬，勇气百倍，一跃上马杀贼者；有叛逆闻而回心革面，勉为忠良，欲窃比武侯者。呜呼！岂非以其事真、情真、语真、意真，又是非之心、好恶之良，人所同具，因而观感易、激发易，较父诏兄勉，尤得力乎？不但此也，上自搢绅先生，下至草莽齐民，于诸子百家之书，或不能悉备，备亦不能悉读，而独至稗官野史则必搜罗殆徧，读亦殆遍。至《列国》《三国》，则尤家置一编，虽妇人女子，略识之无者，且时时偷针黹馀闲，团坐老幼，以曼声演说之，为消遣计。仆本不文，窃取兹义，用成是书。以中国人记中国事,当非僭妄。又事征诸实,情出乎公,非有褒贬私意于其间,意者无所谓投鼠忌器乎?虽然,无论工拙,我不暇计,即知我罪我,我亦不暇计,但使人读是书,人知自励,变因循之积习,振爱国之精神,其知我者,我固为我同胞幸;其罪我者,我亦得与共白此心之无他也。是为叙。光绪三十二年太岁在丙午十一月,啸庐识于海上之蛰庵。

说明:上序转录自阿英《晚清文学丛钞·小说戏曲研究卷》。

陈啸庐,又署"遁庐",生平事迹待考,另著有《嬉笑怒骂》《新镜花缘》《轩亭血》等。

家庭现形记

家庭现形记弁言

仙源苍园

立宪何在？在地方自治。地方自治何在？在改良家庭。今日家庭之状况何如乎？仆不敏，莫知其详。以仆之眼光，观于今日之家庭，诚岌岌可危。识字者不多觏，通文艺者尤鲜。改良改良，固非若辈所能通晓其究竟，尤非艰深文语及一切道德家言所能输贯其脑膜。意见所及，因刺取古者稗官称述之意，以小说体，一畅言之。纪实与否，寓言与否，海内小说家当有以判我。一支秃笔，随题敷衍，随手煞去，无所谓章回节目。大雅先生有怒我、骂我、教我者乎？愿洗耳听之。光绪丁未（三十三年）夏，仙源苍园作于崇川学舍。

说明：上弁言录自光绪三十三年上海华商图书集成公司本《家庭小说家庭现形记》，首"家庭现形记弁言"。原书藏浙江省图书馆。

仙源苍园，即项苍园，见《梦平鬼奴记》条。

焚瑟怨

最新苦情小说焚瑟怨出版广告

金山黄端履著。书中叙一女学生与某荡子结婚,中道被弃,并遭种种诬蔑,情节离奇,文词尤哀戚顽艳,恻恻动人。仿袖珍本装订,五色彩面玲珑可爱。定价大洋二角。总发行所:上海棋盘街中国图书公司。

说明:上广告出光绪三十四年十一月十九日上海《时报》,转录自陈大康《〈中国通俗小说总目提要〉"未见"条目之补遗》(见《明清小说研究》2013年第一期)。

后官场现形记

后官场现形记序

冷泉亭长

癸卯(光绪二十九年)之春,薄游沪上,访南亭亭长于繁华报馆,一见如故,设席留宾,纵谈今古,勾留弥月,大有宾至如归之乐。南亭盖今之伤心人也,闻其倾吐,无一非疚心时事之言,莫由宣泄,不得已著为小说,慷慨激昂,排奡一世。余曾以旧作《南辕北辙录》就质,南亭拍案警(魏绍昌《李伯元研究资料》作"惊")赏,随呼手民揭诸朝报。余以是录笔伐深刻,有伤风人敦厚之旨,固谢之。南亭悻悻,顾余曰:"著书不显示人,何苦枉抛心力。若谓笔伐深刻,则吾所著之书不将饱尽蠹鱼耶?"余重其言,请共酌定而后刊。南亭怃然许可。是秋,余西游巴蜀,殆丙午冬归来,南亭已先我西逝矣。南亭与余,同丁卯生,其次于余者仅迟五日降耳。怀才嫉世,自唱其鸣,遂流为狂狷,卒以小说传其名。尝谓:生平所著小说不下数十种,皆有尽意,惟《官场现形记》要与天地同千古。呜呼！此书撰至第五卷即获麟笔。余既托文字交于生前，继述没后之遗志，又奚敢辞。爰据近二十年来之闻见所得，笔临摹之，借镜社会，慰我故人，愿读是书者勿以词害义可也。戊申（三十四年）孟冬，冷泉亭长自记。

《后官场现形记》题词

滨江陶报癖

宦海偏能辨清浊，燃犀铸鼎费经营。奇怀别有伤心处，特寄南亭写不平。一枝江管当尧蓂，走肉行尸毕现陈。屈指苏杭两亭长，冷泉当合比南亭。

说明：《后官场现形记》原连载于光绪三十三年至三十四年《月月小说》。光绪三十四年小说保存社曾出单行本。卷首载上序。回目前尚有《题词》。此据《中国近代小说大系》本录入。

冷泉亭长，名许伏民，又署白眼，杭州人，曾任《月月小说》主编。此书之外另有《新三国》、袖珍《四书白话注解》，批注《中庸》等。

云南野乘

《云南野乘》著者附白

吴趼人

一、此书有慨于云南死绝会而坐,拟取自庄蹻开辟滇池,至云南最近之形势,尽列入书内。

一、此书虽演义体裁,要皆取材于正史。除史册外,别取元人董庄憨《威楚日记》、明人杨用修《滇载记》、又程原到绥辑《暇录徭倮类考》《古滇风俗考》及《国朝冯再来滇考》等书,以为考证。惟苦藏书无多,海内君子有知可以取材之书,乞有以示我,以匡不逮,曷胜希望。

一、最近之调查,至为切要。海内君子,如有所记载,可资参考者,苟能邮以见示,俾成全璧。幸甚!如欲取酬值者,亦请先行函商,当有以奉报。著者谨白。

说明:上附白出《月月小说》第一号,光绪三十三年十一月出版。此小说连载于该刊第11—12、24号。转录自广雅出版有限公司出版之《晚清小说大系》。

吴趼人,见《四大金刚》条。

新茶花

题新茶花第二楼武林林小影

汪僻

珠帘不卷冷金钩,清绝茶花第二楼。卿是几生修得到,将来福慧定双收。

无金代筑藏娇屋,买石补成离恨天。翠羽明珰敢平视,拼教危坐罚磨砖。

心中有妓目中无,我已十年枯木枯。一点情根铲不去,为他人作鸳鸯图。

一切有情成眷属,无须再赋白头吟。茶花不是巴黎种,净土移根到武林。冷笑汪僻未定草。

说明:上题辞录自宣统元年中新书局本《新茶花》。此本共二编,凡三十回。第一编内封三栏,分题"艳情小说""新茶花上编""心青著"。首"茶花第二楼武林林小影",背面为"题茶花第二楼武林林小影"。次"艳情小说新茶花目录",凡十四回。正文第一叶卷端题"艳情小说新茶花　著者钟心青"。第二编版式与第一编同,惟无武林林像。另有光绪三十三年(1907)三月上海申江小说社印行；下编十五回，同年十二月明明学社印行。标"爱情小说"。

钟心青，上海明明学社制版本《浮生六记》署"苏州沈三白著、后学钟心青评点"。其生平事迹待考。

冷笑汪僢，即汪笑侬(1858—1918)，本名德克金，字润田，又名僢，字舜人，号仰天，别署竹天农人。创作改编戏曲多种，有《汪笑侬戏曲集》。

言情小说奇遇记

(言情小说奇遇记)原序

余少贱,性不羁,好放浪游,凡名山大川,目所未睹者,必履之而后快。足迹所□,几遍寰区。其间离离奇奇,有生平所未闻者,有闻之而未见者,有见之而未识其名者,随时记载。日积月累,遂成卷轴。虽其中草率直陈,自饶笔致,未免贻讥大方,然皆据实。间或名姓稍易,词深易浅,改为白话浅说,以便一目了然,且较坊间所售诸本,尽属无稽之谈,无裨于身心,未足以广见闻者,其优劣为何如也?余年逾而立,始浩然有归去之叹。归后即检箧中所藏之稿,略为翻阅,时加删易。不嫌鄙陋,然实描摹会有不可淹没者。尚俟高明之纠正,是则余之所厚望也。是为序。

说明:上序录自新小说社光绪三十三年六月初版铅排印本《言情小说奇遇记》,原本藏芜湖图书馆。此本封面题"言情小说奇遇记",首《原序》,不题撰人。序后紧接总目。凡十二回。正文第一叶卷端题"言情小说奇遇记",亦不题撰人。

小额

《小额》序

杨曼青

松君友梅编辑此书,乃数年前小额之实事也。其中头绪之纷繁,人情之冷暖,语言之问答,应酬之款式,家庭之常态,世事之虚浮,俾观者闭目一思,如身临其境,闻其声而见其人。写声绘影之妙,于斯备矣。松君初欲以文话译出,因碍于报格,不得已仍用平浅文字,登于小说一栏。美新笔一篇,无暇更计工拙。是书将次告成,松君欲重加点缀,复因阅报诸君,屡次来函诘问,必欲一窥全豹,乃草草付诸印工。非敢云餍阅者之目,聊以报诸君早睹为快之心耳。然此书之大意,以赏善罚恶为宗旨,有皮里阳秋之遗风。倘以旗人家政而目之,恐负良匠之苦心也。时光绪二十四年六月二十三日,杨曼青序于补梦斋。

(小额)序

漠南德洵少泉

丁未(光绪三十三年)春,北京进化报社成立,友梅先生以博学鸿才任该馆总务。尝与二三良友曰:"比年社会之怪现象,于斯极矣。魑魅魍魉,无奇不有。势日蹙而风俗日偷,国愈危而人心愈坏,将何以与列强相颉颃哉?报社以辅助政府为天职,开通民智为宗旨,质诸兄,有何旋转之能力,定世逆之方针?捷径奚由?利器何具?"是时曼青诸先生俱在座,因慨然曰:"欲引人心之趋向,启教育之萌芽,破迷信之根株,跻进化之方域,莫小说若,莫小说若。"于是友梅先生以报馀副员,逐日笔述小说数语,穷年累月,集成小说一轴,书就,命予序于首。鄙不学而荒,每于进化状态与社会之关系,三致意焉。今得先生全豹而读之,无任击节。观其中缀人事之直曲,叙世态之炎凉,先生非徒事酸刻也,殆有深意存焉。昔哲有言:撰史之职,在叙述国民之生活与社会自然之事实,为比较进化之资料,以便确定其究竟法则。斯数语可咏先生社会小说之真相矣。是为序。龙飞光绪三十四年仲夏,漠南德洵少泉谨识。

（小额）题词

绿堂吟馆

大清一统大帝国，地广民稠真难得。北京社会人物全，良莠贤愚难尽识。有一小额号少峰，能使善良皆目侧。横行霸道家财丰，实为土豪之特色。不习弓马不临池，专吸旗人之膏脂。重利盘剥放大账，更比碓房盛一时。秤盘摆动戥星摇，朝朝暮暮胜元宵。钱粮包子无其数，争似为官赴早朝。持筹握算无间暇，白日匆匆继以夜。手下碎催数十人，人人都是胆包身。摆鞋荣及花鞋德，假宗室与小头春。按月关饷到旗署，气死山东拔什户。那管天理与良心，吃尽孀妇与孤女。青皮小连气如云，大闹旗衙真罕闻。擅打伊老如破竹，两个嘴巴兼一足。旁观多少不平人，不敢公然论直曲。伊老回家闷气生，公子闻知说不行。一函书信难中止，恰似加紧六百里。果然书到便成功，也是小额自寻死。锁环脖项提署手，身系囹圄难出头。至今后悔亦何及？回思往事泪交流。狱牢黑暗风萧索，怎比拥炉坐暖阁？鸦片烟瘾最难挨，遍体冰凉觉衣薄。严行拷问臀痕青，此时此际难为情。不见高亲与贵友，但闻囚犯哀号声。额氏夫人善驾驭，分遣仆从各家去。东西南北觅良媒，一天走有七八处。指望能怜范叔衣，谁知全学苏秦妇。昔日亲朋与故旧，今日竟似残秋柳。深闺终日锁双眉，脂粉慵施泪暗垂。春来开库关俸日，秋季刮仓领米市。门庭冷冷生荒草，满院灰尘无人扫。一心只恨青皮连，不合无端打伊老。独对银灯思悄然，想子思夫减夜眠。离愁一日增一日，破镜何时飞上天？结发夫妻情义重，知心话儿向谁共？流光转瞬已经年，仿佛一出黄粱梦。可恨额家众宾客，狗友狐朋穷落魄。幸灾乐祸起贪心，自己登门不用觅。骗人手段速如电，百计千方都使遍。银钱到手大分肥，黄鹤一去不复见。明五恩德重如山，排难解纷指顾间。一言不令风潮起，完案归来见妻子。特邀伊老到饭庄，请安叩头赔不是。遣怀听戏出城局，偏遇冤家听不成。一腔抑郁难发作，不寒而栗突心惊。望家加步走徘徊，身着罗衣尽解开。盘大痈疽生脊背，呼童快请大夫来。大鼓锣架真轻举，不读医书将文舞。一瓯汤药未服完,疙瘩疼得泪如雨。回头又请香头王,怪语妖言太渺茫。弄鬼装神信口说,不过胡黄白柳长。御医徐公在何处?车去车来起尘雾。到底不如金针刘,真能手到病除去。病除如执蒲葵扇,胜得明珠与翠钿。一旦猛省改前非,土匪之中亦罕见。最羡松君绝妙辞,社会情形无不知。婆心苦口将人劝,直笔一枝堪救时。寄语同胞当爱众,损人利己如折枝。大家努力尚实业,国富民丰定可期。

恭读松君友梅社会小说,敬题七古一章,用《长恨歌》原韵。即希哂正。绿堂吟馆拜稿。

说明:上序录自广东人民出版社1983年《中国近代文学研究》第1辑本《小额》。此书原有光绪三十四年北京和记排书局本,首有序二,分署"时光绪二十四年六月二十三日杨曼青序于补梦斋""龙飞光绪三十四年仲夏漠南德洵少泉谨识"。复有题词一,署"绿堂吟馆拜稿"。原本藏中山大学图书馆或中山图书馆。

友梅松龄,即蔡友梅(1872—1921),字松龄,笔名松友梅、损公、梅蒐、亦我等,京旗满洲人。

杨曼青(1874?—1940?),本名杨旭,字曼青、曼卿，满族人，《北京新报》主持人，先后出任《群强报》《爱国白话报》主笔。（详参关纪新《欲引人心之趋向——关于清末民初满族报人小说家蔡友梅与王冷佛》。）

绿堂吟馆、漠南德洵少泉，真实身份、生平事迹待考。

幻梦奇冤

(幻梦奇冤)歌词

支那保黄人

旭日出东瀛,政简又刑清。科条三尺废,万姓颂神明。神乎侦探术,烛奸无遗策。狱底少冤魂,夜半啾啾泣。幻梦岂无知?杀人事可疑。奸谋从此起,昭雪会有期。嗟哉秋山氏,区区为夺婚。嫌疑犯瓜李,危乎冤覆盆。三指血模糊,留作爪泥印。纸上显螺纹,绝好为凭证。支那保黄人题于独醒草庐。

(幻梦奇冤序)

田铸

丁未(光绪三十三年)岁首,鄙人家居无事,正读诸名家所译小说。忽有好友从东洋游学归来。闲谈间,遽及东京一事。其事离奇变幻,可愕可惊。鄙人亟照所述编次之,以供诸君子茶馀酒醒时,破闷消愁之助。且吾国有刑名之责者,使各铭诸座右，以作箴规，庶不至草菅人命，则尤鄙人之所厚望焉。

说明：上歌词及序，均录自宣统元年上海改良小说社铅排印本《幻梦奇冤》，原本藏国家图书馆。此本首《歌词》，尾署"支那保黄人题于独醒草庐"。正文卷端题"侦探小说幻梦奇冤卷一""松陵钓叟田铸编述"。紧接其后的是一篇类似小引的文字（见上所录）。

松陵钓叟田铸、支那保黄人，真实身份、生平事迹待考。田铸另有《黑海钟》，未知是否同一人。

新列国志

西史小说新列国志序

我国历史小说，向有《列国志》一书，叙春秋战国时事，罗罗清疏，学生读《左传》《战国策》有未明了者，阅《列国志》，无不如白香山诗，老妪都解。甚矣，小说之能引人入胜也！读西洋史者亦然，头绪纷繁，人名地名，语多佶屈，此在老师宿儒，犹不免望洋兴叹，而况学龄之童子，欲其印入脑筋，得乎？且西洋史之足备我人考镜者，尤以近世史为最要，而近世史中，事变尤杂，记忆尤难，非得如《列国志》一书，为之发聋启瞶，以牖童蒙，其何能省记忆力，而纯熟史事乎？且何能知西洋近世之进化，日异而月新乎？不佞志此有年，课徒之馀，爰举近百年西洋各国之由野而文，由虚而实者，一一皆以浅近文理组织之，间下己意，与我国史事对勘，无非欲触类引伸，使童子有左右逢源之乐也。编纂既竟，命名《新列国志》，盖效窃比老彭之意。近日学堂中课西史者，苟先以此书印入童子脑筋，而后进以教科书，则可收事半功倍之益。盖艰深则难领悟，浅近则易会通，理固然也。但不佞此编，不过取便童蒙，文词之不雅驯，非所计也，通人达士，幸勿为笑。编者识。

说明：上序出光绪三十四年上海改良小说林社本《绘图新列国志》。此本首编者序，次"西史小说新列国志目录"，凡三十八回。目后有识语："篇中所叙实事为多，惟童保、包忠二人则暗寓同胞、保种之意，阅者以谐声读之可矣。"正文第一叶卷端题"西史小说新列国志第一回"。

蜗触蛮三国争地记

《蜗触蛮三国争地记》题辞

牛角挂书客

《蜗触蛮三国争地记》,虫天逸史之所著也。隐射双关,钩心斗角,涉笔成趣,妙语解颐。《庄》《列》寓言,主文谲谏。古人称,贾君房言语妙天下,苏东坡嬉笑怒骂皆成文章,不是过也。洵为稗史中别开生面之作。凡喜读《虞初》者,当同深嗜痂之癖焉。牛角挂书客题。

蜗触蛮三国争地记序

蜗庐寄居生

盖闻鸿蒙剖判,世界屯蒙,狉榛荒渺,噩噩浑浑。邈哉弗可稽已。夫万物之朔,托始水胎,其次即为虫天世界。庄子所谓"惟虫能虫,惟虫能天"者也。然世纪绵邈,前乎人类用石时代,尚不知几万亿年。书缺有间,其文或不传。即如蜗牛王之发奋为雄,不数近世之青吉思汗、拿破仑,而蛮、触二王,亦无愧为蛮夷大长。至百虫将军之战功，比之威灵吞、纳耳逊，可无愧色，而傅负版、伊威之主张变法，即东瀛之板垣退助、伊藤博文，何以加诸？若朱知之阐明电学，其功尤不在瓦特之发明蒸汽机下。至于蜗牛国内政之鬻沸，外交之波诡，殉国之血忱，革命之风险，其他政界、学界以及社会之种种现象，皆足以考见世变焉。顾求当时之历史，既已剥蚀于风霜，摧残于兵燹，邈焉不可复睹，犹幸斯记，乃蜗牛王命其臣话东以国书蝌蚪大篆，作纪功碑，大书深刻，摩崖勒石，虽雨淋日炙，尚有偏旁点画可寻，亟命虫天逸史氏译述之。好古之士，以览观焉。蜗庐寄居生序。

蜗触蛮三国争地记跋

倮虫长民

粤自苞符秘剖，混沌窍开，外骨内骨之伦，股鸣腔鸣之族，涵渊卵育，种类蕃滋，爰有蜗、触、蛮三国者，负壳而居，犄角相依，安居则庆夫咸若，拗怒乃作其麟。而螈蝓梅雨之墙，长城万里；蝼蚁槐安之国，拓地数圻。无何蚕丛界险，蚁斗蚜开。蟭螟以蚊睫为巢,螳螂为黄雀所捕。虫沙疆域,几成大一统之山河;蜗篆典坟,长埋亿万年之历史。幸而虫书莫考,鸡碑犹存。有虫天逸史氏者,功深萤案,业富蟫编。高才不数乎题糕,妙趣何殊于说饼。文通蝌蚪,屡翻卢仝之书;学饱蠹鱼,三食神仙之字。极灰线草蛇之妙,发蛛丝马迹之奇。化茎草为金身,纳须弥于芥子。钩心斗角,效康舆芥舟之小言;努目低眉,作矛淅剑吹之危语。小说九百,本自《虞初》;寓言十九,何如漆吏?苏长公之嬉笑,尽是文章;淳于髡之滑稽,杂以隐语。虽雕虫小技,或言壮夫不为;而班马新裁,足为稗官生色者矣。倮虫长民跋。

说明:上序录自光绪三十四年铅排印本《蜗触蛮三国争地记》,内封正面题"蜗触蛮三国争地记",署"蚊睫巢父氏题签",背面有"牛角挂书客题"之题辞,首《蜗触蛮三国争地记序》,尾署"蜗庐寄居生序",书末有《蜗触蛮三国争地记跋》,尾署"倮虫长民跋"。书之版心题"蜗触蛮三国争地记"。原本藏辽宁省图书馆。此书初刊于光绪三十三年《著作林》十九至二十二期,为六回(说见阿英

《小说三谈》)。光绪三十四年铅印本为十六回,盖后又增写焉。

牛角挂书客、蜗庐寄居生、倮虫长民,真实身份、生平事迹待考。

金凤

《金凤》题辞

江南一美人,命薄溷风尘。流水桃花片,年年不计春。

说明:上题辞录自光绪三十四年五洲书局八月再版本《艳情小说姑苏金凤》。封面题"艳情小说姑苏金凤",首金凤像,下有《题辞》。次"金凤目录",凡五十四章。书末云:"后来烟馆发封,亏得章东生设法种种情节,后书再表。"后书未见,不知是否成书,是否出版?版权页署"著作者无友生"。原书藏南京图书馆。

新镜花缘

新镜花缘作意述略

啸庐

小说家言，多驳杂而不纯，而于言情诸作为尤甚，其伤风败俗者姑无论以矣。虽然，吾不知当时作者果何居心，而必浪费此自污污人之如许笔墨也。女界小说惟《镜花缘》一书，差免此弊，然又太嫌凿空，太无结果，究不能为女界实实放一异彩。顾说者谓：今译本泰西小说，其种类之夥，事迹之奇，不可谓非大观矣。呜呼！孰知误我中国女同胞，为祸至酷且烈者，即此种类至夥、事迹至奇之译本诸小说哉！盖彼非跳身革命，以一弱女子甘犯天下之大不韪，即知识稍开，便注意于自由平等，而不计其所行之于理实未顺，于心实未安，甚或因求达目的，往往横施其鬼蜮伎俩、阴险手段，不顾阅者之舌挢不下，心悸不止，虽种种不可思议、不可捉摸处，无非蜃楼海市，故显其奇，然儿女子读之，误认文明，遂铸成大错者，比比矣。走也不敏，端居无俚,恒思起而矫正之,顾才力薄弱,惧弗能胜,因先拉杂成此一册,颜之曰《新镜花缘》,以别于旧有之《镜花缘》也。傥为女界所欢迎乎?嗣当月出一册,以供阅者酒后茶馀之谈助。如谓为老生常谈,则请烧之,或覆瓿亦可。时光绪三十四年二月之望,啸庐识于申浦之蛰庵。

说明:上述略录自光绪三十四年新世界小说社本《新镜花缘》,首有《新镜花缘作意述略》,尾署"时光绪三十四年二月之望,啸庐识于申浦之蛰庵",原本藏复旦大学图书馆。有《中国近代小说大系》点校光绪三十四年上海鸿文书局发行本行世。

啸庐,即陈啸庐,另有《轩亭血》及《中外三百年大舞台》等,馀则待考。

宦海潮

宦海潮叙文

黄小配

东都施耐庵云："三十未娶不应娶，四十未仕不应仕。"用违其时也。南海张氏，固小有才，而未闻君子之大道者，仕非其时，而强以求仕，愚矣。《诗》曰："相彼雨雪，先集为霰。"既为虚名所缚，复弗能见机，此其所以终取败亡者欤！吾寻彼去就之际，业弗解审时势以为出处。当其少年落拓，弗得于时，宗族交游纷以无赖齿，乃欲及身以湔其羞；如其印累绶若，固弗惜苟就，以希望毕生荣其身，斯愿已足。其志如此，其才固可知也。虽然，彼未尝不善揣时势以取功名者。彼逆料夫风气之所趋尚，乃决然舍科举业，一从事于外交肆应间，以与列雄相见，无所凭借，卒取飧阶。其死之日，中西士夫多为惜焉，则张亦人杰矣乎？然而张氏有生数十年，正美雨欧风，外潮澎湃之日，所谓一时衮衮，眼光如豆，求以通外情者顾不多；观张氏际之，稍事委蛇，遂得脱颖而出。则张之知遇,虽得诸周旋权贵间,良亦时势制造之也。骤以豪杰英雄相比例,张而有灵,吾知九泉掩面羞矣!故其致通显,居总署,执大权,而一切事功,抑何浅陋!奉一差,订一约,不闻为国家争光荣,不闻为国民保权利,鄙矣!虽危弱政府,方丁艰造,张似无可如何。特弗胜其任,弗居其官,张而果能内审诸己,外征诸时,辨种族,识时务,方当奋作国民,否亦勉为胡元刘因,固无不合,而顾以性命与官阶相搏也。是以其死也,人多哀之,吾独不以为奇异。岂非其徒恋名位,未闻君子大道,有以取盆成括杀身之祸耶?吾之为是书也,非所以表扬张氏,盖遗其(臭)流芳,彼均未足当焉。然而世态之炎凉,宦海之升沉,吾固不能无感。况专制斧钺,生杀随意;纨绔子弟,动作无道,危及其亲,尤可悲也。则是书之作,知我者其以此乎?时中历戊申(光绪三十四年)仲夏,番禺黄小配叙。

宦海潮凡例(十四则)

一、说部描写世态炎凉,至《金瓶梅》极矣,不知世态炎凉，于官场更有甚者。故是书上半截，写张氏失志，宗族、交游，均以白眼相加；及张氏到山左，稍得机势，趋炎者即奔走盈门，即张氏投拜权贵，亦皇如不及。皆能描写得来，绘影绘声，道尽人情，不在《金瓶梅》之下。

一、是书以人情世故、反面炎凉为大主脑。观张氏与洪禾鹜犀园，其际遇相同，初时何等相知，竟能翻覆云雨，尽力排挤！故张氏后与凌相结异姓亲，而卒被挤于凌相之手；张氏听其子以挤洪氏，凌氏亦听其子以挤张氏。一则仅失其官，一则并之其命，何报之巧而且烈也！读是书者，当知其主脑，即于此两处留心会之。

一、寻常著书，褒贬过于渲染。或叙一先辱后荣之人物，写其人每视之太高，过为雕琢。是书却扫除此弊，故张氏为书中主者，亦在不褒不贬之。盖踏是书不志在为张氏纪传，而特借张氏以写人情世故之变幻无常者也。

一、世称宦情似水，言其淡也；吾则谓宦情似纸，言其薄也。书中不特于张氏挤洪云，凌相排张氏见之；即翁、潘等大臣，有馈遗则为之援引，及张氏被劾，李相之雄，亦畏惧权贵，不敢置一词以为之营救，皆此意也。

一、寻常著书，多主因果之说。是书本不落此窠臼，然报应未尝不巧。如张之于洪，凌之于张，皆取材从实，而不报应之报应隐寓其间，实皆以描宦情之真相也。

一、寻常著书，每取谶兆，以定书中之结局。是书本不主此，然李侍郎之诗词，及张氏使美时，闻丁督之死而发叹语，皆其兆也。是亦取材从实，与寻常杜撰不同。

一、寻常说部，除一二历史演义外，赖多凭空结构。唯是书则无一事无来历，或得耳闻，或本目睹，或向者发现于新闻会社者，其馀点染，出使外洋事迹，则取材于张氏原著、日记、书本为多。

一、是书于描写人情世故之外，隐寓国势盛衰之感情。书中极力写京中大老，于无事时只提倡旧学，于嗜好括帖、骨董、字体、书画及诗酒流连以外，无一政治思想。当环球斗智时代，以若辈当国，安得不危？读者可以会其深意。

一、书中有三大事应详而从略者，如中东之战役、白莲教之排外,及狗党之播弄改革,皆不过略记其大概以为引子。因此三大事,已各有专书,且是书主脑又不在此,故从略焉。

一、是书有宾主之分。其人则以张氏为主,而其馀皆宾也;其事则以人情冷暖为主,而其馀皆宾也。

一、是书有匣剑帏灯之景。如写银屏与赛金花,慧眼侠肠,皆相若也;而始终如一、晚节不磨,则银屏尤过之。乃一则赠资送别,已无再见之期;一则虽膺诰命、享荣封,而亦中道分张,美中不足。视他书于美人名士,动以衣锦荣归、团圆结局者,千首雷同,既庸且俗,与此何啻天渊？惟是书前则以知遇令人钦羡,后则以境遇令人感慨,读者应无限低徊之感。

一、是书有国家种族之感情。如观虐禁华工,而保种之情可以出;观割利权、赔重款,而保国之念可以生;观专制淫威,忽然假命杀人,忽然推翻政局,而政治之思想可以悠然发现。读者当于绘写人情冷暖之外,留意及之。

一、历来说部,皆有注意描写之人,故用笔用句,每于写所注意之人外,皆有所偏。如《三国演义》,注意写武侯者,而武侯之前后,文字不如也。如《红楼梦》,注意写宝、黛、钗、凤,而此外如豪憨之湘云、爽利之探春,仍文字皆不如也。如《金瓶梅》,则注意写潘金莲、李瓶儿,而此外如吴月娘、孟玉楼、孙雪娥,皆不及也。是书追摹《水浒传》,每写一人,皆不用闲笔,读者尤当注意。

一、寻常说部,多铺张仙佛鬼神之事,大非今日风气所宜。故是书扫除一切迷信之习,不落古人窠臼。

说明:《宦海潮》二卷三十二回,首刊于光绪丁未年(三十三年)《中外小说林》(由《粤东小说林》改刊而成)。香港《世界公益报》推出单行本。上叙文、凡例即出1908年香港《世界公益报》出版本,转录自方志强《黄世仲大传》(夏菲尔国际出版公司1999年版)。

黄小配,见《廿载繁华梦》条。

大马扁

《大马扁》序

吾庐主人梭功氏

余友小配,工小说,所为《廿载繁华梦》《洪秀全演义》等,风行海内,大受社会之欢迎。近者,小配以新著之小说名《大马骗(扁)》者,出而示余。余受而读之,既竟,曰:嗟乎!吾子过矣!子毋以康、梁二人,招摇海外,借题棍骗,于马扁界中,别开一新面目,而遂为康、梁罪也。吾子之意,讵不曰康、梁二人害社会实甚,有心世道者诚不能为之宽假也?虽然,社会害康、梁,非康、梁之害社会也。康、梁之棍骗,非康、梁之罪,而社会之罪也。夫社会不平,金钱实为万恶之原。世界一日有金钱,即人类一日不能无罪恶。康、梁不幸,生不逢社会平等之日,自呱呱坠地时,即浸淫于金钱铜臭之内,迷惘既深,则诪张为幻,人情大抵皆然,况才足以济奸者乎?故吾人方言康、梁之不暇,而可以棍骗为康、梁罪哉?抑余闻之,康、梁所以能招摇海外者,全恃

《戊戌政变记》一书。盖书中极力铺张，去事实远甚，而海外侨民，蒙于祖国情势，先入为主，至于耗财破家有所不恤。夫海通以来，内地谋生既困，迫而只身越重洋，寄他人宇下，不知受如何委屈，历如何艰险，乃得区区血汗之金钱。而黠者又以术愚之，而尽劫其所有，徒希望于首领赐环之后，而分我以一杯羹。然卒以是而流离海外，客囊羞涩，终其身有不能归见父母妻子者矣。余言念及此，未尝无馀痛也！然则谓此书之作，于社会无功焉，不得也。戊申八月二十日，吾庐主人梭功氏谨序于海外。

诗曰：纷纷世事似残棋，末路天涯最可悲！保国保皇原是假，为贤为圣总相欺。未谙货殖称商祖，也学耶苏号教师。君死未能从地下，赐环何日更无期！

说明：上序出自日本东京市三光堂白土幸力在神田美土代町二丁目一番地印刷发行本《大马扁》。只出上卷，下卷未出。序署"戊申（光绪三十四年）八月二十日，吾庐主人梭功氏谨序于海外"。序后，第一回前有"诗曰"七绝一首。

黄小配,见《廿载繁华梦》条。

吾庐主人梭功氏,即卢信(1885—1933),字信公,别号梭功,顺德人,曾任《中国日报》记者、社长。

五日缘

《五日缘》叙

古瀛鉴余

天地如此其大,人民如此其众。其间有喜有怒,有哀有乐,有悲戚有欢娱,由非一由情而生(疑为"无一非由情而生"之误)哉。是故天地有阴阳消长之机,人事有离合忻戚之变,虽原于性,本于理,而实则皆系于情。情也者,通天地,贯古今,无有乎弗同,无有乎弗具者也。

余友痴虫,赋性颖异,长于文辞,凡诗词散骈,无不精擅;尤喜小说,以为改良社会,莫善于此,故凡海内外小说界之著作,浏览殆遍。性无他嗜好,惟深于情。故关于情界上之著述,尤注意焉。此无他,其情之蕴于中者深且厚也。岁戊申,痴虫君里中,忽出现一惊人之奇剧,人之闻者见者,莫不哗然同声,为之忽喜忽怒,忽乐忽哀。噫!此何事?则余友郭君镜吾,与季女月香之历史是也。其历史之原因若何?结果若何?则一一详在痴虫君所著《镜月梦》中。《镜月梦》因何而作？作者有何命意？读者自能领略之。第观其章法之整奇，词意之优美，议论之精深，褒贬之适当，叙述之明确，文气之浩瀚，笔势之峥嵘，以视彼世之写情小说，非不汗牛充栋，流行社会，驰名海内，然而或徒事铺张，毫无疑趣，或词意浅率，一览无馀者，其价值之相去盖不可以道里计也。乃者痴虫劳月馀之精神，一旦脱稿，索序于余。余不敏，受而读之，踊跃赞叹，欢喜无量。爰理秃笔，书数语于简端而归之。戊申夏日，古瀛鉴余叙。

(五日缘)叙

梦兰

痴虫者，世间第一痴人也。既痴矣，又偏喜说梦，大痴！梦也，而以真视之，津津说之，若有味焉，大痴！不说快乐荣华之梦，而偏喜说悲凉抑郁之梦，大痴！既说梦矣，乃不惟说之于口，且更笔之于书，大痴！既成书矣，乃不计世之求富贵、营利禄者逐逐正忙，谁有暇来看此书者，而贸然发表之，大痴！痴虫所说之梦，痴梦也；既梦矣，而又痴。既痴梦矣，而又为痴人所说，吾知此书出世后，自非与痴虫同有痴病者，更无有乐观之者矣。痴虫亦梦中人也，既为梦中人矣，而又说梦，则所说之梦，是为梦中之梦。吾又知此书出世后，自非与痴虫同梦之痴人，更无有乐观之者矣。然吾知与痴虫同有痴病者，世非无其人也；与痴虫同梦之痴人，世亦非无其人也。试观有说梦之痴虫，便有为之校订其所记之梦之梦兰。戊申七夕，梦兰识于恨窝窗下。

痴虫深情人，故喜为言情之作。又湛深佛氏之学，故所著书中，每多微言至理。其精心结构者，尚有《梦之痕》《新石头记》等四五种。本书仓猝中据事直书，故颇直率。梦兰又识。

（五日缘）例言

一、本书系记实事，故为文只得直书，不能如他作之出奇制胜，读者谅之。

一、本书系仓猝成文，未暇修饰一过，读者当观其意而略其词。

一、本书系言情之作，读者当先识情字。

一、本书有七不许读：不知情为何物者不许读；但以情为口头禅者不许读；不知情与淫之辨者不许读；误认淫即是情者不许读；嗜欲深而天机浅者不许读；耳食腐论，目言情之作为淫书者不许读；未曾真尝情中滋味，而辄喜批评是非者不许读。

一、本书有五不必读：富贵中人不必读；欢乐中人不必读；止喜记事新奇，以小说为消闲之具者不必读；非深情人不必读；溷迹十丈红尘中，不知文字滋味者不必读。

一、本书有五种人不要读：道学先生不要读；大腹贾不要读；守财奴不要读；官场中人不要读；快活人不要读。

一、本书有七种人不可不读：佳人不可不读；才子不可不读；热心人不可不读；有情人不可不读；自问可作《镜月梦》中主人翁者不可不读；自问可作《镜月梦》人者不可不读；恨人不可不读。

《五日缘》题辞

吴门惺惺子等

脑识意根成过未，情天器世两蹉跎。无端一觉昙花梦,点点哀尘逗爱河。

有情宝镜留空相,无赖蟾光印梦痕。一点灵犀千滴泪,银河三尺葬痴魂。

劫火惊回空外梦,罡风吹堕爱边尘。恋情觉性都无恙,尝尽悲欢是此身。

算得美人才薄命,非真情种不知愁。满腔热血双行泪,并作无情逝水流。

世界坏空即成佳,人心痴爱召贪嗔。剧怜扬子江头水,弱柳丝丝绾暮春。

如梦春秋绵永劫,无情天地演悲观。时间空界都无量,并入心头一点酸。

业力无端成世界,爱根有着幻群魔。大圆镜里三生影,七宝庄严总网罗。

有情终古无别离,入梦何缘辨死生。拈得空花还一笑,镜中万劫月长明。

我亦情场潦倒人,凄风苦雨负青春。回头十载沧桑影,一曲伊州泪满襟。吴门惺惺子。

读《镜月梦》毕,书二十字于简端:

开卷一片情,掩卷数行泪。谁是个中人？解得个中味。梦兰。

苍狗白衣转眼更,情场末路最怜卿。无明有爱成三界,苦雨凄风遂半生。沧海绿波精卫泪,空山红血杜鹃声。邯郸推枕黄粱熟,万缕情丝一剑横。钱塘白苹生。

浣溪沙

剪断情天一尺云,天边春断断云根,云收雨散不胜情。　白纻声中悲昔昔,黑罡风里哭卿卿,冷烟和月葬花魂。

一寸相思一寸愁,沧桑小劫记从头,一声何满泪双流。　泡影因丝浑一梦,怀人风雨自三秋。人间天上两悠悠。

绮梦灰残不在温,斜阳容易又黄昏,声声杜宇唤花醒。　病蝶冷香销夜月,痴鸳恨血吊春魂,江南回首梦无痕。觉笑。

说明:上叙、例言、题辞等,均录自宣统元年改良小说社印行说部丛书本《言情小说绘图五日缘》,首《叙》,尾署"戊申夏日,古瀛鉴余叙",次《叙》,尾署"戊申七夕,梦兰识于恨窝窗下",复有一则,尾署"梦兰又识",再次有《例言》,又次《题辞》,分署"吴门惺惺子""梦兰""钱塘白苹生""觉笑"。原本藏上海师大图书馆。

古瀛痴虫、古瀛鉴余、梦兰等,真实身份、生平事迹待考。

花柳深情传

花柳深情传自序

詹熙

光绪乙未,余客苏州。旋往来于申浦,秋复航海至舟山。是时倭人入寇辽东,我兵不振,旋踞台湾。朝廷议和议战,久而不决,以故余所至之地,人心汹惧,于是朝野士大夫莫不奋笔著书,争为自强之论。英国儒士傅兰雅谓:中国所以不能自强者,一时文,二雅片,三女子缠足,欲人著为小说,俾阅者易于解说,广为劝戒。余大为感动,遂于二礼拜中称此一书。儿子□来,亦随侍在苏,乃逐日抄录。书成,藏诸行箧者三年。丁酉春余复卖文海上,乃以作书大意就正于天南遁叟。叟亦称善,即有怂恿以是书付梓者。时予适欲北上,未遑改削。五月客津沽。同年钱省三观察邀余缉《中西化学通表》一书,往返商酌者半月,故欲点窜是书,而又不果。六月客京师,同人索余画者坌至,日无宁晷。七月,谒聂功亭军门于芦台严蹉尹营次。幕友罗秉真又酷嗜予画，贤主嘉宾，复坚留予十数日，并得交芦台磋尹周勉斋。勉斋蓄古画甚夥，日邀予代为评骘，于是各为画数帧。独秉真得予画为多。七月杪还沪，又有索是书于梓者。予乃为前后文略为补缀而付之。噫！此小说也，成于无心，大半皆游戏语，岂知此书成于三年以前，是时上海、湖北等处，并无所谓天足会，而各省乡试，亦并未奉有部文，于第三场改策西学。又四川、两湖等处，亦未设立禁烟会。今何如耶？吾友长沙孝廉赵叔芝，并为予曰：吾乡禁烟会立法甚严，且用凤茄花一味，可以立止烟瘾。此花处处药肆中皆有之。其法如烟瘾，日吸三四钱，但用清水煮凤茄花三朵服之，三五日其瘾立断。以后见烟则呕。此法予在京师亲见叔芝为其友戒烟，其验如神。书中并未叙及，今补录于此。然则予作是书，窃谓开风气之先，为暮鼓，为晨钟，一唯阅者能警觉否耳。至于诙词谐语，亦或有之，此作小说体例宜尔也。若谓为刘四骂人，则其人必为不善看书者，吾滋遂矣。光绪丁酉重九日，绿意轩主人衢州肖鲁甫詹熙序于上海春江书画社。

说明：上序录自光绪二十三年上海广雅书局印

本《花柳深情传》。原本藏北京师范大学图书馆。首自序，尾署"光绪丁酉重九日，绿意轩主人衢州肖鲁甫詹熙序于上海春江书画社"，次"花柳深情传目录　绿意轩主人著"，凡四卷三十二回。

绿意轩主人，即詹熙（1850—1921），字子和，号肖鲁，号绿意轩主人。衢州人，清末贡生，有《绿意轩诗稿》《除三害》话本等。

蓝桥别墅

《蓝桥别墅》序

幼泉氏

若夫南朝金粉,北里胭脂,邗上烟花,秦淮风月,古来名妓,代不乏人。或解吟咏而叹其美才,或擅弦管而惊其绝技,或因红颜而悲其薄命,或垂青眼而服其知人。然当此之时,风流杜牧,半多点染之词;潇洒乐天,不少铺张之语。凭一人之评赞,播千古之芳名,未免阿私所好,传述子虚,斯亦何足奇哉!但执此以严绳之,苛论之,则迷香洞里、卖笑楼头,足值我纪载之劳,无愧人品题之选者,盖百不得一焉。然如蓝桥别墅之鬻饰助赈,推己及人,满腔热血,一片慈心,掷万金而不吝,济众庶以无骄,斯诚妓之侠而奇者。乌得以寻常名妓例之乎?盖蓝桥之事,大吏旌之,报章纪之,或相率为诗歌赞传以褒美之,则其传千秋之名誉,而非徒一己之称扬也明矣。虽然,传赞诗歌,只宜于士夫流览,不若稗官野史,更可使妇孺皆知也。故东篱主人为之纂成小说，播作美谈，不第针砭时俗，且能感发善怀。其有助于世道人心，良非浅鲜。书既成，邮寄都门，嘱余为之序。余不揣菲才，勉为芜语。窃叹斯世之人，每以公卿为贵，而以娼妓为贱，然未能急公好义，爱国养民，则恐贵者不如蓝桥，而反为蓝桥所讪笑矣。人其可不勉哉？光绪戊申春王正月，幼泉氏序于都门旅舍。

说明：上序录自光绪三十四年近世小说社发行本《蓝桥别墅》。上下两册。首照片一幅。次《序》，尾署"光绪戊申春王正月，幼泉氏序于都门旅舍"。复次"蓝桥别墅目录"，署"梦花馆主江阴香改辑"。凡十五回。正文第一叶卷端题"蓝桥别墅"，署"梦花馆主江阴香改本"。版权页署"著作者樊菊如、改订者江阴香"。原本藏南京图书馆。

樊菊如、江阴香、幼泉氏，待考。

断肠草

改良小说社新出小说《断肠草》广告

绘图《断肠草》（一名《苏州现形记》）：作者苏州人也。以苏州人道苏州事，遂使苏州人之性质、之行为，一一活现于纸上，事皆有征，言非凿空，即作《苏州风俗志》读，亦无不可。

说明：上广告出光绪戊申改良小说社本《断肠草》。南京图书馆藏此书之残本。广告转录自陈大康《〈中国通俗小说总目提要〉"未见"条目之补遗》（见《明清小说研究》2013年第一期）。

地府志

地府志序

王庆寿

新小说夥矣,然观其意旨,总不外"情节离奇"四字,绝少激昂慷慨之文。盖著书者大都为销路起见,不得不投时所好也。上邑葛啸侬茂才,负才使气,不合于时,满腹牢骚,无处发泄,每于教课之暇,从事小说。凡所见所闻,可笑可哭之事,皆托于游戏,著为文章。自去岁以来,刊行者已有《宦海风波》《时髦现形记》及《三路财神》《女学昌明》并《三续济公传》等六七部,每一书出,争相购阅,风行于时。是书以地府托名,而实关世事。骂鬼耶?骂人耶?而为鬼为蜮,则以鬼视之,而以鬼骂之矣。至其语言含蓄,情节幽远,看似寻常,实有深味。翻阅一过,不禁叫绝,因特将其用意之处,加以圈摘,用醒阅者之目,并略叙数言,弁诸编首,戊申(光绪三十四年),合郡王庆寿谨志。

说明:上序录自光绪三十四年集成图书公司刊

本《地府志》(初集),原本藏复旦大学图书馆。此本首戊申王庆寿《地府志序》。次有图,再次"地府志初集目录"四卷二十回。正文第一叶卷端题"地府志初集卷之一"。

葛啸侬,由序,知为上邑人,系茂才,且是个教书先生。著有《宦海风波》《时髦现形记》及《三路财神》《女学昌明》并《三续济公传》等,馀则待考。

王庆寿,待考。

医界镜

《医界镜》序

天下最足以感动人心者,莫如章回小说。近世纪以来,各种小说风行一时,几乎无美不备,然最有关乎卫生及医界者,尚待缺。如今儒林医隐主人有鉴于吾国同胞大多数不知卫生,且悯医道颓败,有江河日下之势,而沪上之医,尤为五方杂处,良莠不齐,病家难以辨别。其名声鼎鼎者,又多敷衍肤浅,实不副名,深恐病久靡所适从,而罹其害,医家囿于习俗而趋于下。爰作《医界镜》四卷,俾平人闻之,可预先稔知医生之高下,一旦有病,或不为庸庸者所误;医家闻之,可以警惕深造而勉为良医。而于卫生之道,尤时时致意焉。至于情节描写,摹绘形状,忽庄忽谐,忽奇忽正,一回胜似一回。如游山然,愈引愈胜;如歌曲然,愈唱愈高。观览者,当自能知之。光绪三十四年秋九月重阳日。

《医界镜》小引

儒林医隐主人

此书原名《卫生小说》，前年已印过一千部。某公见之，谓其于某医有碍，特与鄙人商酌，给刊资，将一千部购去，故未曾发行。某公爰于前年八月下旬用鄙人之名，将原由登在《中外日报》《申报》论前各三天。某某广告：鄙人"所著《卫生小说》已印就一千部，因中有未尽善之处，而欲酌改，暂不发行，如有他人私下印行，及改头换面发行者，定当票究"云云，是版权仍在鄙人也。今遵某公前年登报之命，已将未尽善及有碍某医之处全行改去，因急于需用，欲将版权出售。儒林医隐主人谨志。

说明：上序及小引均录自光绪三十四年铅印本《医界镜》。此本首《序》，次《小引》。原本藏苏州市图书馆。书由郁闻尧《医界现形记》稍加改易而成，凡二十二回。

儒林医隐，真实身份、生平事迹待考。

九尾狐

《九尾狐》序

灵岩山樵

夫以龟而比贪鄙龌龊之贵官,宜也;则以狐而比下贱卑污之淫妓,亦宜也。且龟有九尾,其异于寻常之龟也明矣,信非贵官不足以当之;狐有九尾,其异于寻常之狐也,亦审矣,又非淫妓不足以当之。不然,犹是龟也,犹是狐也,为世上所恒有,何必志其异哉!惟其彼有九尾,此亦有九尾,一龟一狐,遥遥相对,此书之所以不能已于作也。开章云"九尾龟有书,九尾狐不可无书",正斯意耳。然《九尾龟》之正文,至后集始行表出,观其前数十回,无非烘云托月,点缀成章,虽云解秽,而与书名三字,未免相离太远矣。若《九尾狐》则异是:首卷即大书特书,实言其事。以胡宝玉为主脑,纵有借宾定主之法,而无喧宾夺主之讥。绘影绘声,有香有色。笔纤而不涉于佻,事俗而无伤于雅。明白晓畅,记载周详,后先相贯,名实能孚。洵足醒世俗之庸愚,开社会之智识矣。虽然,《胡宝玉》书坊间早有刻本,奚烦主人之复用心思,重劳笔墨哉?不知前之所作者,系北里三十年之怪历史,仅窃宝玉之名,以期此书之销行,非宝玉真本也。故其中所言之事,寥寥无几,略而勿详;且用文法,满纸虚字,毋怪取厌于阅者耳!今主人有鉴于此,删文法而用白话,增历史而除芜词。平章风月,描写烟花。方知北里胭脂,尽呈假态;能使南都金粉,悉现真形。如铸鼎之象物,若照水之犀光,惊心动目,据实定名,命名曰《九尾狐》,正不独媲美于《九尾龟》也,抑且驾而上之,为走马章台者,作当头棒喝也。余故乐为之序云。戊申九月,灵岩山樵序于春申浦上。

说明:上序出光绪三十四年至宣统二年社会小说社刊行本《九尾狐》,有戊申(光绪三十四年)灵岩山樵序。此据台湾广雅出版公司《晚清小说大系》本录入,标点略有更改。

灵岩山樵、评花主人,真实身份、生平事迹待考。或谓评花主人即储苏民,未知何据。民国间《现代学生尺牍》由储苏民编著。

金莲仙史

金莲仙史原序

潘昶

余思道德之宗,性命之原,是气也理也。氤氲于太虚之间,凝聚于六合之内,建天立地,原始要终,垂亘古而不变,历万劫以长存,弥高弥远,至真至灵,太上强而名之曰道。伏羲见河图天地阴阳生成之数,衍成卦爻;苍颉因洛书之数,近取诸身,远取诸物,见鸟迹而作篆;文武周公,演《周易》,象后天之妙用,庸成傅说,陈天道,达造化之根原;孔子删诗书,定礼乐,明乎仁义之端;女皇教聘定,谕嫁娶,立乎人伦之始。于是"三才"定而"六艺"成,文墨兴而礼乐作。致于百家著作,三教经书,汗牛充栋,不知其几千万亿也,时人不能穷究本根,尽在寻枝摘叶,愈见愈迷,更求更远矣。今且世事浇漓,人生轻薄,见奢华淫说,则似糖似蜜;闻正真义理,则如隙如仇。故邪妄益多,正气日耗。凡有聪慧者,皆以笔墨上求精;仕宦者,尽在名利中着意。由是则国风衰，民心离，安得不败乎？今见秉忠直之心，立刚毅之志者，鲜矣。以道义上留心，性命中着脚者，更鲜矣。嗟乎，世间个个争名夺利，人人爱酒迷花，谁知乐极终有悲来，福尽即便祸至。不行八德，位立三台，终是小人；不修十善，富有天下，死作穷鬼。生图非义之名，死堕无间之狱，惟有臭名，遗留万世，毕竟于我有何益乎？聪明达人，静自思之，急速改邪归正，悔往修来，毋使身沉苦海，汩没沉沦矣。悲夫，今且世衰道微，去圣日远，凡有真志者，不得其门而入，尽被旁门野教诱惑；无夙根者，以虚情幻境上认真，酒色财气中取乐。蜗角争名，蝇头夺利。岂知光阴有限，转瞬无常，幻梦觉时，事事非真；傀儡收处，般般是假。苦海无边，回头是岸矣。

余见旧本《七真传》，非独道义全无，言辞紊乱，兼且诸真始末、出典、仙迹，一无所考，犹恐曳害后世，以假认真。因是遍阅鉴史宝诰，搜寻语录丹经，集成是书，共记四卷二十四回。其中以重阳所度七朵金莲为重，名之曰《金莲仙史》。厥中事事有证，语语无虚，乃登天之宝筏，渡世之慈航也。惟愿有志于道者，宜细细静玩之，不可当作小书世文而论，果能达此书中意义，道德之门可入，修真之路可寻矣。学者当效邱、白二祖之苦志坚心，勇猛精进，修持道业，何愁德之不立，道之不成哉？是为序。时光绪甲辰岁季秋望日，台南青阳道人潘昶明广自序。

《金莲仙史》跋

常宝子

世人之诟病玄宗也，动曰修仙成道，均属无稽之谈。今观《金莲仙史》，则朝代地址，年月姓氏，悉斑斑可考，其尚不足谓为信史耶？史中所载仙踪道迹，不但一志苦修，尤须积功累行，言之綦详。惟精微玄妙之处，在阅者各人自己心领神会，所谓可意授，而不可以言传。虽云分派，实则同源。三宝五行，尤为切要。以言乎易，大道本平常，不在炫奇矜异；以言乎难，如转石上山，愈高愈险，跬步颠沛，前功尽弃。世人果能不忽其易，则经久；不畏其难，则坚定。庶几可与谈玄。

戊申秋，火道人以此《史》见授，嘱为梓行于世。予受而读之，觉妙绪泉涌，络绎不绝，有功于黄冠者流,实非浅鲜。爰付梨枣,以供众觉,为后学之梯航,光绪三十四年秋月,常宝子敬跋。

说明:上序和跋均录自翼化堂本《金莲仙史》。此本内封三栏,由右向左,分题"光绪三十四年岁次戊申刊""金莲仙史""上海邑庙后翼化堂藏板"。首《金莲仙史原序》,尾署"时光绪甲辰岁(三十年)季秋望日,台南青阳道人潘昶明广自序"。次"金莲仙史目录",凡二十四回。正文第一叶卷端题"金莲仙史卷之一",半叶九行,行二十二字。版心单鱼尾上镌"金莲仙史",下镌卷次、回次、叶次。书末有《跋》,尾署"光绪三十四年秋月常宝子敬跋"。常宝子似系书坊主人,跋中谓"火道人以此《史》见授",则"潘昶"似号"火道人"。

潘昶,字明广,号火道人(见上所录跋),又号"台南青阳道人"(见《原序》)。馀则待考。

学堂笑话

（学堂笑话上集自识）

《学究变相》成，知我罪我者，惟此书。

《春秋》为贤者讳，丁此学术过渡时代，正宜力隐其恶，宣扬其善，以励夫当世，不宜如禹鼎铸奸，犀牛燃渚，使学界之怪现象，悉跃跃于纸上，而灰志士之心，其所以罪我者，在此。

虽然，不烛其奸，则伪者乱真，不独真者愈掩，天下且相率而入于伪者有不自知也。《春秋》之作，所以惧乱臣贼子。乱臣贼子惧，而后忠臣孝子乃得昭然于天壤。然则是作也，所以警司教育权者之反躬自省，且使受学者之咸晓然于择术之宜慎。言者无罪，闻者足戒。因以挽回习弊，则学界前途大放光明，天下有志之士得以凭藉而起。区区小说，亦与有功也。其所以知我者，亦在此。著者识。

（学堂笑话上集冷眼评）

冷眼

贾惟信与劳效周，占庙产，开学堂，借此自私，学务未蒙其益，而已遭忌于流俗。冷眼读至此，不禁为学界前途恸。

胡桂冠演说："据兄弟论起来，将来科举仍旧是要复的。"冷眼读至此，冷眼又不禁为学界前途危。

"学堂是为公的，岂是安插私人的地方？"魏常甫之言，正是不刊之论。冷眼读至此，冷眼又不禁为学界前途叹。

萧珪包做操衣，希图外快，穿了还没到一个月，操衣上的挂肩已经破了，操裤的裤裆也是已经裂了，操帽已经脱了线，操靴已经别了跟。敛钱至于纤悉入微。冷眼读至此，冷眼又不禁为学界前途笑。

裴俄蜀来讽刺，劳效周据以自喜，陈叔宝何无心肝。冷眼读至此，冷眼又不禁为学界前途悲。

迷信鬼神，甚至学堂建醮。冷眼读至此，冷眼又不禁为学界前途怪。

兴学所以造就人才，是则司教育权者之责也。

中西两等学校,岁费巨款,所请之教员施戴滋、王伯台之类耳,读"对牛弹琴,毫无益处,这真误人子弟数语,有馀痛焉"。冷眼读至此,冷眼又不禁为学界前途哭。冷眼评。

（学堂笑话上集冷眼读）

冷眼

读:"六十岁学打拳,及肚子要同板油并家。"冷眼胡卢不已。

读:"他看见了书,比见阎王还要怕些。"冷眼胡卢不已。

读:"难道今天还在那儿做枯窘的八股,搜索枯肠么?"冷眼胡卢不已。

读:"文昌帝君不知道逃到什么地方去了?"冷眼胡卢不已。

读:"施戴滋上课放急屁。"冷眼胡卢不已。

读:"这样放屁,岂不是要闹出疫气来么?"冷眼胡卢不已。

读:"体操去请营官来教,如果营官够不止,只好请统领来教了。"冷眼胡卢不已。

读:"这些老儒宿士,没一个不是烟容满面,倒好请他来教学生放卧枪了。"冷眼胡卢不已。

读:"孔夫子定毕业生的薪水,从三十而立,至七十而从心所欲,层次井井。"冷眼胡卢不已。

读:"不知道交的什么运,外快没有赚到,倒吃倒账了。"冷眼胡卢不已。

读:"萧陆定欲出账,劳效周坚不答应,弄得几乎打架。"冷眼胡卢不已。

读:"白邀廉体操,闹得操场上千首百脚的乱舞,五颜六色的耀目,一二三四的狂叫。"冷眼胡卢不已。

读:"白邀廉回头一看,一堆焚化的纸马在地上,连忙大跳起来,嚷道:'我还没有死?'"冷眼胡卢不已。

读:"莫非这块操场是人家的坟地,如今他着了邪么?"冷眼胡卢不已。

读:"贵国道教,正是威灵显赫,怪不得庚子年红灯照弄死了我们多少人!"冷眼胡卢不已。

读:"中西两等学校建醮,有些开通的人,以为在那儿开运动会。"冷眼胡卢不已。

读:"有些不开通的人,听见今天中西两等学校这样儿锣鼓喧天,大约是学堂的总办做寿,在那儿唱戏。"冷眼胡卢不已。

读:"倒是土地占他的光,挺厚的地皮,被他越剥越薄!"冷眼胡卢不已。

读:"口袋里贮了几个大钱,岂特用的时候,称了分量才用,就是那不用的时候,一天总要盘弄十馀次,望这口袋里大钱生出小钱来。"冷眼胡卢不已。

读:"每月又少了一支进款,照这样看来,以后此地校长是要没甚好处。"冷眼胡卢不已。

读:"殷轩附会鲁论,无斧凿痕,子路吊膀子,孔子吃大烟。"冷眼胡卢不已。

读:"'温'读为'皇','勃'读作'拔'",冷眼胡卢不已。

读:"'al'读他是个'哀皇','bl'读他是个'皮皇',于是'哀皇''皮皇'的声音,如'大珠小珠落玉盘'",冷眼胡卢不已。

读:"王伯台面如土色,也只好请外国人的安。停了好几分钟,才想到《英语撮要》上第一句请安的话。"冷眼胡卢不已。

读:"勉强说了一句'哥得忙林',已经屁滚尿流,第二句外国话,再也说不出来。"冷眼胡卢不已。

读:"外国人同他说话,不管是不是,总是答应'也司也司。'"冷眼胡卢不已。冷眼读。

(学堂笑话下集自识)

是书告成,吾又喜惧交加。

何惧乎?惧中国方在过渡时代,学务萌芽,栽之培之,以底于成,庶人才日出,挽狂澜于既倒。何物怪物,乘此学务方兴之际,为营私图利之地,演出种种怪现象。噫!学务如此,前途可虑。钟君之言,实获我心。呜呼,吾为此惧。

何喜乎?喜我中国尚有人在,求真学问,扫怪现象,大放学界光明,急起直追,竟能慑服列强,使中国有富强之一日,其毅力为何如哉!虽然,此犹梦想耳。苟能如我之梦想,岂非我黄人最大之幸福乎?《易》有之:否极必泰。呜呼,吾又为此喜。著者再识。

（学堂笑话下集冷眼评）

冷眼

王伯台痴死，于学界倒除了一个误人子弟。冷眼不禁为王家悲，为学务庆。

劳效周、贾惟信，兴学处处为自私计争款也，以开小存古为名，甚至学界上有缝必钻，中西两等学校之校长犹不足，兼之以小存古总理犹不足，又兼之以高等小学校长，其意犹未足也。借学务以济其私，冷眼不禁为劳效周幸，为学界前途哭。

学务初兴，得人不易。破翰林、穷进士因此得志，把持学务，那班留学生初出茅庐，因年限縠不上，竟使真才见摈。无怪乎劳效周辈厕身学界也。冷眼不禁为旧学欣，为新学哀。

日本学术，自西洋灌输；中国又欲从日本转输之。同文同种，取法自易，然而转辗灌输，易失其真；况所聘之日人，又复人类不齐，受其愚者已复不少，类如伊太河渡等人，何可胜数。噫！不独糜费巨款，抑且误人前途，而于大局又有绝大之影响也。冷眼不禁为学界前途放声大哭。

魏常甫、钟骨仁、陶浩极毅然而出腐败学堂，远适异国,取人之长以补己之短,法权收回,利源挽回,种种农、工、商、学,亦竭力整顿;陆军水师,亦克臻劲旅。中国因而振兴,因而富强,大为我黄人光。是则前之所悲,皆后之所喜也。冷眼读毕是编,不禁又为之破涕为笑,欢欣鼓舞于不自己也。冷眼评。

（学堂笑话下集冷眼读）

冷眼

读:"王先生如今不愿读哀皇皮皇,大约是去做和尚念那阿弥陀佛去了。"冷眼读至此,冷眼鼓掌。

读:"现在最时髦是开存古学堂……吾们不如合办一个小存古学堂。"冷眼读至此,冷眼鼓掌。

读:"我的计策怎样?真如伏天的西瓜可以包拍。"冷眼读至此,冷眼鼓掌。

读:"胡杜冠拼了顶子,连忙答应了几百声个是,说了几百声的'大人栽培''大人训诲'。"写官场如绘。冷眼读至此,冷眼鼓掌。

读:"叫我们去吃什么?只好去吃西北风。"冷眼读至此,冷眼鼓掌。

读:"小存古堂所定的章程,以《三字经》《百家姓》为合格,《大学》《中庸》已是程度最深的了。"冷眼读至此,冷眼鼓掌。

读:"伊太河渡教授照了书上的读了一遍,东轰接下去讲,也是照了讲义读了一遍……东轰翻译的讲义,一句长到了二十馀字、三十馀字、四五十字。"冷眼读至此,冷眼鼓掌。

读:"伊太河渡试验"一节,冷眼读至此,冷眼鼓掌。

读:"办学倒比当教员便宜,我当初悔没有去办个学堂,我如今倒得了保举了。科举废了,老兄竟占了便宜。"写老学究卑鄙龌龊情形如绘。冷眼读至此,冷眼鼓掌。

读:"今日你显焕呢,你还要谢谢我呢。倘然不是我劝你办学务,怎样有今天呢。"冷眼读至此,冷眼鼓掌。

读:"胡杜冠叉麻雀被串",一则曰晦气晦气,再则曰晦气晦气,三则曰晦气晦气,而且不住的说晦气晦气。胡杜冠糊涂竟一至于此。冷眼读至此,冷眼鼓掌。

读:"魏常甫等个个有发愤自强的气概。"冷眼读至此,不敢鼓掌,冷眼为之动容。

读:"钟骨仁信。"冷眼读至此,不敢鼓掌,冷眼为之动容。

读:"劳效周等遭天然的陶汰。"冷眼读至此,冷眼弹冠。

读:"魏常甫、陶浩极、钟骨仁等整顿学务,振兴中国,庞然为全世界第一等强国,大为黄帝子孙扬眉吐气。"冷眼就此喜而不寐。冷眼读。

魏常甫读毕,传观诸同学,个个摩拳擦掌,说道:走罢走罢,不必恋恋于此。于是各人收拾行装,同时的退学。刚正甄提学升任别处去了,换来一个新提学使,最重学务,得了中西两等学校无故退学的消息,料想此中必系校长办理不善之故。马上挂牌劳校长查办撤差。中西两等学校暂停招考,待商量整顿稍有头绪,再行开办。伊太河渡辈、东轰辈也只好回老家了。读者诸君,劳效周等一般怪物既尽淘汰,记者也只好从此搁笔,暂且告别,后会有期。

说明：上识、评、读，均录自宣统元年改良小说社本《绘图学堂笑话》。此本封面三栏，由右向左，分题"滑稽小说""绘图学堂笑话 一名学堂现形记""改良小说社印行"，分上下两集。上集有序，尾署"著者识"。次评，尾署"冷眼评"。复次"读"，尾署"冷眼读"。正文第一叶卷端题"滑稽小说学堂笑话 上集 原名学究变相"。下集亦有"著者再识""冷眼评""冷眼读"。书后有一类乎跋语的文字，也录于上以备考。

黑海钟

社会小说黑海钟初编绪言

田铸

天生毒物，以贻害我同胞者，百年于兹矣，嘉道间，不过盛行于闽粤，今则二十二行省遍地皆有。此何物耶？非所谓鸦片烟耶？其命名也，初不知何所取义，此中黯无天日，茫无崖岸，殆黑海欤？我中国人醉生梦死，耽耽焉沉溺于是者，上自公卿，下至士庶，盖不可以数计矣。既为绝大之漏卮，又是第一弱种弱国之原因。今者戒烟社各处立矣，熬膏厂行将关矣。风声所播，气习一转，凡失足于前而回头于后者，不可胜计，似无须一介寒士，浪废笔墨，再作晨钟之警梦。岂知当兹时局，其悔悟者，仅有十之一二，而怙终者尚有十之八九，苟不乘此一隙之明，使之触目惊心，出苦海而登彼岸，非爱国爱种之人。鄙人之作是书，本此意也。然则，知一杯之水，难救舆薪之火，但愿得少数人读阅是书而能悔悟焉，则著者之天职尽，而社会亦稍受其幸福已。

至摧除毒种，起百年之沉疴而立苏之，直余之责也夫。著者识。

说明：上绪言录自上海乐群图书编译局印行本《社会小说黑海钟》，原本藏苏州市图书馆。此本内封三栏，分题"松陵田铸撰""社会小说黑海钟""上海乐群图书编译局印行"。首"社会小说黑海钟初编绪言"。目录叶题"社会小说黑海钟初编"。每回有"评曰"。以成时代不明，姑置于此。

侠义佳人

(侠义佳人自序)

问渔女史

凡物不平则鸣。其鸣之大小、抗卑虽不同,而其不平之气则一也。金石激而后鸣,人心感而后鸣,吾心之感久矣。无已,其举吾心之所感而托鸣于侠义佳人乎?吾心之感非一端,而最烈者则莫若吾女界之黑暗也。吾生不幸而为女子,受种种之压制。考吾女子之聪明智慧非逊于男子,而一切自由利益则皆悬诸男子之手。天下之事,不平孰甚?然吾女子未尝言其非也。近今有倡女权者矣,有倡自由者矣,而凤毛麟角。自由者一二,不自由者千万,若欲举吾女子而尽复其自由之权,难矣哉。夫男子之敢施其凌虐而吾女子之所以甘受其凌虐者,何也?其中盖有故焉。一则男子以为吾女子胆小如鼠,虽受其凌虐,必不敢举而暴诸世。一则吾女子性懒如猫,事事仰赖于人,虽受男子之凌虐而不敢诉于世。积是二因,遂成恶果。去之不能,拔之不得，辗转相承，演成今日之黑暗女界。其中男子虽为祸首，抑吾女子岂无过欤？谚云：木腐而后虫生，果吾女子能如泰西女子之文明高尚，则男子方敬之、畏之、亲之、爱之之不暇，又何敢施其专制手段哉？作者不敏，不能著书立论，唤醒吾女子脱离黑暗，同进文明，以享吾女子固有之权，故聊为小说体，录以平日所见所闻，复参以己见，错杂成篇。虽不足供大雅一笑，而私心则窃愿吾女子睹黑暗而思文明，观强暴而思自振，庶几近之矣。此《侠义佳人》之所以作也。光绪三十四年岁次戊申孟冬月，绩溪问渔女史序于蕉雨轩。

说明：上序录自一民国间刊本《侠义佳人》，原本藏上海图书馆。另有宣统元年商务印书馆初集本，原本藏复旦大学图书馆。首序，尾署"光绪三十四年岁次戊申孟冬月，绩溪问渔女史序于蕉雨轩"。另有辛亥年中集本，或还有下集，然下集未见。

绩溪问渔女史，即邵振华，其生平事迹待考。

中国之女铜像

(中国之女铜像识语)

购阅小说者注意:本社出版各种新小说,逐页均刊有"改良小说社印行"七字。如无此项字样,既非本社出版之书,购书诸君,幸勿受愚,上海麦家圈元记栈后厅改良小说社谨启。

说明:上识语录自改良小说社铅印本《绘图女铜像》。此本封面三栏,分题"女界小说""绘图女铜像""改良小说社印行"。有图像,正文卷端题"中国之女铜像卷一　南武静观自得斋主人编"。版心单鱼尾上镌"中国之女铜像",下镌卷次、叶次、"朔部丛书　改良小说社印行"。原本藏南京图书馆,残存卷一七回,卷三第十五至二十回。全书缺卷二凡八回。

南武静观自得斋主人,真实身份、生平事迹待考。

商界现形记

（商界现形记序）

天赘生

海上一隅，弹丸之地，自华洋互市，中外通商以还，遂成巨埠。繁华等于巴黎，蕃盛驾于伦敦。六大洲五十三名邦、《一统志》二十二行省之以有易无，行商居贾，咸来莅止。吾谓英之伦敦，未及吾海上之富有也；法之巴黎，无过吾海上之奢丽也。六十年来，吾海上，乃仙都也；吾海上，乃乐国也。上下五千年，纵横九万里，未有如吾海上之盛达于极度也，豪跻夫极巅也。乌虖！好物不坚，彩云易散。命世之士恒见嫉，倾城之女多失意。社会之见象，同一致也，无分歧也。何已？盖积极乃消极之起点，文明又野蛮之肇始。不观夫吾海上五年以上之富庶为奚若？吾海上五年以上之蕃闹又何如？曰：不如也，荒且凉矣。曰：不若也，穷且匮矣。尝闻古之君子有言曰：衣食足而知廉耻，府库充而知信义。确夫！人之恒情也，势之自然也。是故吾海上五年以上之种种事端，种种现状，雍然穆然，有海外之文明风度焉。何也？府库充也，衣食足也，丈夫事，好自为也。今也不然。吾海上之种种人物，思想不古，趋于下流。寡廉鲜耻，义薄少信。习哄骗作生涯，奸诈为事业。若官绅类之贵者也，屏夫吾笔舌之外；若屠沽类之贱者也，屏夫吾笔舌之外。足以佐吾笔舌之兴而驱遣睡魔，排遣永昼，其唯商人乎？吾于是夫作海上近新之《商界现形记》。凡诸体例，则董生直笔，蒙叟寓言，两存其意。云间天赘生识。

说明：上序录自宣统三年上海商业会社铅印本《绘图商界现形记》。原本藏上海师大图书馆。此本收有图十六叶。复有序，尾署"云间天赘生识"。正文半叶十一行，行二十九字。有上海古籍出版社"上海滩与上海人丛书"本行世。

云间天赘生，大约是今上海人，真实身份、生平事迹待考。另著有小说《扫迷帚》。

情天劫

关于自由结婚二题

高吹万

一题自由结婚第一编十首

匈奴未灭叹无家,亡国人民泪似麻。我表同情心更痛,拟将丝绣自由花。

重重羁绊不知耻,昂首骄人又自豪。怒打狗儿上邱去,居然女界一卢骚。

粗衣恶食未辞艰,威福从今一例删。何物老妪真觉者,能将词组动关关。

国耻夫仇痛不支,儿生堕地此何时!三哀诗苦难终读,万箭攒心涕已垂。

谓他人父逞头冥,恨我无能荡秽腥。积愤满腔无处泄,一声声骂小螟蛉。

放下屠刀佛便成,总缘骨肉显恩情。妙音亦是真菩萨,彼岸回头度众生。

难息奇冤莫与伸,喃喃自语性情真。可知一死何当惜,要步黄将军后尘。

国破家亡莫奈何,可怜走狗亦何多!狱中夜冷声呜咽,唱出英雄革命歌。

一女翩然唤卖花,吉祥语妙动豪家。岂知现出本来相,革命花非富贵花。

同学交情尔我知,家庭腐败竟如斯。倘教多吸文明气,岂是寻常一女儿?《女子世界》第九期(1904)。

二题自由结婚第二编十首

牺牲一己救人真,托迹勾栏费苦心。我有一言须问尔:从前改造几何人?

纵身入水渺难寻,一别经年眼泪盈。岂料重逢有今日,妙龄已作女先生。

宏论侃侃不可删,竟令顽媪化奇才。吾于一事尤钦绝:教育佳儿革命来。

种种譬如昨日死,敢将老朽谢无能。国亡忍念消灾咒,光复篇原是佛经。

已分将身嫁国妻,莫教失节玷金闺。琅琅演说君听取,愿与同胞一指迷。

惨淡经营五十年,于今团体十分坚。女军人起谋光复,蠢尔须眉快着鞭。

牢室凄凉狱吏狞,索钱莫得苦难名。高声一曲如泉涌,渗入心脾泪欲倾。

国亡更比夫亡痛,举世酣嬉欲语谁?异种欺凌甘受惯,伤心民族太痴顽。

粗知大义解除驱,一片婆心未可诬。生个媚奴真不肖,算来有子不如无。

奴圈狮吼女英雄,畜类原来是弱虫。闺阁赐将黄马褂,这番纪念也威风。《女子世界》第九期(1904)。

说明:上题辞录自阿英《晚清文学丛钞·小说戏曲研究卷》。

萧按:此书有宣统二年世界小说社本。此本封皮题"新改良文明自由结婚一名情天劫"。首绣像,如同学遨游、开会演说等,均有像赞。无总目。正文第一叶卷端题"绘像新出情天劫小说",署"东亚寄生撰",石印本。半叶十五行,行三十五字。版心依次镌"情天劫""一"。书末有跋,原本藏苏州市图书馆。

苏小小

女界小说苏小小出版预告

一帆游天涯客

名妓小小之历史，世无专本，兹特倩名手新编。名花零落，潦倒风尘，令阅者不禁扼腕叹息。其布置贯串，笔法雅驯，尤为馀事。现已付印，不日出版。仰我同业，勿假名取巧，冀图影射为幸。一帆游天涯客。

说明：上附录出宣统二年三月初五日上海《舆论时事报》，转录自陈大康《〈中国通俗小说总目提要〉"未见"条目之补遗》（见《明清小说研究》2013年第一期）。

一帆游天涯客，真实身份、生平事迹待考。

致富术

《致富术》缘起

……于今且说一个人,生在太平洋之滨,扬子江之尾,因哀时感世,自号伤心人,就以古伤为字。前几年到了广东,平素听得人说,广东商人是极有本事的,就想略探此中消息。也认得几个发洋财的,却总问不出他致富的原由。……一连访友新,谈了十馀日,竟有无数可怜可恨可痛可惊之事,于是就把商友新说的话,一句不增,一句不减,分了段落,用笔写了出来,竟成了三十回的平话小说。从此以后,一回一回的演将出来。

说明:上缘起出自宣统元年五月上旬《砭群丛报》第三期所载《致富术》,转录自《中国通俗小说总目提要》该条。

两头蛇

(两头蛇自序)

张其讱

余为一最穷苦之小学生也。弱而失怙,赖母抚育,教以读书。近年复兼习西学。膳学之资,悉赖寡母著书供给。兹因暑假暇晷,乃作此小说,以预备补下学期所费之不足。是书大旨,为一印度友人所述,其中曲折,间有为小子所点缀,以增长之。知虽对于社会无所裨益,聊资茶前酒后之谈剧,未为不可。广东新会十三龄童子张其讱自记。

(两头蛇跋)

长风扇暑,茂树连阴。余方启北窗,手一编,消此永昼。阍者入告:有童子请谒。出名刺,为张其讱。即令延入。骨相端凝,语言纯谨,一望而知为曾受家庭教育者。询之,悉为黄翠凝女史之公子也,幼失父,赖女士十指供学费。得暑假间晷,自撰小说，求鬻于社言，预备下学期之需。余嘉其志而悯其苦，出五星贻之。就原稿修润，刊于月报，并志其美，以助其讱。原。

说明：上引语题词，均录自光绪三十四年上海月月小说社《月月小说》第22号。正文第一叶卷端题"短篇小说两头蛇（一名印度蛇）"。（由白薇提供。）

张其讱（1895—1950），又名张毅汉、亦庵，黄翠凝子。

鬼国史

（鬼国史序）

江剑秋

青浦陆君士谔,字云翔,一称沁梅子,当今豪杰之士也。慷慨有大志,俯仰不凡,而不得遇于时,乃遂泼墨挥毫,日以文章自娱。著述山积,出版风行,其健著如《英雄之肝胆》《东西伟人传》《日俄战史》等,议论之卓绝,笔墨之雄健,实足推倒一世,开拓万古,班、马以来未之有。晚近以来,更喜为小说家言,著有义侠小说《滔天浪》(载张汶祥刺马新贻事实)、历史小说《精禽填海记》(载明末福、唐、桂三王,台湾郑氏父子事实)、言情小说《文明花》《鸳鸯剑》、社会小说《鬼蜮世界》等诸种,嬉笑怒骂,各极行文之妙。每稿甫脱手,而书贾已争相罗致,盖印行君书者,莫不利市三倍,故争之惟恐或失也。乃者复有滑稽小说《鬼世界》之作,余受而读之。见其设想之离奇,措辞之敏妙,微特旧小说界所未见,抑亦新小说界所仅有也。诙谐处,足破积闷;爽快处,足医钝疾；雄浑处，足壮精神；严厉处，足端心志。西哲有言，移易性情，变化气质，唯小说之效力为最速。吾读此书而益信。呜呼！是书真有功世道之文哉。光绪丁未仲夏，古黔江剑秋序于海上之啸虹草堂。

说明：上序出光绪三十四年上海改良小说社本《鬼国史》。转录自陈大康《〈中国通俗小说总目提要〉"未见"条目之补遗》（见《明清小说研究》2013年第一期）一文。此本封面题"绘图鬼世界 一名《新鬼话连篇》"，首序，尾署"光绪丁未仲夏，古黔江剑秋序于海上之啸虹草堂"。原本藏上海图书馆。

陆士谔，见《精禽填海记》条。

古黔江剑秋，真实身份、生平事迹待考。

新三国义侠传

新三国义侠传序

孟叔任

吾友陆君云翔,长于文,其局度之精严,气魄之雄厚,直逼班、马。惜阳春白雪不合时宜,世之人徒知其小说而已。呜呼!君以小说名,君之遇苦矣。吾常论君之小说:《南史》最上,《滔天浪》次之,再次之则《精禽填海记》也,至如《鬼国史》《公治短》等,直一时游戏之作耳,恶足以言小说,而读之者已奉为凤毛麟角,何世人识见之陋也。即如是编,论其事实,不过空中楼阁;论其笔墨,无非游戏文章。而处处有伏线,处处有呼应。雄豪处风起云涌,妩媚处柳暗花明。与拉杂成篇之《新三笑》《新封神》相较,已不可同年而语矣。于是知能者之无不能,文者之无不文也。虽然,以君之才,不作《新唐书》《新五代》而仅作《新三国》,其可悲不亦甚乎!质诸陆君,谅必许余为知言也。光绪三十四年冬十月,古越孟叔任。

《新三国义侠传》开端

陆士谔

《三国演义》,不知何人所著。或云系元人罗贯中手笔,然亦未见真实凭据。此书自经毛声山评赞之后,风行天下,历久不衰。无论贩夫牧竖、皂隶舆台,苟能略解字义,无不手各一编。明末晋王李定国,本是张献忠部下悍将,一个杀人不翻眼的恶魔,却听蜀人金公趾演讲了《三国演义》,翻然感悟,遂做了明朝结末个忠臣。可见此书雄力,足以移易性情,变化气质,于社会上大有裨益的(事见《小腆纪年》卷十八)。且住,此书于社会上既有许多利益,又何庸青浦陆士谔重编这部《新三国》出来,岂不是画蛇添足么?不知《三国》之好处,是在激发人的忠义;而其坏处,即在坚固人的迷信。如载诸葛武侯借东风、擒孟获等处,疑鬼疑神,几于变化莫测,在作者不过趁一时高兴,播弄离奇;而浅人不察,往往有所误会。岂不于社会进化,大有阻力么?方今全国维新,预备立宪,朝旨限九年后颁布国会年限,于九年中切实举办咨议局、地方自治等各项要务,看官,国会是要人民组织的,若使迷信不祛,进化有阻,那时组织起国会来,岂不要弄成大笑话么?所以在下特特撰出这部《新三国》来,第一是破除同胞的迷信,第二是悬设一立宪国模范,第三则歼吴灭魏,重兴汉室,吐泄历史上万古不平之愤气。虽事迹未免蹈空,而细思皆成实理。看官们以为然否?如蒙嘉许,请睹首回。

说明:上序及开端录自上海亚华书局铅排印本《新三国义侠传》。此本内封由右向左分题"青浦陆士谔著""新三国义侠传""上海亚华书局印行"。首叶正面有广告两则,一曰"《飞行奇侠》预告",一曰"《绿林侠盗》",背面为《新三国义侠传序》,无题署。次为"新三国义侠传目录",凡四卷三十回。正文第一叶卷端题"新三国义侠传卷之一　青浦陆士谔戏撰"。正文之前为"开端"(已录如上)。半叶十二行,行二十九字。

又一种,宣统元年上海改良小说社本,藏云南省图书馆;有序,尾署"光绪三十四年冬十月,古越孟叔任"。序之文字与上同。

陆士谔,见《精禽填海记》条。

古越孟叔任,待考。

新中国之伟人

（新中国之伟人篇末）

苍园

唉！在下还有一句话奉告列位：这本小说是一编有头无尾的文字，说不出个所以然的道理，只有两眶眼泪，一副心肝。列位尽可以当作信史看。看官若问我一个水落石出，我还要问他呢。哈哈。

说明：上一段文字，出宣统元年二月上海时事报馆所出之《戊戌全年画报》本篇末。转录自陈大康《〈中国通俗小说总目提要〉"未见"条目之补遗》（见《明清小说研究》2013年第一期）。该书光绪三十四年二月初二日至三月十七日连载于《上海时事报》附送之《图画杂俎》，标"社会小说"，署"苍园撰"。

苍园，即项苍园，见《梦平鬼奴记》条。

美人计

（美人计自序）

浣花主人

余少也贱,鄙陋无能,尝于寻章摘句之馀,而怡情于花柳之间。品评丽质,畅叙花丛,恍意赏心,阅人无算。几见有奸情百出,机械千端,变幻离奇,神明莫测,然究莫若仙人跳之离奇,之变幻者也。以纤纤美人而为之饵,翩翩子弟自食其钩,由是缠头空掷,万金蔑如。终觉,敢怒而不敢言,则其计真有宛若天仙之妙。予也曾目而睹之,始悟风流幻境,所谓"十年一觉扬州梦"者,信不诬也。因不禁感慨唏嘘,将原原本本,随笔而录之,编成一册,付之石印,以公同好。愿世之购是书者,作为香国之金鉴也可。时在纪元踏青后三日,浣花主人谨志于南窗下。

说明:上序录自宣统元年二月上海画报本《美人计仙人跳》。此本封面题"美人计仙人跳",标"最新小说",署"著作者浣花主人"。内封题"改良仙人跳""宣统纪元仲春上海书局石印",首序。原本藏南京图书馆。

风流道台

风流道台序

李友琴

道台而曰风流,褒之乎? 贬之乎? 余曰:褒之,非贬之也。何褒乎? 乃褒其能风流也。夫道台在官场,介乎不大不小之间。道台之上有臬,有学,有藩,有督;道台之下有府,有同,有通,有县。而道台以上之官,不闻有风流也;道台以下之官,不闻有风流也。而道台独以风流著称,彼为道台者,不深足自雄乎? 慨自世风日下,官场中卑污龌龊,蝇营狗苟诸怪剧,日千百现,而此道台独能矫然物外,驰情于声色场中,专精于温柔乡里,名缰利锁,绝不关心。以此例彼,不犹愈乎? 褒之,所以讽世也。此士谔《风流道台》所由作欤?

士谔博学能文。其文渊雅古奥,卓伟精致,直追班、马,世无有识之者。晚近喜为小说家言,手著小说十馀种,类皆戛戛独造,不落前人窠臼。而《新孽海花》一书,尤为绝特。余于君之小说,每喜谬为评注，而君亦许余为知言。每书脱稿，必先以示余。今年秋，复以《风流道台》稿见示，余因略为评注，序其作意如左。质诸士谔，其亦许吾言之不缪乎？宣统元年冬十月，镇海李友琴女士序。

说明：上序出宣统元年十二月上海改良小说社本《风流道台》，标"醒世小说"，署"青浦陆士谔撰"，首序，尾署"宣统元年冬十月，镇海李友琴女士序"，原本藏上海图书馆。陈大康《〈中国通俗小说总目提要〉"未见"条目之补遗》（见《明清小说研究》2013年第一期）。

青浦陆士谔，见《精禽填海》条。李友琴为陆士谔之妻。

女总会

特别女总会小说序

上海一埠，自中外通商以来，日即繁盛。其间华洋杂处，良莠不齐，支离怪诞之案，层见迭出，变换（幻）无穷。数十年来，未有若次（此）《女总会》之案之离奇幻化，尽人属目者也。当其初，固诇知某家蓄有赀财，诱其眷属，聊借雉卢，以为消遣之计。讵知勾入彀中，大有不堪设想，狡谋百出，诡计千般，罄其赀财，已足骇人听闻矣。然犹不仅赌之为害已也，一切伤风败俗之为，移花接木之想，神出鬼没，竟有为女子所不能自主，其夫主所不及防闲，几几乎阃内之言得不出耳。数年前，即有人欲揭其隐，惜无所佐证，姑隐忍以待。今者幸得有公堂之案，既铸其奸，乃敢以春秋之笔，直诛其魄，衰集案牍为铁券，细揭隐情为金箴，无微不显，无恶不瘅，大书特书于简端，曰：《特别女总会》，庶后之来兹者，有鉴于此，得知警诫，而不敢逞其故智，以为女界祟也。不亦快哉。遂走而为之序。

　　说明：上序录自东京若山町石印本《女总会》，原本藏芜湖图书馆。此本封面题"女总会"。首有"特别女总会小说序"，不题撰人。次"特别女总会小说目录"，凡十六回。有图两幅。正文第一叶卷端题"特别女总会小说"，半叶十一行，行二十八字。版权页署"发起人：日本吉松番；著作者：富田少藤郎；印行者：东京若山町；寄售处：大清各书坊"。

　　富田少藤郎，真实身份、生平事迹待考。

新水浒

新水浒序

陆士谔

客问陆士谔：《新水浒》何为而作？士谔曰：为愤而作。客曰：嘻，甚矣，先生之妄也！当元之际，政纲宽弛，民生凋敝，儒林偃息，僧侣专权，朝尽北人，世轻南士，耐庵满腹牢骚，未由发泄，奋笔著书，乃有《水浒》之作；寄托深远，言辞激烈，固其所也。今先生生逢盛世，遭遇圣明，当宪政预备之年，正先生秉笔之日，言何所指，意何所托，毋乃类画蛇之添足，等无病之呻吟？嘻，甚矣，先生之妄也！士谔曰：吁，有是哉，子之迂也！准子之说，是安居不可以虑患，盛世不可以危言，则丁兹强敌外窥，会党内伺，魑魅充斥，鬼蜮盈涂，朝廷有望治之心，编氓乏自治之力，莠言四起，异说朋兴，乃可凛金人之三缄，戒惟口之兴戎，歌舞太平，渡此悠悠之岁月何？嗟呼，神州梦梦，苦口哓哓，屈灵均怀石投江，贾长沙痛哭流涕，情非得意，志欲有为。娲皇誓补情天，精卫愿填恨海。世而知我，则吾书或足以回天；世不知我，则吾身腾骂于万口。谅吾者必曰：言者无罪，闻者足戒。骂吾者必曰：颠倒黑白，信口雌黄。然吾国民程度之有合于立宪国民与否，我正可于吾书验之。客休矣，俟吾书发行后，来与我辩论未晚也。客闻吾言，垂头而去。遂录问答之语，以序简端。宣统元年三月既望，青浦陆士谔序于上海之春风草堂。

新水浒总评

李友琴

《新水浒》气势蓬勃，读之足以增长意气。

《新水浒》局度谨严，读之足以存养心性。

《新水浒》言皆有指，语无不新，可以当近世史读。

《新水浒》于人情世故，描写极真，可以当人物志读。

《新水浒》自始至终，无一暇笔，无一直笔，无一败笔。

《新水浒》全书二十四回，处处有伏线，处处有呼应。

《新水浒》全书十馀万言,一线到底,曾无半字脱节处。

《新水浒》是夏禹之鼎,秦皇之镜,温峤之犀。

《新水浒》宗旨在惩人之恶。

《新水浒》宗旨在劝人之善。

《新水浒》最爱关胜、徐宁、鲁智深、杨志,故决不肯使之下山。

《新水浒》最爱李逵,故虽使下山,必不肯列之最优等、优等;且不肯列之中等、下等,而必列之于劣等;于顾大嫂亦然。

《新水浒》留二朱于山上,列孙新于劣等,非爱之也,不过使作陪客耳。

《新水浒》妙处甚多,余评出者不及十分之一,善读者切勿轻易放过。

士谔长于小说,其出版者,有《鬼世界》《新三国》《精禽填海记》三种,并此四矣。现又著《官场真相》《新补天石》,方在属稿,略窥鳞爪,已觉语语惊人,甚祝其早日告成也。友琴又识。

说明：上序和总评、识语，均出自该书之宣统元年七月改良小说社刊本，据《水浒系列小说集成》转录。

陆士谔，见《精禽填海记》条。李友琴，为陆士谔的妻子。

夜花园之历史

夜花园之历史序

经天略

诸夏三郎以撰述称雄瀚上。一日，造饮胆楼，叩于余曰："天之所覆，地之所载，芸芸众生，均动物也。何以别之曰人，曰禽，曰兽？"余答之曰："无他，人，动物之灵者也。若禽与兽，动物之蠢者也。坐是而有别。"三郎再叩曰："均是人也，何以别之曰男女？均是禽也，何以别之曰雄雌？均是兽也，何以别之曰牝牡？"余再答曰："无他，气之别也。气之所以别，阴阳所由分。于是夫形体乃随之而大异。"三郎曰："男也，雄也，牡也，宜若气之阳者也。女也，雌也，牝也，宜若气之阴者也。阳之模也，厥状维凸；阴之范也，厥形维凹。凹凸相交错，阴阳相感合，厥类乃生生不息，永永无穷。是故二气各相化，形体不一式。吾知矣夫。虽然，男之于女也，雄之于雌也，牝之于牡也，人之于若禽与兽也，仍一般之动物也。壹归宿，无分歧，灵也，蠢也。别之无有。"

余喵之曰："噫！是诚妄人之吻矣！乌得谓之无别哉。殆有特别存焉，居吾语女。夫灵之云然也，知廉耻，有伦理。知廉耻，故交必有定规。其定规曷若？曰：时必夜，帐必垂，衾必拥，烛必灭，暗中摸索，不肯露相。何故？盖所以存廉耻也。有伦理，故合必有定耦。何谓定耦？曰：夫必施其妻，妾必承其主。我之妻与妾，不许他人偷窃；他人之妻与妾，我不图苟得。人人私其私，乐其乐。何故？盖所以饬伦理也。眷之以情，节之以礼，乐不极，欲不纵，此人之所以灵而异于禽与兽也。夫蠢之云然也，反是。此若禽与兽之所以蠢而不类于人也。乌得谓之无别乎？女休矣。毋复言。"三郎闻而哑然曰："呸！子之见，坐井窥天之见也。子之识，以蠡测海之识也。耳不聪邻语，目不明五步，岸然厕乎儒者之列，不足羞矣。所谓一孔之儒者，殆吾子也耶。"余闻而勃然，思有所辩，气结唇动，良久不能成语。三郎袖出小册子一，笑且语曰："子其读之，当知夫天之所覆，地之所载，芸芸众生，均动物矣，何别乎动物之灵？何别乎动物之蠢？"余乃请凹目镜临于鼻端，拈稀微须，执小册子，喃喃之音，若断若续。读竟，曰："噫！有是哉，余知之矣！所谓夜花园者，幻市也。而夜花园之历史，寓言也。吾谁欺？欺天乎？"三郎曰："毋复言，吾与子游，可乎？"余曰："可。"乃驾言出游，蹄声得得，车声隆隆，零露瀼瀼，微风习习，几忘却溽暑时矣。载驰载驱，于西郊之西。阅半小时，约五七里，乃抵一园。园之中，现何状，呈何形，具有历史在。雄鸡一声天下白，一般狡荡，作鸟兽散。余亦归来。凹砚中犹存湛然一滴水。书此，冠诸简端，以餍三郎之请。宣统纪元六月既望，龙门经天略书于饮胆楼。

说明：上序录自宣统元年上海最新小说社本《夜花园奇事》，原本藏南京图书馆、复旦大学图书馆。封面三栏，分题"醒世小说""夜花园奇事""最新小说社印行"。首《夜花园之历史序》，尾署"宣统纪元六月既望，龙门经天略书于饮胆楼"。次总目，题"夜花园之历史"，凡一章五节。正文第一叶卷端题"夜花园之历史　编辑者诸夏三郎"，半叶十一行，行二十五字。铅排印本。版心单鱼尾上题"夜花园之历史"，下为叶次、"说部丛书　最新小说社印行"。

诸夏三郎、龙门经天略，真实身份、生平事迹待考。诸夏三郎另著有小说《女滑头》。

红楼梦逸编

（红楼梦逸编）引言

《红楼梦》原本，久不完璧，小泉程氏一再搜罗，始得百二十卷。然间有漫漶不可收拾处，程氏乃厘剔截补，勉强成之。原序固不可按也。近有人于废圹中新发现旧本数编，按与现行者无大差别，惟百十六回之末，百十八回之首，略有不同，而百十七回则全编皆异，特为录出，名之曰《逸编》，想爱读《红楼》者，必有出世恨晚之叹也。

说明：上引言出己酉年（宣统元年）九月三十日《民吁报》第41号起连载至48期之《红楼梦逸编》，转录自《中国通俗小说总目提要》该条。

新孽海花

新孽海花序

李友琴

友琴于小说有嗜痂癖,倦绣之馀,每手一编以自消遣。以故,古今人文章凡类小说家言,余无弗览。浏览虽富,淡忘几过半,良以庸庸之作不足萦余心曲也。

去年夏,友人以陆君云翔所著之《残明馀影》稿见示,余亦视为寻常小说,未之奇也。及展卷细读,见字里行间,皆有精意,而笔情细致,口吻如生,古今小说界实鲜其匹。循环默诵,弗胜心折。呜呼!世有云翔,小说界放一异彩矣。嗣后连读其新著十馀种,觉字字行行皆我心所欲言而未发者。余不觉技痒,于是逐种为之谬加评点。而云翔亦深许余为知言,每一稿成,必先持以示余。文学之交,遂成莫逆。今秋复以《新孽海花》稿相示,余读云翔书,此为第十八种矣。评竟,问之曰:"君前所著,意多在惩恶,此书意独在劝善,然乎?"云翔笑曰:"唯,子何由知之?"余曰:"君前著之《官场真面目》《风流道台》等,其中无一完人,嬉笑怒骂,几无不至,而此书中人物,如慧儿、其昌、孔生,人格之高,实为前著所未有,即海里奔,不过江湖一剧盗,而磊落豪爽,自异猥鄙繁琐之徒,读之令人精神勃发。君非欲以此书鼓舞国民乎?"云翔笑曰:"子真知我者也,曷弗为吾序之?"余遂濡毫泼墨,录问答之言为《新孽海花》序。序竟祝曰:

墨为旗帜,笔作刀枪。

辟兹新世,宏发其光。

飞龙破壁,鳞爪郁张。

醒狮怒吼,万国震惶。

名山永寿,神鬼是相。

宣统元年冬十月,镇海李友琴女士序于海上之春风学馆。

说明:上序录自上海改良小说社宣统二年再版本《新孽海花》。中国文联出版公司"中国新文艺大系参考丛书"收入此书。

陆士谔,见《精禽填海记》条。李友琴,为陆士谔之妻。

最新女界鬼蜮记

最新女界鬼蜮记序

何穉仁

粤自女娲补天,辅断鳌以立极;西陵佐帝,创育蚕以被民。绩画权舆嫘祖,胎教溯原挚任。秦火历劫,伏生女口授《尚书》;兰台遘诬,曹大家踵成《汉史》。厥后才子有扫眉之号,进士标不栉之誉。邃古迄今,名媛不数,乌虖尚已!然而扬左芬之才,天生丽质;托罗敷之婿,世总羞称。妇道不闻外事,夫纲漫许平权。礼严出阃,诗戒遗罹。夜行犹需执烛,姆训只解藏闺。问有驰驱乎文场,遨游乎列国,雌伏争雄,钗横饰弇,通脱联同胞之袂,招摇开讲学之堂?盖亦数千年立国以来,二十世纪载而后,欧风日竞,时会所趋,发新学之光明,成女界之变相。此吾友王君所以有《现形记》之作也。

君以吴下高才,为江左望族。字识之无,白香山幼秉夙慧;芬流芹藻,王子安早噪文誉。只以自赏孤芳,鄙夷时尚,骥宁伏枥,龙好卧冈。莳花竹以娱情，握铅椠以著述。兹当梅雨连天，沉霾翳日，依墉下而无聊，作书生之柔弄。纵笔所至，含毫渺然。其述立校也，广布珊罗；其劝放足也，富有理想。观影戏，坐马车，南武生之《新石头》不足喻其纵横跌宕也；唱新歌，拈叶子，《东京梦》之留学记不足拟其清丽芊绵也。至若莺歌燕舞，拂柳穿花，雁碧鹦红，开筵招妓，既倜傥而风流，亦娇憨而顽艳。而况王一鹃之草檄，胜上官斜封；沈三凤之《韭歌》，陋虞姬一阕。推之求奖励则柔肌侠骨，争选举则飙起霞轩。莫不摹绘入神，淋漓尽致。而或者谓：欲文明之发达，在绳尺之谨严。意必潜诵圣经，静参奥旨，浏览披唐宋史编，研究综中外地理，而只此驰骛极远，窥豹失斑，安在吐诗书之气，扬巾帼之眉？讵知寓正于谐，不淫而乐，借酒杯以浇块垒，贬俗耳以试筝琶。笔墨何心，烟云满纸；世情幻梦，镜月同缘。是编之成，江汉游女，亦足撷词藻而抒怀；闺塾名师，或将作座箴以示警。婉言多讽，谲谏主文，盖以见风气之月异日新，而益叹女学之扬镳分道也。爰书缘起，聊弁简端。宣统元年冬十月，何稭仁序。

(最新女界鬼蜮记跋)

新阳蹉跎子

笔术既竟，适余友何君穉仁北来顾余，见而骇曰："方今女学，正在萌芽，君何心之忍、手之辣，不惜破坏女学，贼其萌而遏其芽。"余曰："否，余正爱女学，重女学，保护女学，成全女学，望女学也深，不觉责女学也切。昌中女校之怪象，特南党一部分通脱太过之咎，若北党之王、沈两女士，虽罗阑维多利，亦何已过。苟当事者管理有法，惩劝兼施，则昌中程度不难与东瀛巢鸭、北美耶尼齐驱而并驾。余故不惮辞费，寓规于讽，冀昌中之若师若弟翻然变计，则改良发达之左券，安知不于此反动力之现形记操之？至妄言妄听，知我罪我，诚非余之所敢计及者矣。"何君然余言，遂为余作序论以冠篇首。

说明：上序录自宣统元年改良小说社本《最新女界鬼蜮记》。原本藏南京图书馆。此本封面三栏，分题"社会小说""最新女界鬼蜮记""上海小说进步社印行"。首《最新女界鬼蜮记序》，尾署"宣统元年冬十月何穉仁序"。次"最新女界鬼蜮记目次"，上卷十回，下卷十回，凡二十回。正文第一叶卷端题"最新女界鬼蜮记上卷",署"新阳蹉跎子著",半叶十二行,行二十九字。版心单鱼尾上题"女界鬼蜮记",下署卷次、叶次、"说部丛书　小说进步社印行"。书末有一类乎跋的短文。

何穉仁,生平事迹待考。

双拐奇案

醒世小说双拐奇案弁言　缘起

古之伤心人

岁壬寅（光绪二十八年）冬十二月，余自汉口乘轮船东下，途中无事，偶与同房某君晤谈。某君曰："溧阳近有一公案，君知之乎？"曰："未知也。"某君为述：某绅有女，与其未婚之婿同时被拐，其拐之之法如何，拐去后之情形如何，婿与女之先后得归如何。娓娓而言，凿凿可据。当说至痛快处，或冲冠大怒，或绘影绘声，口吻如生，情形如画，尤足令人忘倦。余私心窃计，以为若将此事笔而存之，岂非一部新社会小说乎？但溧阳地处镇江下游，余既未曾实践其处，其街名、地名、人名，某君所述者，事过境迁，遗忘过半。今夏索居无俚，偶忆囊闻，怦怦欲动。案中或有未能吻合处，不无杜撰。至所书之地名、人名，全属子虚，想不免为识者所齿冷也。然姑妄言之，何妨姑妄听之？正如四子书小注云：必求其人以实之，则凿矣。爰述其事如下。时在宣统元年中秋节前三日,古之伤心人自记。

说明:上弁言录自宣统元年文艺消遣所石印本《双拐奇案》,此本内封题"双拐奇案"。首《醒世小说双拐奇案弁言》,尾署"时在宣统元年中秋节前三日,古之伤心人自记",次目录叶题"醒世小说双拐奇案"。题"古之伤心人笔述 天下有心人评点"。书分上下两编,正文版心上题"双拐奇案",下题"文艺消遣所刊最新稗说"。书卡署"毕锟元著"。原本藏吉林大学图书馆。(托王汝梅抄)

古之伤心人、天下有心人,真实身份、生平事迹待考。

军界风流案

（军界风流案识语）

改良小说社

看看看，本社出版最新小说，认明招牌为记。本社出版各种小说，逐页均刊有"改良小说社印行"七字，如无此项字样，即非本社出版之书，购书诸君，幸勿受愚。总发行所上海英租界麦家圈南元记栈后厅便是。改良小说社谨启。

社会小说军界风流案序

梦天天梦生

吾著是书，吾有三种之观念。其一，军人之腐败。设兵所以卫民也。驯至民不能卫，而反为民扰，国家亦何乐设此兵？百姓亦何幸有此兵哉？夫所谓扰者，不必蹂躏民田，凶横街市，一言之恶，一动之乖，民间受其影响者皆是也。乃者具军人资格，而谋娶人媳，以酿成人命，管带如此，则管带以下者更可知。目之曰腐败，谁曰不宜？呜呼！是宜整饬也。其二,老妪之贪鄙。患得患失,谓之鄙夫。不知天下事,得与失参半。全乎失固非人情所愿,全乎得亦非天演之理。世人骛目前之利,而忘远大之计,遂为利所沉溺,而不自知祸即随利而至。吁!可哀已!抑思有生以来,其生也,何尝带一文而来?其死也,又何尝带一文而去?人人能知此义,则何乐而贪鄙,以贻无穷之忧哉!马妪之贪鄙,不酿人命,已失贤妇,况有不测之祸乎?吾谓马妪失算矣。世之类马妪者,不乏其人。呜呼!是宜惩罚也。其三,贤妇之节烈。诱之不成,返之不得,从容就义,愤不欲生,捐一躯以留千载之芳名,而维万世之纲常,九小娘之节烈,可以与天地同休。古人有言:忠臣不事二君,烈女不事二夫。九小娘有也。且夫九小娘一穷乡僻壤之妇耳,能知此大义,而尽此大节,一班村夫俗妇,方且目九小娘为愚,是则九小娘之节义,岂非湮没不彰?于九小娘固无伤,如大局何?故亟宜表而出之,以讽世之失节者。九小娘已矣,呜呼!其堪嘉尚也!吾具此三种之观念,而后著此书。自非犀牛,得能燃渚?聊借明镜,以为殷鉴。苟于风化上有一助,著者之所深幸也。故抉此书之宗旨，为读者告。梦天天梦生识。

　　说明：上识语、序，均录自宣统元年小说改良社本《军界风流案》。此本封面正面三栏，分题"社会小说""军界风流案""改良小说社印行"。背面为识语。首《社会小说军界风流案序》，尾署"梦天天梦生识"。次"社会小说军界风流案目次"，凡十章。复次图像四叶。正文第一叶卷端题"社会小说军界风流案　著作者梦天"。半叶十二行，行二十九字。版心鱼尾上题"军界风流案"，下署叶次、"说部丛书　改良小说社印行"。原本藏南京图书馆。

　　梦天天梦生，真实身份、生平事迹待考。

新七侠五义

新七侠五义叙

平陵浊物

余自有识以来，即爱读小说家言，凡夫文言白话，盲说弹词，以及巴里之音，齐东之语，偶得一编，则欣欣自喜，手不忍释，酷暑严寒，无或间也；而又一览辄尽，一过即弃，故涉猎虽多，而留恋于心，寝食不忘，爱玩不释，千回万转，读之不厌者，惟《三国》《水浒》《红楼》《西厢》数种而已。盖《三国》则辞严义正，体符正史，以小说而寓史裁者也，读之令人兴爱国思想，忠义之心油然而生，其味无穷也。《水浒》则描摹英雄豪杰，借忠义之名，以欺世钓誉，神情毕现，奸谋悉呈，如神禹之鼎，秦廷之镜，照妖之鉴，使妖魔鬼怪无所遁形，读之觉社会上各种人物，虽间隔数千年，又能悉现于目中，故读百回而不厌也。至于《红楼》则惟写家庭琐屑，事无论巨细，人无论美恶，皆惟妙惟肖，确为写生妙手，而又隐寓讥刺世家贵族训迪无方之意焉。《西厢》则风流旖旎，清新俊逸，纯以词胜，极其能力，可使人心旷神怡，意兴飞扬，为吾国言情小说之祖。此四种，实于中国小说界上，放绝大光彩，占绝大地位，凡读小说者，无不尊之、重之、钦崇之，而推为空前绝后，千古绝唱也，岂第余一人爱恋之，寝馈之，玩之不忍释，读之无时厌哉！于四种之外，惟《荡寇志》《儿女英雄传》，犹能步其后尘，然欲与之齐驱并驾，对垒争锋，吾恐其望风而遁矣。

若夫别出心裁，另具体格，以其抑郁不平之气，灵动活泼之笔，描写英雄义士，光明磊落，崇正辟邪，除莠安良之举动，大有裨益于世道人心者，惟《七侠五义》一书，为能于小说界独辟一蹊径焉。余读是书，尝窃慕南北侠之刚正中和，双侠、小侠之机警率真，五义士之义薄云天，心坚金石，允推为英雄盖世，豪侠无双，惜先我数百年，未能亲见之为憾。或曰：此抑郁不得志之士，无所用其精神才力，故虚构此书，以发挥其怀抱，而借之为消遣计耳，子毋梦梦，徒滋笑柄也。余曰：不然。天地太虚也，吾身虚表也。天地且太虚，吾身且虚表，则前乎我者，亦乌论其若者为虚构，若者为果有，惟于字里行间，择古人之举止动作,为吾心所尊崇钦佩者,则尊崇钦佩之而已。于是,余爱恋《七侠五义》之意益甚。

己酉岁,余就食海上,蒙改良小说社主人屡垂青眼,知余有嗜痂癖,尝以新出小说饱余眼福。一日,余冒暑至社,拟与主人作竟日谈,为消暑计。既至,主人即以一卷授余曰:"闻子最爱读《七侠五义》,几有每饭不忘之慨,此卷为治逸所撰《新七侠五义》也,宗旨颇完美,惟多土语,乃其缺点。子既深爱《七侠五义》,何不以治逸所著《新七侠五义》,加以润饰,使成完璧。将来发行以后,或可以与旧《七侠五义》先后并美也。"余自知才识卑陋,辞之再三,不获命。乃携归,以数礼拜之久,增删损益。全书约七万言,其中如江侠之精细绝伦,阴侠之老成持重,朱侠之豪迈,叶侠之鲁莽,颇能描摹尽致。颜之曰《新七侠五义》,亦东施效颦之故态耳。记其原委如此。宣统元年己酉夏,平陵浊物叙。

(新七侠五义)弁言

平陵浊物

读《新七侠五义》须知:

一、是书宗旨，专在劝善惩恶，改良社会，故借侠客义士，以寓儆惕之意。

一、是书描写侠义，光明磊落，毫无江湖陋习，绿林丑态，而模拟龌龊社会，奸恶小人，又能使鬼蜮心肠，丝毫毕现，如神禹铸鼎，魑魅魍魉，悉难隐形。

一、各种小说，每遇转折及危险难以收束处，必借神仙鬼怪荒谬放诞之说，以骇世炫奇，几成千篇一例，实则作者取巧省力处也。是书力除恶习，尽删旧例，转折危险收束处，皆天理人情中应有之义，无一语蹈袭故态，且时时提破神仙鬼怪荒谬放诞之说，使读者触目惊心，恍然省悟，又为识卓意精。

一、是书洋洋七万馀言，首尾相应，一线到底，毫无疏忽脱罅处，稍有脱漏，即借作者口中议论，及读者问难，以补其隙，绝无斧凿连缀之痕，真如无缝天衣，奇光异彩，耀人耳目。

一、俞仲华撰《荡寇志》，文铁仙著《儿女英雄》，识者谓其往往自己跳入书中，现身说法，文笔有如生龙活虎。是书不但自己跳入书中，现身说法，并能令读者跳入书中，现身说法，笔致尤觉灵动活泼，令人无从捉摸。

一、是书不著地名，侠客到处，则曰某县某乡，非疏忽也，盖中国现在遍地都是龌龊小人，安得侠客一一整理之，不著地名，所以见中国无处不待侠客，以青锋一口，杀尽不义，稍舒小民负屈含冤、抑郁不平之气。

一、是书于科学上，多所发明，如朱侠之汽船、江侠之电光剑、叶侠之电光石，皆从声、光、化、电各科学中所发明者，吾中国将来科学进步，发明各种器具，安知不与此书吻合？宣统元年己酉六月，平陵浊物率书。

说明：上序及弁言出宣统元年小说改良社铅印本《新七侠五义》，据《中国近代小说大系》点校本转录。

治逸，真实身份、生平事迹待考。此书之外，另著有《嫖赌现形记》《天堂地狱》《现世之天堂地狱》《新七侠五义》《五续七侠五义》。其中《天堂地狱》《现世之天堂地狱》均标为"未见"。实并未佚失，而且应该是同一部小说的异名。

平陵浊物，真实身份、生平事迹待考。

新西游记

《新西游记》弁言

冷血

一、《新西游记》借《西游记》中人名事物,以反演之,故曰《新西游记》。

一、《新西游记》虽借《西游记》中人名事物以反演,然《西游记》皆虚构,而《新西游记》皆实事,以实事解释虚构,作者实略寓祛人迷信之意。

一、《西游记》皆唐以前事物,而《新西游记》皆现在事物。以现在事物,假唐时人思想推测之,可见世界变迁之理。

说明:上弁言录自宣统元年五月下旬有正书局活版部印刷、有正书局总发行、小说林发抽售的铅印本《新西游记》。原本藏南京图书馆、上海图书馆。首《弁言》三则,不署撰人,疑即作者所作。阿英《晚清小说目》著录为四回,误,实为五回。

冷血,一说即陈景韩(1878—1965),又名景寒,笔名冷血,又有无名、新中国之废物、冷笑(与包天笑合作)等号,松江人。早年留学日本。清光绪二十七年参加同盟会。曾任《时报》主笔,《小说时报》《妇女时报》《新新小说》主编,《申报》总主笔等职。译有《虚无党》等小说。

宦海升沉录

宦海升沉录序

黄耀公

世界一海蜃楼耶？人生一黄粱梦耶？忽焉而云翔禁阁,则心为之欢;忽焉而迹遁江湖,则心为之悲。忽焉而膺九重之宠锡,忽焉而遭孑身之放逐,则境遇亦固人事之进退为之合而或离。欢也,悲也,合也,离也,极世态之炎凉,尽人情之冷暖。彼身当其境者,正不知颠倒无限英雄,消磨多少权力矣！而论世者满肚牢骚,与旁观者一双冷眼,且撷拾其事实,论列其品评,而宣诸口焉,而笔诸书焉,相与叹息其时机,感喟其命运,甚且冷嘲焉,热讽焉,而是之非之,褒之贬之,作清议之《春秋》,编个人之《纲鉴》。呜呼噫嘻！胡富贵功名,风潮变幻,一至于此？此《宦海升沉录》之所由作也。虽然,木槿繁花,难禁暮落;人生朝露,势不终日。古今往来,茫茫宦海,作如是观耳。果如是,才者失其才,智者失其智,奸者失其奸,术者失其术。今日下场,去年回首，觉昔之气势炎炎，炙手可热，随波逐浪，渔父得而笑之，又岂惟水流花飘而已耶？然作者于此，犹必运以奇警之心思，绘以沉挚之笔墨，歌也有怀，哭也有泪，其人其事，近之在目前，远之极千古，俾世之读者，亦忽焉而欢，忽焉而悲，忽焉而艳其合，忽焉而怜其离。盖恍然于高官厚禄，名动中外，所谓媚朝家而忘种族者，一旦冰山失势，其结局亦不过若斯也。固亦宦海中人之惟一龟鉴。徒以野史之无稽，稗官之话本视之，则浅矣。化笔墨以云烟，渡慈航于苦海，其有深意乎？爰序于篇，以告读者。宣统己酉季冬，黄耀公序于香江寓公。

说明：上序录自宣统元年（1909）香港实报馆本《宦海升沉录》，首序，尾署"宣统己酉季冬，黄耀公序于香江寓公"。原本藏中山大学图书馆。

黄帝裔孙，即黄小配，见《廿载繁华梦》条。

黄耀公，即黄伯耀（1883—1965），名耀恭，字亚伯，笔名有耀公、病国青年等。黄小配之兄。广东番禺人，老同盟会员，著名报人。曾参与《世界公益报》《广东日报》《有所谓报》编辑工作。又与黄世仲一起创办《少年报》及《中外小说林》，并创办《社会公报》,担任主编。著有《烟海回澜》《侠女奇男》《宦海恶涛》《恶因果》《猛回头》《凶仇报》《片帆影》《好姻缘》《双美缘》等。

东京梦

《东京梦》序

危澜楼主人

己酉（宣统元年）之春，与履冰客泛舟于西湖之上，吊苏小之芳塚，谒岳王之忠坟。荒草迷离，寒风潇飒，仰天长啸，山谷应声。余悄然而问履冰客曰：恒干既去，魂魄散离，而之忠坟芳塚得与西湖结不解缘，相终焉乎千古者，何天地造物之奇也！履冰客喟然太息而应曰：天地之大，造物之奇，吾不知其何为而然也。古有尧女思舜，湘竹染血泪之斑；子胥怀吴，浙涛作凄咽之泣。精魂毅魄，其感于物也，深矣。夫岳王为不世之英雄，苏小乃一代之佳丽，其毅魂香魄，应享以名山，伴以好水，方足以慰其岑寂于地下。况乎奇山怪石，何非英雄之化身？明花媚柳，无异美人之变态。曰山，曰石，曰花，曰柳者，与英雄、美人一而二，二而一者也。故无岳王、苏小，是无西湖也。既有西湖，则必有岳王、苏小以主之。西湖之所以名，岳王、苏小名之也。蓬莱亦以山水之秀名于天下者也。高有富士之峰，奇有松岛之景。周秦之乱，徐福避世居之。明末之乱，朱舜水渡海居之。而蓬莱不徒以山水之名名已也。花有春樱，人有武士。逐强俄于满北，霸三韩于亚东。雄风所至，欧美震惊。首都东京，尤称富丽。于是，中原人士争趋之。有慕其山水之秀，好奇而往者；有羡其文明之邦，负笈而往者。至若沽名钓誉者流，岁月空过，光阴糜掷，欲窃其文明之名以自名，东施效颦，徒增丑耳，于蓬莱何有哉？苏东坡书《桃源记》后曰：使武陵太守得至焉，则已化为争夺之场久矣。夫天患乎桃源之不名也，导渔郎之入以传之；悸乎其沦于名也，假武陵太守以缄之。天之于桃源其名之护之者，信乎其不可测矣。今之蓬莱，昔之桃源也。天既已名桃源者名之，而不以护桃源者护之，吾感于苏子之言，而不禁为蓬莱悲也。嗟乎！天地之造物，诚不知其何为而然也，乃出其所著《东京梦》以相示。余怀归读之，时风雨交加，天地如晦，灯光荧荧，凄凉万状，掷书而起，叹曰：佛有天堂地狱之说，清者登天，浊者坠地。今清者浊焉，浊者清之，是天堂而地狱矣。希戾乎！履冰客有

《东京梦》之作,而悲慨不能已也。是为序。宣统元年春,危澜楼主人序于西湖旅次。

题东京梦六绝

危澜楼主人

徐福逃秦剧可哀,波涛饮泣到蓬莱。只今东海浮槎客,为步云阶捷梯来。

蓬莱竞渡着鞭先,碌碌尘嚣太可怜。避世桃源何处是,烟云无际海无边。

看桃归去看樱花,双骏轻移七宝车。芳迹香尘留不住,钟声古寺夕阳斜。

一梦黄粱不自持,十年归去笑狂痴。风云气概消磨尽,甘伏秋窗学唱诗。

《牡丹亭》畔偶徘徊,异地楚歌彻耳哀。细谱《会真》惊艳曲,秋波转句悟禅来。

痴心欲负鲁阳戈,沧海曾经奈水河。楚客古今同薄命,秋风木叶洞庭波。

读东京梦感题六绝

湘叶楼主人

旭日瞳瞳燿东海,水晶楼阁认芙蓉。秦时五百童男女,描尽青莲一卷中。

满地樱花逐马蹄,半随流水半沾泥。翩翩裙屐桃郎舞,踏遍青山几万回。

红粉当垆笑语哗,楼亭一醉总堪夸。酒阑日暮笙歌歇,瞬目风云岁几华?

大厦将倾半壁斜,攘攘鼠雀任纷拿。时人不解侬心苦,错笑飘摇学噪鸦。

秦声燕曲大罗天,舞袖翩翩我亦怜。闲来联袂深樱立,争识神州美少年。

天涯涕泪怅飘零,沧海归来百炼身。雄念壮怀今已矣,诗城酒垒闭门深。

说明:上序及题词均录自宣统元年作新社铅印本《东京梦》。原本藏南京图书馆。此本封面题"东京梦"。首"宣统元年春,危澜楼主人序于西湖旅次"序,次"危澜楼主人"题词、"湘叶楼主人"题词。正文第一叶卷端题"东京梦",署"履冰著"。

履冰、危澜楼主人,真实身份、生平事迹待考。

闽都别记

(闽都别记序)

藕根居士

《闽都别记》四百回,约百二十馀万言,署里人何求纂。其人不可考。其书合于正史及别史载记者,各十之三,野说居其四焉。以福州方言,叙闽中佚事。且多引里谚俗腔,复详于名胜古迹,文词典故,多沿袭小说家言。虽属稗官,未始非吾闽考献之厄助,博弈犹贤,不可废也。书中章回,修短不一,自二百四十一回后,若别出一手。殆编以讲演,陆续成帙者。第向无刊本,辗转沿钞,讹脱殊甚。闭居浏览,为信手点正,倩墨史清缮一通,藏之,后之阅者,庶可得此书之真面目尔。装竟,适革命事起,闽都又困兵燹者三日,不知有好事者续为记否?感慨系之,爰志其缘起如此。清宣统三年九月二十日,藕根居士识于冶城之屈蠖斋。

书中摘取古迹题咏,多附有拂如氏五七言诗,当即纂者之作。其诗殊不足存，以全书皆仍其旧，故仍留存之。丁卯嘉平重印附识。

林光天，字水如，道光间副贡，喜为白话诗文，传抄颇多，访其家亦无完帙，以与是书体相近，且惜其日久失传，爰就所见，附录于后，庸有未尽收也。又附识。

说明：上序录自藕根斋本《闽都别记》。原本藏日本京都大学图书馆。此本内封由右向左分题"宣统辛亥""闽都别记""藕根斋印"。首题"闽都别记全集目录　里人何求纂"，凡四百回。总目后有"缘起"，尾署"清宣统三年九月二十日藕根居士识于冶城之屈蠖斋"。正文第一叶卷端题"闽都别记双峰梦卷之一　里人何求纂"，半叶十五行，行三十二字。版心单鱼尾上镌"闽都别记"，下镌回次、叶次、卷次。

里人何求，真实身份、生平事迹待考。

藕根居士，即董执谊（1863—1942），字藻翔，号藕根居士，光绪二十三年举人，出任盐官、咨议局议员。归辞，喜藏书，有"味芸庐"书坊，主营地方文献和书籍。

北京新繁华梦

(北京新繁华梦自序)

侣兰阁

夫《北京繁华梦》何为而作也？曰：为其欲唤醒世人之梦耳。如地方富丽，人尚繁华，首海上，次则燕京。则人之游燕京花月者，其人无一非梦中人，其境即无一非梦中境。至于灯红酒绿之幻，车水马龙之游，又无一非梦。若况人生若梦，奚只燕京，而燕京花月场中，既无一非梦中境，则入斯境者，何一非梦中人。惟其为梦中人，是非梦中过来者，以警唤其梦，行将终梦其梦，以至于不知所谓梦。不知所谓所梦之梦，则谓之梦中之梦可，梦外之梦亦可。总之，花天酒地，快一时之意；金块珠砾，搏过眼之欢：是世人之通梦。敝人为梦中过来人，见夫入梦境而不知为梦者，未尝不心焉伤之。因作白话浅说，如佛氏之现身说法，速超此梦中境，则余此作之大意也。然此作经多所删易，仍嫌俗俚，至描摹世情处，亦粗率之甚，尚俟高明纠而正之，是余之厚望也矣。是为序。

（北京新繁华梦序）

昔溪不梦子

尝观说部中描写花月闲情,能惟妙惟肖者甚夥,要以《花月痕》最为脍炙人口。《海上花》则本地风光,自成一家。惜乎书中纯操苏白,惟南方人能读之,外此每格格不入。惟《海上繁华梦》则又卓越者也。其摹写情景,无不刻画入微,淋漓尽致,然所道者尽沪事,而京津情况,咸置缺如。今读余友侣兰阁所作《北京繁华梦》,而不禁有观止之叹焉。侣兰阁,北京之土著也,个中情味,无不备尝,而其宗旨,则一以唤醒迷人,同超孽海为主。则是书之出,大有益于世道人心。只以此书仅先出十五回,续编以俟异日,令人急欲纵观其后,如酒后思饮状。噫！侣兰阁之笔墨,其狭狯乎？吾愿读是书者,须知作者之用心,勿徒指摘书中之粗略,则奇书读至惊心处,敢为情痴唤奈何已。夫奚序其涯略如斯。宣统二年庚戌仲夏,昔溪不梦子稿于历下警幼阁。

说明：上二序出宣统三年二月上海改良小说社

本《北京新繁华梦》。一题《梦游燕京花月记》。原本藏上海图书馆。转录自陈大康《〈中国通俗小说总目提要〉"未见"条目之补遗》(见《明清小说研究》2013年第一期)。

侣兰阁,即夏侣兰,北京人。

雍正剑侠奇案

雍正侠义奇案序

冯焘

□□□□言为心声，此语固信而足征矣。不知著作一道，固随性情之好尚为□□□因境遇之通塞为转移也。是以身列华胐，心无忧患者，其所为文必清□□赡典丽□皇；或有隐逸自甘，无求无争者，其所为文必飘逸俊爽，淡泊绝尘；或有重于情致，懊侬伤春者，其所为文必缠绵悱恻，纤秾香艳；又或生性刻峭，城府深严者，其所为文必讽刺讥评，艰深刻涩；至于沦落不偶，遭际多穷，侘傺无聊，有才无命者，则其所为文必激昂慷慨，磊落崎嵚，有肮脏不平者矣。即稗官小说，亦何莫不然。

余谓近时说部中如《品花宝鉴》，则清华典丽者也；如《禅真逸史》，则飘逸淡泊者也；如《金玉姻缘》，则缠绵香艳者也；如《儒林外史》，则讽刺刻峭者也。至于激昂慷慨，嵚崎磊落，则莫如《野叟曝言》为最焉。余读其书，想见其抑郁牢骚之气，无可舒（抒）写，特借此而吐其胸中之蕴蓄矣。

秣陵澹秋生，与余为旧交，性嗜书，遇辄披阅，弱冠即腹笥便便。其兄顾曲生，琳琅缥缃，百城坐拥，生则蹈瑕抵隙，恣情浏览，有暇更寝馈其中。以是所学愈宏富。年二十馀，始学为文，三试始得一衿，而年已三十矣。但其生性，雅不欲于制艺中求生活，必究心于淹博。既壮，家食不遑，饥驱奔走。顾其性脱落，小节不拘，坐是不能遭伯乐。而生兀傲之气，又不屑低首下心，以求合于当道，是以茧足奔驰，垂青卒鲜。然其胸中嵚崎磊落、抑郁不平之概，盖有与年俱长者矣。岁戊申，就师范学舍编辑之聘，公馀之暇，辄拈弄笔墨，所作诗词杂著甚夥。又戏编《剑侠奇案》六集。余披阅之，觉其激昂慷慨，舒（抒）写不平，可以与《野叟曝言》并称。虽然，《野叟曝言》佳则佳矣，特其诙奇诡异之处，有出乎情理之外者，而描摹猥亵淫荡之文，又为世所诟病，故不若此书，虽嵚崎而仍归中和，磊落而仍归纯正。其事迹虽近附会，要皆范于情理之中，而不越乎规矩之外。此所以有过之无不及也。既脱稿，仅有前集。余读一过，笔致离奇，文情恣肆。其描写处，如禹之铸鼎，温之然（燃）犀，变幻吞吐之势，又令人不可测度。倘置之社会中，仍可以惩劝世俗，针砭愚顽。乃怂恿付梓，以馈饷同好。况近今各家小说，层出不穷，优劣之品评既淆，酸咸之嗜好有别，安见此书不可风行一世乎？故略叙数语，以质之有嗜痂之癖者。宣统二年九月，金坛冯焘叙于白门旅次。

雍正剑侠奇案自叙

澹秋生

大荒穷谷之中，有一人焉，应声而吁，纾气而啸，发乎天籁，不自知其妙。有过其旁者，闻而乐之，绘其形状，摹其容态，自是应声而起者，皆思出其奇以为表见，而揣摩之品已下矣。其不能肖者，又作咿哑叱咤之音，思别开一途以争胜，于是靡靡者渐不可止。知此可以悟文品升降之故，亦可知说部优劣之原矣。夫文者，鸣乎天籁者也，不可有所摹仿也。自施耐庵之《水浒传》、蒲留仙之《聊斋记》，曹雪芹之《红楼梦》、元人之《会真记》出，皆以独标一格名于世，虽互有优劣，而其初无所模仿，故尚不失本来之面目,盖去天籁犹未远也。自《后水浒》《红楼后梦》《萤窗异草》及九种、十种曲出,后之作者,遂各有千秋之想,不得不效颦前人,以期争胜,浸淫已失其初。惟《七侠五义》一书,信手拈来,独辟蹊径,尚能别树一帜。后人又踵之,以成剑侠各书。规摹前人,描头画角,比之原书,已有上下床之别。争之而不能者,又以诡谲迂怪之旨,发为牛鬼蛇神之状。狗尾续貂,画蛇添足,读之令人欲呕。噫!此天籁所以不鸣,而小说之品日卑也。蒙所著之《剑侠遗珠》一书,虽未必不落前人之窠臼,校之《红楼后梦》《水浒后传》,似尚能脱然畦町也。即如书中所记各案,不尽子虚附会,平苗猺处,又以魏默深之《圣武记》为蓝本,似于国朝掌故,亦有相合。是虽不敢为天籁,亦未规摹前人而强学邯郸之故步也。质之海内小说家,或不至河汉斯言也。时宣统著雍涒滩之岁重光大渊献之月,秣陵澹秋生自记。

《雍正剑侠奇案》题词

方寿祺等

快马不络头,千里走报仇。神龙不见尾,挟浪凌沧洲。忽然履人世，触目皆怨愁。仕宦贪墨败，闺阁中菁羞。螳螂与黄雀，征逐无时休。辗转相缪结，罪案等山丘。幸有清醒者，轻重量报酬。一撇如飞电，碧血染银钩。风雨半天落，一洗世途俦。笔墨虽崄崎，难为饥怒调。王孙悲失路，徒令哭道周。有才不见用，中书写离忧。开卷发长叹，文光射斗牛。皖桐子畴方寿祺题。

太白精虹出，风雷绕指生。一龙吟有态，百魅走无声。诛杀亦功德，创惩见性情。不嫌手足烈，欲划世途平。

一册贤奸著，千年文字祥。风尘留剑气，楮墨落奇光。秦镜照魑魅，龙泉逐虎狼。笔花驰骤处，腕底挟风霜。毗陵陈鸥题于白下之韬园。

无端异想辟天开，笔墨新奇著述来。云外鹰鹯殴鹦鹭，海中蜃蛤幻楼台。念回锦绣文心织，一卷贤奸稗史裁。说剑说诗俱第一，此才何以没蒿莱。

笔底烟云眼底驰，丹青绝技有谁知。千年古镜留魑魅，一座洪炉自炼锤。唯有此书能下酒，何堪把笔便题词。他年纸为传抄贵,洛下萤声会有时。白门女士蒲仙周墨亭题。

一管生花笔,纵横尽化工。风云多变幻,波浪起洪濛。侠士才挥手,贪人已揕胸。愿开荆棘地,归入坦途中。

稗史原游戏,传抄未足奇。天心觇向背,世道藉维持。一士目方努,群奸魄已褫。描摸穷尽相,牛渚似燃犀。江陵女士陈剑如率题。

(雍正剑侠奇案)缘起

澹秋生

古云:文武之道,一张一弛。是不错的。朝廷政尚严刻,则人心自然畏惧;政尚宽厚,则各事自然疲玩。所以风飙寥唳者,发动于青萍之末;国势消熠者,胎原于宦海之中。我朝自世祖章皇帝定鼎以来,雷厉风行,迅扫六合,遂使混一华夏。圣祖仁皇帝,深仁厚泽,浃髓沦肌,其时文武百官,无不洁己爱人,奉公守法。天下的百姓,无不熙熙皞皞,歌舞太平,真个是兴朝气象。

到了世宗皇帝，雄鸷英睿，文网细密，法令烦苛，而又明察如神，真有阶前万里之象。内而卿相尚侍，外而督抚藩臬，稍有点劣迹的，即无缘无故，一觉睡后身首分开，头脑不见。弄得各官一个个兢兢业业，危如朝露，即迩室屋漏，如有神明鉴察的一般，不敢稍有荡检踰闲，自取杀身之祸。相传其时有一班剑侠，供世宗之驱使，着他潜察暗访，在外打听各官之清浊良莠。作书的于二十年前，在一个藏书的人家，看见薄薄一个抄本，签上题着"电光影"三字。内中所载尽是雍正年间剑侠之事，直到乾隆末年。彼时一览而过，不大留心，恍惚记得有九山王、阴室夫人、高邮书记、卖橘叟，及某尚书叶子戏、洪海客换头、福保联诈死诸事，无不被朝廷剪灭的剪灭，正法的正法，甚至叫人把头偷来，不敢声张。所以官清吏洁，弊绝风清。

后来到文宗御世，存心宽大，除掉军营失机的重情，都悠游姑息，不肯苛求。这一班剑侠亦云散风流，音沉响寂。各官既以朝廷专事羁縻，又无临在上质在旁的鉴观，驯至奉行故事，文恬武嬉。后来愈趋愈下，竟公然受私枉法，上下交征，贿赂苞苴，草菅民命，弄得世界黑暗，惨无天日。但是剑侠之流，虽然无闻，而麟角凤毛，一线之延，犹未绝迹于人寰，偶然出来，代天行讨，补朝廷刑罚所不及施，耳目所不及察，彰善惩恶，游戏三昧，砭针那愚顽，创惩那贪劣，亦算有功于国，有益于民了。只恨天下少了几个剑侠，不能到处游行，补偏救弊，以此弱肉强食之事，时有所闻。就这书中如濮固仁之诬良为盗，冯仁培之百物苛捐，许氏之因奸毙媳，吴才之争产毒弟，都是实有其事，并非架空虚构。作书的人或是目所亲见，或是耳所亲闻，不过时候地方人名不同，挪移借用耳。作者既亲见亲闻，以身无笔削之权，手无诛杀之力，只好咄咄书空，裂眦指发。又不甘安于缄默，故借雍正后剑侠之事，附会绥抚苗猺之案，互相移置，而拉拉杂杂，成这部小书，舒泄胸中肮脏不平之气，且可以惩劝世人，警戒官吏。就附诸电光影之后，而名之曰《雍正剑侠奇案遗珠》。阅者诸君，不知以为然否？宣统二年九月重阳后十日，秣陵澹秋生识于师范学舍之南窗。

说明：上序出宣统三年上海中国侦探会刊本《雍正剑侠奇案》。藏天津图书馆。此本标"侠义小说",署"秣陵澹秋生著"。首序,尾署"宣统二年九月,金坛冯焘叙于白门旅次"。次自序,尾署"宣统著雍涒滩之岁重光大渊献之月,秣陵澹秋生自记"。再次皖桐子畴方寿祺、毘陵陈鹍、白门女士蒲仙周墨亭、江陵女士陈剑如题词。后作者"缘起",署"宣统二年九月重阳后十日,秣陵澹秋生识于师范学舍之南窗"。目录叶题"侠义小说　雍正剑侠奇案目次"。目录后为正文,书凡三册。

秣陵澹秋生等,真实身份、生平事迹待考。

滑头吊膀子

（滑头吊膀子跋）

斯新闻确有其事，并非稽澜，不过劝诫世上不知爱情之丑夫，恣意虐待妻子，专制女界。警惕社会败类、斯文之讼棍，任心凭空，索诈鱼肉同胞。务求工料不耗，非敢渔利盈囊。尚请诸君原谅，切莫翻印错误，以负作者之苦心也。实深幸焉。

说明：上跋录自奇丽新闻图书社本《最新奸拐奇案滑头吊膀子》。原本藏芜湖图书馆，此本封面题"最新奸拐奇案""滑头吊膀子"。书名下为圆形绘像。有图像。目录叶题"新出奸拐奇案滑头吊膀子传目次"，凡十四回。正文第一叶卷端题"最新奸拐奇案滑头吊膀子全传"，石印。半叶十五行，行三十二字。书末有跋。

满洲血

(满洲血)序言

平江朱引年

经有之云:吾闻用夏变夷者,未闻变于夷者也。予每读书至此,不禁掩卷流涕,为吾四万万同胞悲悼痛哭于不已也。清国为女真旧部,自吴三桂、洪承畴等贪功逞能,引虎入门,牵异种以戕同类,而满奴滑(华?)夏肆虐,浸淫至于二百馀年而未已。易服制也,剃发令也,我祖我宗,颈血几何,俱为保存汉族而倾泻者。无如天不厌乱,胡氛方张,以如江如汉之热血,竟不能灌溉此纤小微渺之自由苗,悲已!伤哉!今乃天心悔祸,大汉重兴,满奴游魂,行将歼于旦夕,岂人事之进步耶,抑天理之循环耶?或兼此两者而各得半耶?观于此,而《满洲血》之奥旨可以晓然矣。是为序。

说明:上序录自文明光复社本《天理循环八旗血》,原本藏芜湖图书馆。此本封面题"天理循环八旗血",内封由右向左,分题"著者平江引年""天理循环满洲血""文明光复社印行"。首总目,题"天理循环满洲血",凡十回,次《序言》,下署"平江朱引年"。正文第一叶卷端题"天理循环满洲血　著者平江丕夏"。

平江丕夏,待考。

平江朱引年,有小说《绘图新编女学生》,存民国间石印本,署"著者平江朱引年"。又有《新鄂州血》,叙辛亥革命事。

五续七侠五义

《五续七侠五义》序

阳湖饮剑生

《三国》题词曰:"滚滚长江东逝水,浪花淘尽英雄。"吾三复斯言,而窃叹长江之水不绝流,即英雄之辈出无穷止也。治逸君所继曲园居士《续小五义》一书,英姿卓荦,层出不穷。尤其奇者,卜婚姻于戎马之场,出生命于剑刃之下,白骨尚存天侠之灵,黄口即具忠义之胆。风云变色,落墨而龙虎精神;刑赏咸宜,下笔则鬼神泪泣。此固天造奇人,而尤赖治逸以天造之笔,故能使纸上之兵行间起舞,而喑呜辟易之概,足令读者勾魂摄魄,而气势并举矣。仆幼好游侠,而眼□于汹汹人类中,不免唾弃。上下千古,知己何人?乃不谓世界上无知己者人,而有知己者笔,即其前后所续《小五义》一书也夫。是为序。宣统二载葭月上浣,阳湖饮剑生写于春浦。

说明:上叙录自民国七年上海书局石印再版本

五续七侠五义

《绘图五续七侠五义全传》,原本藏徐州师院图书馆。此本封皮题"绘图五续七侠五义全传",内封正面上署"新辑绣像",下分三栏,分题"民国七年再版""五续七侠五义""上海书局石印"。

另有宣统二年序刊本,此本凡四卷四册,有图像四幅,封皮内封均题"五续七侠五义",但各卷卷端均题"四续七侠五义"。之所以两名并存,一是由《七侠五义》的续书《小五义》《续小五义》依次排列;一是由《小五义》《续小五义》依次排列。首《序》,尾署"宣统二载□月上浣,阳湖饮剑生写于春浦"。序之文字与上所录同。

冶逸,见《新七侠五义》条(详参本书序)。

阳湖饮剑生,真实身份、生平事迹待考。

新西湖佳话

《新西湖佳话》序

情囚

多情却似总无情,唯觉尊前笑不成。蜡烛有心还惜别,替人垂泪到天明。

别梦依依到谢家,小廊回合曲阑斜。多情惟有春庭月,犹向离人照落花。

情天莫补,情海难填。愿作情人,甘为情死。化天边之比翼,情何能忘?作地下之连枝,情难恝置。情之所发,不知其他;情之所钟,正在我辈。此《有情天》小说所由作也。夫刘海庆者,本世上之情魔,号天生之情种。雕龙绣虎之作,文以情生;怜香惜玉之心,言从情出。薄富贵与功名,历饥寒与艰险。而童惜娘者,则贴地双钩,情留有迹;回眸一笑,情致无穷。此桃花潭水未足喻其情深,柳絮词章所由写其情素者也。是为序。

说明:上序录自宣统二年改良小说社本《新西湖佳话》,扉页有广告一则,谓"购阅小说者注意:本社出版各种新小说,逐页均刊有'改良小说社印行'七字,如无此项字样,即非本社出版之书,购书诸君,幸勿受愚。上海麦家圈元记栈后厅改良小说社谨启"。首《序》,署"情囚"。原本藏浙江省图书馆。

天生情种,即刘海庆,馀待考。

情囚,真实身份、生平事迹待考。

情变

（情变按语）

此南海吴趼人先生绝笔也。先生名沃尧,别署我佛山人。长于诗古文词,根底深厚,锓锓乎跻古作者之林。间又出其馀技,成小说家言。无论章回札记,皆能摹绘社会之状态,针砭国民之性质。积理既富,而笔之恢奇雄肆,又足以达之。近如本报所登之《情变》及《滑稽谈》,在先生犹非经意之作,而已备受阅者欢迎。然则一纸风传,啧啧于众人之口者,洵乎有目共赏,非可幸而致也。惜乎时数限人,文章憎命,偶撄小疾,遽赴玉楼。留此断简残篇,永不能完秦庭之璧,其为惋怅,海宇同之,固不独联缟纻交者,伤旧雨之凋零已也。

说明：上按语出《舆论时事报》庚戌载《情变》第八回。转录自阿英《晚清文学丛钞》小说卷二卷下册。南京师范大学图书馆藏该书。

吴趼人,见《四大金刚》条。

最近官场秘密史

(最近官场秘密史自序)

天公

南亭亭长,武进李伯元同征宝嘉,曾铸《官场现形记》说部。洋洋五十万馀言,描写贵人社会之种种现形,历历如绘,燃犀铸鼎,不是过也。夙已风行一时,脍炙人口,不胫而走。二十二行剩,伯元之名乃立。其气概直足夺小说家之前席。嗟乎！伯元而今老且死,所谓现形者,亦前此几十年矣。读者辄兴陈迹之慨！余齿卑任性,语言无忌,文字不谨,致撄贵人之怒。既不容于朝,乃去而之野。东奔西逐,阅百十度月圆月缺,需时不谓不暂。眼界胸襟,繇之大展。祸福倚伏,几微消长之理,亦繇之而悟澈。乃者归去来兮,息影于古龙门里之老屋中。一几一榻,一纸一笔。无丝竹之乱耳,饶馀乐之可寻。自春徂秋,成三十万言,立体仿诸稗史,纪事出以方言。恰与伯元所铸有笙磬同音之故,名之曰:《最近官场秘密史》。非敢有所借也,聊用袁简斋命名续《齐谐》之遗意云尔。

　　说明：上序出《最新官场秘密史》卷首。书末又云："这个当儿，彰阳道台衙门传到一件紧要文，不知是何公事。做书的并不是不肯说，说起来情节很长，时间又放不落手。索性回家去料理一番。空出身子再编一部后集吧。"有宣统二年上海新新小说社印行本《最后官场秘密史后编》，署"天公铸　慧珠校"。藏上海图书馆。

　　天公，或谓即陆士谔，南浦慧珠女士即陆士谔之妻李友琴。见《精禽填海记》条。

七载繁华梦

七载繁华梦序

王伯庸

地球上有丘墟成社稷,有社稷复丘墟,此为古今循环之语也。世界上有桑田变沧海,沧海变桑田,又为贫富循环之语也。余读《黍离》《麦秀》之诗,感人世盛衰之概,不禁长吁一叹。南海梁子纪佩,从海外归来,以著述近世时事新小说行世。对于社会上之遇可贵者则褒之,可鄙者则贬之。口诛笔伐,严同斧钺,所谓孔子作《春秋》,纲乱臣贼子于后世,以警自作孽。其心可谓绞尽脑汁矣。余日来寓羊石,得晤梁子于城南太平沙之某茶室。谈晤时事,复问其近日有何著述。梁子曰:"吁!君之问亦邂逅矣。日来方著有《七载繁华梦》一卷,适觅友代为著序而出版。君今逢此,是代著序之缘也。"言罢,即命人往其邻寓,检呈此卷。余披阅一过,见是近日所谓苏大阔之一败如山倒者。噫嘻!其贫富之循环,斯不谬矣。然循环世事,本毋足怪,惟苏氏则已早为人意中所决者，早有定论之，非盖棺而后已也。故特弁数言于端以为序。宣统三年辛亥春二月，铁城王伯庸世讷拜序于羊城寓楼。

（七载繁华梦自序）

纪佩氏

语曰："货悖而入，亦悖而出。"著者须生也晚，于粤东世事已数见不鲜矣。以前之周东生，一库书起家，不十馀年，而资富数百万，不期有岑春煊督臣而查抄之。其国帑悖入为己有，故悖出化为乌有，是报应毋差矣。谚曰："粤东之富，享无三代。"况来源悖入，安足享其毕生也哉。此姑不必论。以近日苏氏之阔绰，名震羊城，征其起家之由，是田山铺票公司之东，同宗某某之囊中倾致，后累同宗；某某以素著名世代之富，一旦竭泽，因而身亡，可谓惨矣。又不期复有张鸣岐督臣，以其欠饷而又查抄之。身致遭押，衣顶下地，比之周氏，无复此苦。是又报应之不差也。呜呼！周氏之廿载繁华，已成一梦；今苏氏之七载繁华，亦成一梦。粤垣近事，无独有偶，斯已奇矣。吾对于此事，感慨悠悠，欲已言而不能已，又何从而弃笔之不著哉。沧桑世局，花落春残，回首堂前，燕飞莺散，吾又不禁为苏氏之萧条当境也，是书乌可不著乎？辛亥仲春卷成日，著者纪佩氏自序于羊城之南绿蒲黄石深处。

《七载繁华梦》例言

是书之著，专描写苏大阔一生历史。搜穷靡遗，计其致富致阔及倒败，前后所历仅七载，故曰《七载繁华梦》，与前之周氏《二十载繁华梦》前后辉映，粤垣近事，可为无独有偶。

是书之主脑，专以苏大阔一人为着笔，其宾则不脱出山铺票公司之外，盖苏氏始则由山铺票起家，继则亦由山铺票公司倾家。其馀苏氏各赌友亦为略述，以作宾环助主之笔法。

是书中段多写苏氏之奢侈繁华、挥金阔绰，其中迷神信鬼，描写靡尽。有向苏氏趋炎附势，人情冷暖，亦略为容概。

是书结局处，关系于粤省咨议局之舆论，则甚以苏氏一生作赌业，与选举之定章为执不正营业者大相违背，某议员由金钱运动，不过一载而被革退，其污史为千秋所唾骂。

是书苏氏之头品顶戴，三品京堂，始则假名义捐巨款而致，实则非照定章捐出实数巨款，各社会今未收其捐助者，众口皆然，以其滥骗功名，实罪有应得，故详而惩之。

是书之篇法，分为十五回，本来所著篇句甚长，今就略简为中大小说体裁，以待阅者不厌烦絮。

是书与前周氏同一境遇，惟周氏之家财抄后，今仍非薄；苏氏之被抄后，肃条极况。周在外逍遥，苏在囚中困苦，各有不同。

是书苏氏之起，始则陈、蔡二赌友，后败亦由陈、蔡二赌友，故着笔处不疏忽此二人，或以真作假，或以假作真者。

说明：上二序均录自宣统三年序刊本《七载繁华梦》。此本首《七载繁华梦序》，尾署"宣统三年辛亥春二月铁城王伯庸世纳拜序于羊城寓楼"，次自序，尾署"辛亥仲春卷成日著者纪佩氏自序于羊城之南绿蒲黄石深处"。复次，《例言》八条。再次"目次"，凡十五回。正文卷端题"苏大阔新小说七载繁华梦",半叶十二行,行三十一字。版心单鱼尾上镌"七载繁华梦",下镌叶次。原本藏北京图书馆。

纪佩氏,即梁纪佩,原名梁祖修,又名梁颂虞,号醉眠山人。南海人,清初"岭南三家"之一的著名诗人梁佩兰的后人,监生。清末从海外归来。著有《林则徐》《叶名琛失城记》《外交泪》《近世党人碑》《七载繁华梦》等多部小说。晚年还著有《粤东新聊斋》,内中辑录粤东逸闻掌故颇多。其小说除《七载繁华梦》外,今大多散佚不存(详参李育中《广州小说家杂话》)。

王伯庸世讷,待考。

苏州繁华梦

苏州繁华梦自序

天梦

余旅苏最久,知苏州之风俗最深,知苏州风俗之变迁亦最详。苏州,所谓开通最早之区也,所谓繁华最盛之地也。虽然,开通愈早,怪现象愈多;繁华愈盛,风化愈坏。用以耳闻目见所及,笔之于书,俾采风化俗者得于根本上施改革之方针,而收维新之实效,非仅以供茶前酒后为消遣之资料也。他日者予苟重游姑苏,得见姑苏之新气象、新文明,则此书为已往之陈迹,毁灭之可也。然此书亦为促迫改良社会之功臣,即保存之亦可也。著者识于荆江。

苏州繁华梦序言

冷心肠人

呜呼!予读是篇,不禁沉沉而思曰:其苏州之犀牛乎?何描写之酷肖也。种种怪象竟若生龙活虎,一一腾跃于纸上,其殆得化工欤?慨自风雅亡而史乘兴。史乘之文非不雅驯也,然而广博深奥,便文人之考求,而不可以语文人以下也。于是小说因之以起,小说之性质,与夫风雅之民俗歌谣不相轩轾也。自荒诞不经之小说兴,而小说之真相乃失。是篇不特力矫前弊,且隐寓惩恶劝善之意,是以正言厉色之劝诫,而以诙谐达之也,是善于小说者,然亦未可仅以小说目之焉。冷心肠人拜序。

说明:上序录自改良小说社本《醒世小说绘图繁华梦》。此本首有作者自序,署"著者识于荆江",次《苏州繁华梦序言》,尾署"冷心肠人拜序",卷首有图像九叶。每卷之前有该卷目录。正文第一叶卷端题"苏州繁华梦卷一",署"著者天梦"。原本藏复旦大学图书馆。

天梦、冷心肠人,真实身份、生平事迹待考。

和尚现形记

《和尚现形记》序

古盐补留生

或问于冷眼子曰:"人之惑于佛也久矣,始而信佛,既而奉佛,又既而佞佛。因欲达其佞佛之目的,以求所谓福田利益,不得不与佛之相亲相近者往来,由是僧界之利用大矣。今子不咎佞佛者之种种怪现象,而力揭僧界之龌龊史,毋乃不免弃本逐末之诮乎?"冷眼子笑应之曰:"子所言佞佛交僧之原由,固为确且当,吾无间然矣。汝知僧界种种作恶之帐幕不揭,斯世人种种佞佛之雄心不死,甘以金财钱产,供此淫僧之挥霍,汝力诋佞佛者,而佞佛者愈佞佛,使奸淫众僧愈得从中以售其欺,此非讽劝世人,实以激裂世人,坚世人佞佛奉僧之心者,必子之言失。余为汝言,汝其静听:夫人所信奉之物,必以其物可信奉而信奉之。今吾将彼所珍信奉之物一一揭其隐,脱彼假面具,露彼真面目,使信奉彼者,一旦见其所信所奉者之如此如此,安得不悔向者之所为，虽欲劝之佞佛奉僧而亦不可得矣。此乃探本之端逐末云乎哉？"宣统二年岁次辛亥孟秋，古盐补留生志。

说明：上序录自宣统三年醒狮小说林本《警世小说和尚现形记》，此本内封由右向左，分题"警世小说""和尚现形记""醒狮小说林发行"。原本藏芜湖图书馆。首《序》，尾署"宣统二年岁次辛亥孟秋，古盐补留生志"。《海外奇缘》亦署"古盐补留生编辑"。有图十幅。正文第一叶卷端题"最新社会小说和尚现形记"，半叶十二行，行二十六字。

冷眼、古盐补留生，真实身份、生平事迹待考。《学堂笑话》有"冷眼读""冷眼评"。古盐补留生，著有《暗杀奇案报仇冤》。

近十年之怪现状

《近十年之怪现状》自序

吴趼人

吾人幼而读书,长而入世,而所读之书,终不能达于用,不得已,乃思立言以自表,抑亦大可哀已。况乎所谓言者,于理学则无关于性命,于实学则无补于经济,技仅雕虫,谈恣扪虱,俯仰人前,不自颜汗?呜呼!是岂吾读书识字之初心也哉?虽然,落拓极而牢骚起,抑郁发而叱咤生。穷愁著书,宁自我始?夫呵风云,撼山岳,夺魂魄,泣鬼神,此雄夫之文也,吾病不能。至若志虫鱼,评月露,写幽恨,寄缠绵,此儿女之文也,吾又不屑。然而愤世嫉俗之念,积而愈深,即砭愚订顽之心,久而弥切,始学为嬉笑怒骂之文,窃自侪于谲谏之列。犹幸文章知己,海内有人,一纸既出,则传钞传诵者,虽经年累月,犹不以陈腐割爱,于是乎始信文字之有神也。爱我者谓零金碎玉,散置可惜,断简残编,掇拾匪易。盍为连缀之文,使见者知所宝贵,得者便于收藏，亦可藉是而多作一日之遗留乎？于是始学为章回小说。计自癸卯始业，以迄于今，垂七年矣。已脱稿者，如借译稿以衍义之《电术奇谈》（见横滨《新小说》，已有单行本），如《恨海》（单行本），如《劫馀灰》（见《月月小说》），皆写情小说也。如《九命奇冤》（见横滨《新小说》，已有单行本），如《发财秘诀》，如《上海游骖录》（均见《月月小说》），如《胡宝玉》（单行本），皆社会小说也。兼理想、科学、社会、政治而有之者，则为《新石头记》（前见《南方报》，近刻单行本），其未脱稿者不与焉，短篇零拾亦不与焉。嗟夫！以二千五百馀日之精神岁月，置于此詹詹小言之中，自视亦大愚矣。窃幸出版以来，咸为阅者所首肯，颇不寂寞。然如是种种，皆一时兴到之作，初无容心于其间。惟《二十年目睹之怪现状》一书，部分百回，都凡五十万言，借一人为总机捩，写社会种种怪状，皆二十年前所亲见亲闻者。惨淡经营，历七年而犹未尽杀青，盖虽陆续付印，已达八十回，馀二十回稿虽脱而尚待讨论也。春日初长，雨窗偶暇，检阅稿末，不结之结。二十年之事迹已终，念后乎此二十年之怪状，其甚于前二十年者，何可胜记？既有前作，胡勿赓续？此念才起，即觉魑魅魍魉，布满目前；牛鬼蛇神，纷扰脑际。入诸记载，当成大观。于是略采近十年见闻之怪剧，支配先后，分别弃取，变易笔法（前书系自记体，此易为传体），厘定显晦，日课若干字，以与喜读吾书者，再结一翰墨因缘。

说明：上序出清宣统二年时务书馆刊本《近十年之怪现状》。转录自广雅出版有限公司《晚清小说大系》本。《近十年之怪现状》原名《最近社会龌龊史》，一题《近十年目睹之怪现状》。

吴趼人，见《四大金刚》条。

续镜花缘

（续镜花缘序）

顾学鹏

古人束发受书，博通今古，至壮岁则恒思出其所学，为天下用。上之固足以赞襄盛治，黼黻庙廊；次之亦足以提振世风，和声鸣盛。乃有才未展，高卧名山，藉笔墨以自娱，抱等身之著作。人咸惜其遇之啬，而不知其宏才硕学，度越恒流者，固有什百千万也。华琴珊先生，海上名士也，槐黄十度，有志未偿，闭户著书，不闻世事。谈经馀暇，则肆笔为文；饮酒微醺，则吟诗寄志。而凡《齐谐》《志怪》《山海》《石经》，下至稗官野史，旁及巾帼英雄，亦无不命彼管城，供我挥写。盖文人之笔，固无所不可，而愤世之志，亦藉以发舒也。辛亥春日，以所著《镜花缘续集》见示。展读之下，异境忽开，宛如天女散花，缤纷五色。凡前集所不及者，为之增益之；前集所过甚者，为之斡全之。写前人难写之景，竟前人未竟之功。如骖之靳，相得益彰。古人有知，引为知己。自有此续集，而《镜花缘》一书，得以结束完全而毫发无遗憾矣。月朗风清，萧斋寂寞，试取是书而展阅之，其亦心旷神怡而倏然物外乎！宣统三年岁次辛亥孟春上旬之吉，翔生顾学鹏谨序。

续镜花缘全编序

胡宗堉

醉花生华君者，春申浦上知名士也。秉性豪迈，放怀诗酒，落拓不羁，诗赋、策论、杂著各擅胜场，尤工制艺，棘闱屡荐，终不获售。及科举既废，遂绝意功名。人皆别寻门径，而华君独淡如也。生平好学不倦，博览群书，经、史、子、集而外，虽稗官野史、小说家言，亦靡不寓目焉。华君曾与予言曰："施耐庵之《水浒传》可不续，而村学究偏欲续之；王实甫之《西厢记》可不续，而续之者有人；曹雪芹之《红楼梦》可不续，而《红楼梦》之续多至十有馀种；李松石之《镜花缘》明是半部，有不容不续之势，而续《镜花缘》者竟未之见。"予因谓华君曰："吾子宏才海富，何勿出其绪馀，而续后半部《镜花缘》，使后之读是书者畅然满志，幸全豹之得窥，亦一快事也。"华君曰:"诺。"乃就李君未宣之馀蕴,从前书卷尾再开女试一言入手,而以才女卢紫萱辅佐女儿国王为贤君数语作主脑,终使群芳同归真境,风姨、月姊解释前嫌,衔接一片,终始相生,续成四十回。描摹尽致,雅俗共赏,读之真觉天开妙想,泉涌奇思。阅两月而告成功。予服其才且惊其速,尽美矣,又尽善也。方诸古之倚马万言可立而待者,亦蔑以加兹,谁谓古今人不相及哉?予因志其缘起如是。宣统二年岁次庚戌仲冬之月,弇山醉墨胡宗堉拜手。

《续镜花缘》自序

琴珊氏

曩阅《镜花缘》一书,于稗官野史之中别开生面,嬉笑怒骂,触处皆成文章。虽曰无稽之谈,亦寓劝惩之意,不可谓非锦心绣口之文也。惜全豹未窥,美犹有憾。周咨博访,垂数十年,卒不可得。用是不揣固陋,妄自续貂,就李君书中未竟之绪,参以己意,纵笔所之,工拙奚暇计哉?名之曰《续镜花缘》,欲其有始有卒也。宗旨仍旧,首尾相联,使众仙同归仙境，不至久溷尘凡，区区微意之所在也。仆生不逢时，有志未逮，雨窗闷坐，长日无聊，酒后茶馀，藉管城子以破岑寂云尔。宣统二年岁在上章阉茂辜月长至日，古沪醉花生琴珊氏弁言于竹风梧月轩。

说明：上三序录自北京图书馆藏稿本《续镜花缘》。上海古籍出版社《古本小说集成》据以影印行世。首《续镜花缘序》《续镜花缘全编序》《自序》，分署"宣统三年岁次辛亥孟春上旬之吉，翔生顾学鹏谨序""宣统二年岁次庚戌仲冬之月，弇山醉墨胡宗埍拜手""宣统二年岁在上章阉茂辜月长至日，古沪醉花生琴珊氏弁言于竹风梧月轩"。次续"镜花缘全编目录"，凡四十回。正文第一叶卷端题"续镜花缘全编卷之一"，下有"周二""越然"钤各一方。半叶十二行，行三十二字。

醉花生琴珊氏、顾学鹏、胡宗埍，生平事迹待考。醉花生琴珊氏又有《闻见述奇》传世。

花有泪

《花有泪》叙文

郑梦湘

小说之作亦夥矣。小说有开通风气之说,而人遂无复敢有非小说者。虽然,我今欲问小说果何为而能开通风气乎?解之者曰:小说入人也易,故人咸乐观之。乐观之,故易传之。文曰:投其所好者,则人之听之也顺而易;拂其所不好者,则人之听之也逆而难。小说者,人人所共好者也,故易投之。然则,我为之申其意曰:小说之能开风气者,有决不可少之原质二。其一曰有味,其二曰有益。有味而无益,则小说自小说耳,与开通风气之说无与也;有益而无味,则开通风气之心固可及矣,而与小说之本义尚未全也。必有味与有益者兼,作为小说,而后始得谓之开通风气之小说,而后始得谓之与社会有关系之小说。知此义也,方可与读《花有泪》。而知其为说也虽小,而其益固甚远,其味固甚大也。

花而曷为有泪?以其境遇言之也。人生与忧

患俱来,有泪者,岂独花也与哉?然正唯花有泪,然后愈形其香,发而为文,愈见其奇,而编为小说,则更有味而有益也。虽然,我尚欲问:小说果何如而后始得谓之有味有益乎?有味说之,解者固易:其立格也奇,其运思也巧,其遣词也绮丽明达是也。有益之说,论者各异矣。巧辩之士,固无一不可牵合之为有益也:记放纵之事,则曰扬国民慷慨之气也;记萎靡之事,则曰去国民粗暴之气也;记残酷之事,则曰恐我国民之性之不深刻也;记淫荡之事,则曰哀我国民之性之不活泼也。而实施之于实事者,亦诚有如此者。大凡天下事,正面视之,而以为善者;背面观之,而即以为恶矣。矫枉者不能不过正,过正者不能不有流弊。知其流弊,而用矫正之术,是在提倡小说者之善察社会情形而已。而《花有泪小说》能守此义以为文,故其言哀而不伤,怨而不怒,乐而不淫,而其事皆寻常生活上积经验而来,所叙无非现社会之情状,故能与社会有关系也。

虽然,我尚欲问编纂《花有泪小说》者,何以能于社会情形体察之而得其真乎?我闻小说之所以有益于社会者,为其能损社会之过不及,而剂之于平也。欲损益其过不及,当先知其过不及,故著小说者必能体察社会,必能体察社会人情之过不及。盖必知其过,而后能知损;知其不及,而后能益。若不知其过不及,而漫然损益之,损其所不及,而益其所过,则是以水济水,以火济火,未见其益,而先蒙其损也,尤有进者。编纂小说者之当察社会之过不及,固矣。然而,所谓过,所谓不及者,其端亦甚微也。一国之中,智愚不齐,风土亦不一,甲以此为过焉者,乙或以彼为过;丙以此为不及焉者,丁或以彼为不及。民气当强也,又当有以静之;民性当活泼也,又当有以节之。此非彼是,其说各执,而其理又难一矣。而《花有泪》以言情之书,而能连入新思想,浚发国民之智慧,慨谈时事之危亡,以及对于外界之竞争,对于内界之讽刺,悬三者以为标准,而归本于赏善罚恶之主旨,洵乎其关系社会为不鲜也。以此三者为小说,《花有泪》所以为开通风气之小说,而读《花有泪》者,亦知小说之功用,果足以开通风气也。今者小说之出版,多于其他新书矣。爱阅小说者,亦甚于爱阅其他新书矣。小说影响之及于他日之社会,可断言也。吾序《花有泪小说》而深有望于今之投笔于小说界者，亦当知小说与社会有密切关系，而必求有以开通风气为先，为名为利，固可置之度外也。若夫表扬而赞颂之，则批评者已尽其能事，余欲无言。是为序。时宣统二年七月下浣，小妹郑梦湘序于蓉溪之漱梅轩。

题花有泪小说（七绝）

其一

说将絮果与兰因，同是韶华会上人。应有禅机参妙谛，聪明儿女一家亲。

其二

绮语联吟亦快哉，刺语时事入诗来。有才如此天地妒，一谪红尘劫已灰。

其三

大地生才必有因，何将多难困佳人？感怀太息如花命，历劫仍然志未申。

其四

拈书闲坐小妆楼，鬓有黄花镜亦秋。往事不堪回首读，况兼杜牧最工愁。

读花有泪传有感(并序)

邓景枚

阅报,得读梦蟾女史所著《花有泪小说》。缠绵幽怨,如春雨啼鹃,秋宵唳鹤。此千古才媛,非咏絮织回者,不能有此也。呜呼!落叶添薪,微之写恨;凄风冷雨,牵倩伤神。从古红颜,类嗟薄命。多才多艺,而天不永年。遂使昙花一现,遽赴瑶池之召。固安得月老垂怜,而使琼树长荣,瑶华不谢也哉?世之才女佳人,而竟有此悲遇,毋亦造化小儿之苦人乎?爰成绝句四章,感不绝于余心,溯流风而独写,亦聊寄钦慕怜惜之忱云尔。若夫留荫先生,具擘月撑霆之手,深遗簪故剑之思,悼亡之作,当示我金玉之音,其毋吝。

其一

跋涉重洋兴未阑,一胸热血慕罗兰。剧怜艳骨青山葬,欲赋招魂泪已干。

其二

绝似清娱倚子长,异乡风景入奚囊。寻幽览胜蜻蜓国,岂逊龙门泛沅江。

其三

红袖青衫缔凤缘,兰闺伴读到华颠。碧翁不解怜人意,碧月难期夜夜圆。

其四

文字招尤叹老坡,欲将言论步卢梭。宪英卓识成虚负,其奈顽狮未醒何？胥江邓景枚寄稿。

题花有泪集(七绝三首并序)

梦湘女史

亡姊梦蟾,自号浣冰女士,精诗画,嗜书报,尤邃于韵学。唾绒有暇,便执管推敲。其所为文,沉郁哀艳,得浣花绪馀。倚声,慷慨激昂,有铜琶遗韵;六法,无脂粉气。写折枝花甚佳。使天假以年,其造诣正未可量。乃因望夫成石,遽然玉碎珠沉,天之厄人,何其太甚！姊性纯静,从不苟于言笑。体弱多病,恒郁郁若有所思,故其为文,类多哀怨之词,句语太苦,读之使人心伤。盖阅其文,早知其人之不寿矣。余归后,检其遗箧,见有《花有泪小说》及《浣冰诗集》各一卷,虽散佚不复成帙,而其中写情叙事,无不备极新奇。况其文章且皆含爱国主义,思想魄力,皆出乎天天,入乎人人,有非钝根众生所能梦见者。爰呈留荫先生鉴定后,付诸剞劂,以发潜光。今先录题词三章,以作营䟽推轮云尔。

其一

郎操笔政妾操笺,价值争看片纸传。妾亦愿为舆论母,忧时有恨赋诗编。

其二

自由合唱同心曲,平等新开称意花。读到十香词一阕,独标真谛洗铅华。

其三

天地生才亦有因,何将多难累钗裙。紫姑卜到兴亡恨,信是支那侠女人。

题花有泪集(七律并序)

留荫主人

《花有泪小说》所叙情事,为著者所身亲,其言颇觉亲切有味。著者生平笃嗜吟咏,所著《浣冰室诗话》数卷,其中摘述此事,言之綦详。余每欲汇录成书,寿诸梨枣,卒为著者所沮而止。今著者已奄然弃世矣,所有著述,大半覆瓿。检点遗箧,斯篇亦将果蠹鱼之腹,弥可惜也。潺暑无事,亟从事编纂,以竟厥志,而饷我同魂。著者天才渊懿,著作等身,所为诗文，皆脍炙人口。前年伊妹梦湘女史，曾为之撰立小传，刊登《国民报》中，年未三十，赍恨以死。斯人之天，真不幸也。忆昔著者尝赠书中人——薏根以七绝，中有句云："暴雨骤来花有泪，游蜂偷怨不离房。"余酷爱之。故剌取三字，并为之题词于后，读此亦略知其哀艳之梗概矣。

其一

锦裘春梦有馀痕，睡醒香闺日已昏。不缓须臾真薄命，也曾真个早销魂。

甘为情死应无憾，惹得愁来便着根。却是现身来说法，到头恩怨费详论。

其二

劳人岁月十年过，往事追思可奈何？恩爱于今成幻影，光阴大半已消磨。

懒看苏薏回文锦，怕读潘生破镜歌。我亦平生有心事，恨无暇晷自吟哦。留荫主人冕公属草。

说明：上叙文等均录自民国元年十一月《广东公论报》本《哀艳小说花有泪》。原本藏芜湖图书馆。只一二集，版权页谓"二三集容日续出"，未见。此本凡上下二册，上册封面题"哀艳小说花有泪"

"上册""定价五角"。首《叙文》,尾署"宣统二年七月下浣,小妹郑梦湘序于蓉溪之潄梅轩","叙文"二字下署"留荫主人批评 浣冰女士郑梦蟾遗著 潄梅女史郑梦湘编纂",当系全书的题署。次《题花有泪小说七绝》(凡四首,北京《公论实报》)、《读花有泪传有感并序》《题花有泪集七绝三首并序》《题花有泪集七律并序》。上册正文第一叶卷端题"第一章花月圆",下册正文卷端第一叶题"第二章月移花影"。

留荫主人、浣冰女士郑梦蟾、潄梅女史郑梦湘,生平事迹待考。

吴三桂演义

吴三桂演义自序

余近十年来喜从事于说部,尤喜从事于历史说部。以有现成之事实,即易为奇妙之文章,而书其事,纪其人,勿论遗臭流芳,皆足以动后人之观感也。余因是以成《吴三桂演义》一书。盖谓自汉以来,易姓代祚,累朝鼎革之命运亟矣,成王败寇之说,向不足以挠余之脑筋。则以王者自王,寇者自寇,无关于成败故也。吴三桂以一代枭雄,世受明恩,拥重兵,绾重镇,晚明末造,倚为长城。顾唯敝屣君父,袖手视国家之丧亡,是故明之亡也,人为李自成罪,余并为吴三桂诛。余观秦汉之交,刘邦曰:"丈夫当如是。"项羽曰:"彼可取而代也。"专制之尊,九五之荣,人所共趋,乌足为自成罪。而罪夫受明恩,食明禄,而坐视明危耳,视君父曾不若一爱姬,北面敌国,以取藩封,三藩中吴氏其首也。然使吴氏长此而终,则遗臭万年,抑犹可说。乃之惧藩府不终,兵权之不保,始言反正,以图一逞。卒也哭陵易服,无解于缅甸之师,亦谁复有为吴氏谅者?故夫吴氏,非无雄材也;其佐命,非无伟器也。耿尚之降附,郑经之交通,六省之沦陷,其势力非不巨大也,顾天或蹙之,若有命焉。胜负之机,巧而且幻,则以吴氏非误之于终,而误之于始也。假恢复明祚之说以愚黔首,为德不终,大势遂去,此其兴亡之原因乎?意者吴氏或预知其故,乃以日暮途远,窃号自娱,因而沉迷放弃,未可知矣。不然则几见有开创之君,创业仅半而即沉迷放弃者乎?使其亲见成都之陷,湘黔之失,滇京之亡,吾知其将引项羽之言以自饰曰:"此天亡我,非战之罪也。"特乌足以欺天下后世耶!君子是以知吴氏召亡之道,固在彼不在此也。编者谨识。

(吴三桂演义)凡例

一、是书所取材以《圣武记》及《明季稗史》为底本,而以诸家杂说辅佐之。既取材于实事,则资料自富,故俯拾即是,皆成文章。

一、读是书者，须有大关键，即吴氏之兴亡是也。其兴也以易服哭陵感动人心，其亡也由忘背明裔称帝自尊，读者当于此注意。

一、三桂以孤军反动，六省即陷。郑经与耿、尚二藩，皆联族来归。势力既盛，而谋臣勇将又如雨如云，乃后则西不能过平凉，东不能渡长江，以其始则言扶明，而继乃背明故也。入衡自帝后，不特郑经与耿、尚为之灰心，即夏国相、马宝等此时亦如有口难言矣。读者不可不知也。

一、昔人咏杨妃诗云："马嵬死后诸军退，妾为君王拒贼多。"又云："《唐书》新旧分明在，那有金钱洗禄儿。"皆为杨妃洗脱也。是书陈圆圆一人，如魏源所记固多贬语，论者亦有比之如褒姒、张丽华一流者。然后儒多辟其非，故是书所纪圆圆悉有所本，非故为圆圆洗脱也。

一、历来亡国其后宫每多嬖人，然圆圆、莲儿皆能谏其君以义。又历来亡国必由奸庸当道，先失人心，而吴氏则谋臣勇将皆始终鞠躬尽瘁，其民心亦临危不变，而终以亡国者，正以见吴氏父子之自亡其国也，读者又不可不知。

一、《明季稗史》以胡国柱中道变心降敌。惟诸家俱无此说,魏源更记康熙十九年败胡国柱于建昌,可知胡国柱降敌之说《稗史》当有舛误。是书取材从实,非故为国柱留身份也。

一、吕留良谓胡国柱有王佐才而不得其时,曾献封建之策于三桂,且称三桂为知人,而以不行其计为可惜。然诸家俱无此说。观其逼死高大节于江西,失一栋梁,又老居长沙以诗酒废事,是国柱未得以王佐才称也。故是书悉从割爱。

一、三桂初无起事之心,其忍心摧残明裔者,皆欲结朝廷以自固耳。及自固不得,始蓄谋起事。故诸说皆以三藩一役,皆撤藩一议逼之使成。此书即本斯意,亦足见吴氏非真知种族主义者也。

一、三桂本英武神勇,远近所惊,乃入川而后逡巡不进。及一出,则因病而退,再出,则因殁而归。即王屏藩已大破图海,然终不能握三辅之险以通三晋。读者于此,当知为吴氏必亡之朕兆矣。

一、是书叙数十年事实,皆在干戈扰攘之中,故于轶事闲情,点缀颇少。然独载重修归化寺,则以见吴氏之侈奢粉饰;而所纪莲儿之绝粒,圆圆之为尼，亦见吴氏宫府内外无一亡国之人，而吴氏之自亡之也。是书始终皆本此主旨。

一、夏国相屡议弃长沙北上，果如是则结局正未可知。观后来洪秀全，既据金陵，不思北进，情势相同。读者于此当悟开创时代进取与保守其得失何如矣。

一、三桂长子本招为额驸，然诸说不详其长子为何名，故是书亦从缺略。

一、吴氏兴于滇，亡于滇，不能逃越半步。盖藏地已不通，而缅甸又吴氏先自绝其路者也。故吴氏昔日观兵缅甸，实为灭族原因，隐为永历帝作一反面报应。

一、是书以明裔存亡为要素。吴氏以背明而亡国，其后自帝亦以背明而自亡，读者又不可不知。

一、后人每以毛文龙为有应杀之罪，不知文龙之生死即关系明祚之存亡。故是书不落窠臼，独为文龙表彰。

一、吴氏起事而后，西只有陕西之战，东只有湘赣之兵，然吴氏且胜多于败。若三桂能以川力突出，谁能阻之？惜吴氏不尔也。故曰吴氏之亡，自亡之也。

一、诸说皆称夏国相、马宝有大才。顾其着着受困,盖长江上流已为敌兵遮蔽,而吴氏又不准弃长江,虽有英雄亦难用武,于夏、马二子何尤?

一、三桂入川后即苟安不前,而世蕃又疑及马宝,以促其败,处处皆是吴氏自亡伏线也。

(吴三桂演义)题诗

不拘名字否流芳,月到圆圆最断肠。一笑早知倾国易,奈他儿女总情长。

君父仇宁共戴天,不堪回首望云燕。任他宗社成灰烬,只要红颜幸瓦全。

武勇如君本可儿,奔驰万里借雄师。独怜一掬秦廷泪,不哭山河哭爱姬。

出师为我护阿娇,况复论勋冠百僚。忍拜新荣忘故主,为他恩重过先朝。

銮舆播越已年年,犹欲除根逐缅边。惨绝梅山流血后,尚留血泪洒南滇。

平西开府拥千乘,不管皇图废与兴。胜国官仪安在也,愧他易服哭先陵。

鸟尽弓藏最可悲,况非同类只羁縻。撤藩岂为留馀地,末路蹉跎合怨谁。

无毒无奸不丈夫,誓争南面抗称孤。周家宫阙吴家府,五六年来已烬芜。

麾旌昨夜发滇中,何日归来唱大风。称帝自娱空复尔,神龟先以沮枭雄。

先迷后易事应难,天道如何未好还。秉笔且编兴废事,问谁贻祸好江山。

说明:上序及题词,均录自辛亥年孟冬月上海书局石印本《吴三桂演义》,原本藏哈佛燕京图书馆。此本首《吴三桂演义自序》,尾署"编者谨识"。次《凡例》,复次《题诗》,正文第一叶卷端题"历史小说吴三桂演义卷一"。不署撰人。有插图三叶六幅。苏州市图书馆另有上洋海左书局印行本《明清两国志》,实即《吴三桂演义》之异名。

曼殊花

（曼殊花跋）

弱

兄弟做的《曼殊花》小说，足足有六七十回，但从四月间登刊到今，仅不过二十九回，诸君怕不要说太迟么？且登在报上，零星杂乱，看了后回，忘了前回。诸君又不要说无甚趣味么？怎知这种小说是最有趣味的小说。只因兄弟当着学堂里的事情，却少空闲，因此不能多做。就是做，也不过抽着一刻的空儿，随着意，写些出来，并不曾十分斟酌的。这就是兄弟所对不住诸君的，然也没有办法的事。不得已，现在想把这二十九回作个上编，趁着年假的功夫，细细儿的删润，务要做成最有趣味的才好。又要请人加著评语，题著诗词，去刷印他出来。到那时，再登了告白，再请诸君评论一番，这部《曼殊花》小说是有趣的还是无趣味的呢？

说明：跋录自一稿本《曼殊花》。此本首残，未知有无总目、自序。正文第一叶卷端题"曼殊花"，署"弱著"。书末有跋。《中国通俗小说总目提要》未著录,原本藏南京图书馆。成书年代颇难考定,姑置于此。

欢喜缘

（欢喜缘题记）

寄侬读书之暇，好为无稽之谈，而花月姻缘，风流韵事，尤多属意。无如有情者难成眷属，佳丽者难聚一堂，奇想所幻，遂成是篇。纵笔直书，只图酣畅，间涉淫亵，所不计焉。世之旷达君子，自能谅之；冬烘腐败，庸免唾弃乎哉？

说明：上题记出自一清稿本《第一奇书欢喜缘》，转录自李梦生《〈中国通俗小说总目提要〉补遗》(《明清小说研究》)。原本为吴小玲先生所藏。书无序跋，目录叶题"第一奇书欢喜缘"。目录后为题记。正文半叶二十三行，行三十字不等。书大约成于清末民初。

寄侬，真实身份、生平事迹待考。

带印奇冤郭公传

〈带印奇冤郭公传〉叙文

也是道人

也是道人曰：呜呼！吾华当预备立宪时代，而竟有郭公之冤之奇，宜乎？老大帝国之奇称，所以传为五大洲之奇谈也。间尝闻社会普遍之谚云："官断十条路，九条猜不着。"又云："口大口小，上下其手。"又云："屈人不屈命。"至"天下衙门朝南开，有理无钱休进来"，与夫"灭门知县，赤族太守"之口头禅，虽在妇孺，无不熟于耳而惕于心。遵是说也，则凡受冤于讼狱者，固亦寻常情况耳，而何有乎冤之奇？然使被冤者自以为冤，而冤之者不以为冤，冤固不奇；即令冤之者亦以为冤，而理冤者不以为冤，冤虽冤，而亦不足以为奇冤。今而知公真奇人也，其讯案奇，其获犯奇，其拿强盗更奇，而其受冤之奇，乃至不可以思议其奇，转藉以创出千古之奇。当其初被汪八万冤之也，知督抚不足予辩冤，而独诉冤于都察院，不可谓不奇也。知都察院之贪昏腐败，惯会埋冤也，而特带印以劫之，使得窥包庇之陆总宪不敢不专摺奏其冤，可得谓不奇乎？又知带印之必干吏议也，爰卸责任于长公子，以明不共戴天之仇，冤虽不雪于大庭，冤终可白于天下，而谓非奇人能之乎？且天公有眼，报应不爽，无几何时，果假手于革命党以刺杀贪残昏暴之皖抚，宛似复公之仇，以明公之冤，非奇人无此奇遇也。彼同恶相济之冯大蔡、龚肉头、王八蛋刘启文等，无不被公正骂反骂，转弯儿骂，而终抓不住公一点错儿，徒各丧心昧良，明知公冤，反予公以冤上加冤，非奇人无此奇祸也。若夫贪横诡诈之朱慢鳖，亦曾借"安义命"以敷衍公冤。公曰：此三字狱也。骂得鳖头上红顶子其色转下晕于鳖颊矣。非奇人而敢吐此奇气乎？当涂绅商程君竹咸、张君福山等，两次备款赎公之冤；旧年京官许君植材等，又联名呈公冤于察院矣；而小丹阳一带士民，且因公之冤不伸，特捐建生祠以报公之德，不奇而能有此奇感乎？虽安徽巡抚徇私违旨，历一任而不予亲提，秉公研究其冤；历数任而仍不予亲提，秉公研究其冤，冤固石沉大海矣。然而孔子有云："志士仁人无求生以害仁，有杀身以成仁。"孟子有云："生，我所欲也；义，亦我所欲也。二者不可得兼，舍生而取义者也。"公夙昔抱此宗旨，至是已达其目的，冤虽不明，而奇固传矣。

道人不文，性又不喜捕风捉影之小说，况际兹八股初废，新编花样，充栋汗牛，而亦欲于丛林之中，依样葫芦，藉以纪公之冤，而表公之奇，则是欲点金成铁，多见其不自量也。惟道人交公最早，知公最深，敢不辞谫陋，谨依案卷次序，实录一编，俾后之轺轩使者，择其有益社会诸条程，采入正史，以广流传，庶公之冤仅冤于一时，公之奇直奇于万世尔。有博雅君子阅是编，于文义之疵，言词之俗，笔削而润色之，此道人日夜馨香以祷者也。如仍以海市蜃楼之鼓儿词目之，则道人敢告不敏矣。是为叙。

《带印奇冤郭公传》凡例

一、是编为安徽官场现形记代表，所叙事实，皆有卷宗可稽，与各种平空结撰，或移步换形诸小说不同，阅者鉴之。

一、是编每一回中,定以"话说""却说"四字分上下两截,各清其界。

一、是编皆系实录,有一事而叙数回者,有数事而并一回者。其或长或短,悉依案之繁简为断,无成心也。

一、是编皆系叙郭公行状,而画像必仿古衣冠,规模悉照小说家者,以其易醒社会也。识者谅之。

一、是编或褒或贬,无不指出实据,非苟为揄扬诬蔑也。故于各人姓名字号,亦俱据实书之,殆本《春秋》之义,知我罪我,听之而已。

一、是编间杂议论,其中硕画鸿谟,虽未见诸施行,而快意行文,实皆仿自左史,识者当自辨之。

一、是编每回殿以二诗、一联,其喜笑怒骂,无非为感发善心,惩创逸志起见,固不失风人忠厚之旨也。

一、是编间有另文多于本文者,以限于题目之故,非炫宾夺主,节外生枝也。实事求是,阅者谅之。

一、是编辑于安庆府,故其谚语俚句,皆用省城土音。

一、是编于因果报应,每三致意也,然皆信而有征,与想当然耳者不同。当有益于世道人心不浅,识者鉴之。

(带印奇冤郭公传)后序

亦禅子

亦禅子曰:读《郭公奇冤传》而不为公惜者,必非仁人;然读《郭公奇冤传》而不为公幸者,亦必非解人。孔子曰:君子疾没世而名不称也。又曰:伯夷、叔齐饿于首阳之下,民到于今称之。太史公曰:三代以下之士,唯恐不好名。古训昭然,名顾不重乎哉?昔秦桧害岳忠武,严嵩陷杨椒山,迹其阴险残毒,固一世之雄也。曾几何时,而祠庙巍巍,馨香俎豆,血食千秋者,乃风波亭之死囚,柴市口之犯官也。彼赫赫宰相之嵩、桧,虽在妇孺,无不极口唾骂。逞快一时,遗臭万年,孰得孰失,不待智者而辨矣。假令公不逢群小之暗算也,区区县令,为国为民,亦属分所当然,有何表见于世?纵极而至于升官发财,吾恐一转瞬而已,顿归无何有之乡矣。试观碌碌庸庸之辈,其醉生梦死,与草木同腐者,岂不恒河沙数哉！公之冤奇而幸耶！杜召贤声久著于皖省五十四州县，而上谕所播影响且遍于五大洲。倘非有冤之奇，转恐不足以显人之奇耳。惟是不能内赞枢机，外宣教化，藉以上致君而下泽民，维新立宪之伟人，虽不必为公惜，究不能不为天下苍生太息，痛恨于内外问刑衙门之大臣也。今将公无聊斋诗文并禀供各件，节述一二，以赘简末，谅持月旦之评者，一经翻阅，当不以鄙言为河汉焉欤！

《带印奇冤郭公传》诗文小序

王国宾

吾读《带印奇冤传》，而知世之称为奇书者，类皆海市蜃楼之奇耳。否则，新词艳曲之奇耳。甚或编为传奇，运鬼神不测之奇笔，写儿女无限之奇情，迹其摩影摹神，非不见钩奇之巧也。究之放辟邪侈之奇谈，一经寓目，辄触淫心。遂令标梅怨女，或动奇怀而丧彼红颜；窃玉才郎，或彰奇丑而遭人白眼。逗一时之奇锋，造万劫之奇祸，此有心世道之君子，所以防微杜渐，每太息痛恨于知奇而奇之小说林，求所谓文以载道，奇而不诡于奇者。左史而后，其奇殆不率率靚也。今而知寻梅主人奇人也。其治事有奇功，其立言有奇理。其临大节而不可夺，则更百折不回，可泣可歌，弥以见守身、守道之奇概：所谓奇而正也。惟其正也，所以愈形其奇也。独是笔继《春秋》，字严褒贬，仰瞻之下，记诵为艰。爰遵守博反约之明训，割爱抄摘诗文若干篇，悬之座右，如展《忠愤集》，如读《治安策》，朝于斯，夕于斯，玩索而有得焉。庶小而开通心智，大而保卫国家，无不于兹编乎是赖。适坊友见而奇之，恿怂付梓，以公同好而正趋向。予忻然应曰："此仆之素志也。"夫《奇冤传》诗文，喜笑怒骂，无非警世之奇钟；硕画嘉谟，皆系经邦之奇铎。后有真维新子，读是编而身体力行，择其善者而从之，其不善者而改之，于以正风俗，正人心，正一身以正百执事，则率天下于正路，而寻梅主人之《奇冤传》，直不让文信国公之《正气歌》，专奇美于千古焉尔。用赘数言，以志颠末。龙飞宣统辛亥中秋下浣，汴洛王国宾幼峰甫拜序。

《带印奇冤郭公传》原序

寻梅山房主人

呜呼！吾华处今日之危局，固仍是昏庸黑暗，不能溯文明潮流，以与列强争一线之光，何其顽锢之甚耶！夫自朝廷颁布立宪以来，种种改良，似亦补苴末计，不遗馀力矣。乃观于凡百敷施，姑勿论大而选贤任职，无一非政界之蠹虫；即细而巡警侦探，何不是民间之鬼祟？然此犹失败之显著者也。所最惨者，狱讼为生命攸关，彼司法独立之审判厅、模范监狱，其贪婪残酷，窃恐唯身受者饱尝外，吾四万万同胞，容或目有未睹，耳有未闻，则欲纳身轨物，不受法外之欺，而享自由之福，诚无几希之望矣。鄙人不才，困辱囹圄，屈指五届寒暑矣。自省不暇，顾弄斯不通之笔墨，冀以讽有位而恤穷民，是亦顽锢之尤者也。然而天下之大，匹夫有责，一息尚存，此心不死。若云"各人自扫门前雪，那管他人瓦上霜"，特无耻懦儒之鄙论耳。孔子曰："知我者其为《春秋》乎，罪我者其为《春秋》乎？"孟子曰："予岂好辩哉，予不得已也。"读圣贤书，所学何事？用将亲尝况味，目睹情形，仿《都门纪略》例，编成牢语百章，灾之枣梨。非敢出而问世焉，亦聊以寄哀思，通下情，俾有志维新之真君子，一经寓目，藉以洞悉症瘕，徐图挽救，或于宪政前途，不无裨益。此则区区报效吾国民之顽锢微忱尔。时辛亥（宣统三年）巧日，晋榆寻梅山房主人叙于安徽省模范监狱之幽户下。

说明：上叙、凡例等均录自上海书局民国元年石印本《新辑绣像带印奇冤郭公传》。原本藏南京图书馆。此本内封正面题"新辑绣像带印奇冤郭公传"，背面题"翻印必究""民国元年上海书局石印"。首《叙文》，次《凡例》。目录叶题"新辑绣像带印奇冤郭公传目录"，署"也是道人手辑"。有图像十九叶。正文第一叶卷端题"新辑绣像带印奇冤郭公传卷一也是道人手著"。半叶十六行，行三十六字。版心单鱼尾上题"绘图带印奇冤"，下署卷次、回次、叶次。书末有亦禅子《后序》、"禀供各件"、诗十首以及《诗文小序》《原序》等。

也是道人，即郭继泰，字又宗，《榆次县志》作幼宗。号寻梅主人、也是道人，榆次人。清光绪二年举人，以知县签分安徽试用，历任灵璧、东流、当涂等县知县,为官清廉,享有"郭青天"之美誉。《带印奇冤郭公传》为其自传性小说。

亦禅子、汴洛王国宾幼峰等,待考。

神州光复志演义

《神州光复志演义》自叙

听涛馆主人

《光复志演义》何为而作哉？岂不曰国土政体，焕然已易其旧，其盛者，靡不乐为表扬，则兹书之作，将以润色鸿业，快读者之心目也。余则曰：不然。溯自武汉发难，各省云合响应，不半载，而全土底定，微特中国有史以来未之前闻，即征诸泰西，流血伟人，功业彰彰，未有若是其速且易也。虽然，功之成，不成于成之日。当举世皆暗，匹夫欲一呼以醒之，斯时也，声虽加疾，而应之者寂寥然，其不废舌以灰其心者几希。匹夫于此，视天下无有可以易其志者。久之，声以义动，闻风而起者渐集，幸伸其志矣。然犹奔走呼号，未能及锋而试，其间鞠躬尽瘁，经营累年者，若而人孤行己志，奋臂一击以为快者；若而人乘势揭竿，一败涂地，骈首于白刃之下者；若而人前仆后继，终不磨其百折之气，而资之成功。呜呼！难矣。则知斯举也，胚胎数十年，溅千百头颅之热血以有今日，孰谓天下大功可一旦致耶！夫匹夫历艰险，弃生死不顾，为亿兆人效命，仁亦至矣。而亿兆人者，忌其难而忽其易，狮睡如故，进眈眈者于卧榻之旁，噬身之祸，不特明季覆辙之可畏，将何慰忠魂于泉壤哉？编中于明季亡国之故，尤不吝笔舌，将以惕亿兆人前车之鉴，悉敢讳言之哉！今日者，国基初定，五族帖然。回首疆场，犹殷战血。亿兆人得是编而读之，必有知缔造之艰，起而辅导之者，此本书之旨也。全编凡百二十回，自揣谫陋，不敢附稗官小说之末，然取事确而正，切而直，以信于天下读者。属稿五阅月，迫于付印，知未能免讹，修而正之，俟诸异日重订也可。中华民国元年六月，听涛馆主人并书。

《神州光复志演义》序

朱瑞

史之成，不一其体；史之用，不一其途。上焉者，不外鉴记纪传志略之属，然浩如烟海，读者百无一二焉。自稗官小说之体作，虽下至村老，亦得与于述古之列，其风行之速，尤莫若演义者也。夫演义昉于元，自东周以至于今，正史而外，未尝不备其体，史册馀蕴，赖以恢张，流俗趋之，故不能读正史者有矣，未闻不能读演义者也。虽然，浏览史籍，盛衰兴亡之迹，千载一辙，而纪载其事者，不免陈陈相因，斯无足观也已。然则千载成事之奇，令人不可思议，孰有如今日光复之盛哉？天为中国开奇局，其人奇，其事尤奇，必有人焉以奇其纪载，然后无往而不奇也。功成未一岁，私家所述，已数觏矣。然皆囿于一隅，未闻谋及全帙。乃者吾友朱君子馀，出示听涛馆主人所草《光复志演义》，索序于余。余阅其大略，自明末迄全国光复，至详且备。余喟然而为之序曰：天下有奇事，而奇书出焉。夫泉之出谷也，导之始达；火之燎原也，鼓之始炽。然则光复达功之奇，就其既成，退言之可也。若夫十数年前，奔走海内外者，千百其徒，艰难困苦，自古来闻所未闻。盖奇事之成于奇人，非偶然矣。

十馀年前，余书生耳，志士事业，靡所闻见。岁癸卯，学于江南陆师学堂，始恍然于同盟会之组织非一日也。维时光复会亦同源合流，盛极一时。余得其门而入焉。业既毕，往来湘皖间，与诸志士相晋接,盖已进吾身于堂奥。及丁未,秋女侠以河口败逸,间道来海上。其时,同人谋两浙者有之,谋江皖者有之。徐烈士变起,同人壮志不能伸于长江,相率隐行伍间,求毕乃志。然布置未尝一日疏也。辛亥八月,武汉发难,具血性者,靡不慷慨激昂,望风而起。吾浙九月十四夜之役,余率所部,应屈君文六之约,兼赖将士用命,得标汉帜。诸将士复贾馀勇,驰驱于天保城、乌龙山。论者谓:南京之役,浙东之功尤伟。然皆诸将士戮力同心有以致之,余何与焉?今大功告成,简编之士,盛志其事者何可胜道?独斯书之作,始末兼赅,所以便流传而示惕励者,阙旨尤闳。夫演义者,正史之佐翼也。今以开正史之先导,使伟人创业之艰,晓然于庸众,则演义之足以扶植民国,岂小焉哉!是为序。中华民国元年九月,海盐朱瑞序于浙江都督府。

《神州光复志演义》序

蒋尊簋

呜呼!革命者,最悲惨事业也;革命者,最危险事业也。虽然,吾读郎麦卿一千八百四十八年革命史，有知革命事业之无论若何悲惨，若何危险，有万不能不经过此阶级者，种族为之也，政治为之也。

溯自我神州济济黄裔，湛湎斯土，勿克缵承先绪，以至群夷猾夏，摧残我，蹂躏我，一线之延，几至泯灭。朱明祀隳，降祸斯烈。读胜国逸史，实不能不令人歌呼而泣血也。然当时我先烈憝兹凶降，愤思振拔者数矣，毅然掷其脑血、颈血，不顾何种之悲惨危险，竟与凶顽交战，其所经过无量数劫之惨淡经营，不幸而仅留精莹璀璨之光华于数百十年后多数国人之脑海。噫！其功绩，历史为之也。然而，文字兴大狱，奇祸尘区夏，革命专史蔑有存焉。自十九世纪革命时代之潮流西风东渐，我爱国志士，解释革命真学理，群回旋于异族凌虐，秕政荼毒之下，愈接愈厉，已如压积已极之水，过颡过山，飘忽怒发，竟演成我辛亥八月天惊石破之武汉巨举，义旗飘发，全国响应，不三月，而国是大定。神州故土，还我本来；铁血艰辛，幸非虚掷。呜呼，烈矣！虽然，前事不忘，后事之师耳。痛定思痛，我国民正宜惕覆巢累卵之幸存，勉破釜沉舟之共济，使神州国光，永世勿谖，斯真吾国民之大幸尔。

吾友王子雪庵，援《春秋》九世之义，垂开国百世之训，搜求先烈革命事业，自满清入关，以迄民国奠业，秉笔记之，演为《神州光复志》百二十回。嗟夫！王子之作书，信也，非书幸也。吾愿读《神州光复志》者，将以纪信也，不可以纪幸也。夫东亚之风云急矣，满蒙告警，边藏阽危。内乱未弭，外患迭起，陆沉之祸，瞬继光复，而起吾亲爱之国民乎，其知王子雪庵之作，愤其种族战胜、政治战胜之志，一跃而为世界战胜，毋使我神州光复成电光火石，为一现昙花，永保我先烈芟涤草莱之全功，则吾将于王子续演《神州光复志》时，香花顶礼吾国民功德而复序之。中华民国元年七月，蒋尊簋。

《神州光复志演义》序

孙壬

志之为言，纪也。有纪事之义焉。曷言乎演义？明乎其为别裁，而非史家著述也。孔子尝言：文胜质则史，质胜文则野。与其文胜而失其实，毋宁质胜以存其真。然则稗官野史之作，不当以寻常小说鄙之。

辛亥秋，武汉起义，海内响应，四匝月而光复汉土，南北统一，卒使清国逊位，共和成立。论者辄归美于倡义诸伟人，而谓袁项城有手挽银河之力，定天下如反手，言之津津。噫！亦如天心人事，相激而成者，非一朝一夕之故耶。前哲后贤，接踵而起者，非一手一足之烈耶。前车之鉴，后事之师，明清鼎革之初，长驱直入，俯拾九州，犹且骈戮扬州，三屠嘉定，凉德已多。叔季之朝，专制之焰日益张，怨咨之声日益迫。人心已去，天命旋移。理之固然，事所必至。于是爱国志士奔走呼号，为四万万同胞请命，将以雪三百年来大耻奇辱。其间联合同志，经营海外者几年；机谋泄露，惨被挫折者又几年。前仆后起，百折不磨，迟之又久，而始有今日。难乎不难？

今者邦家新造，耆定尔功，实录馆开矣，稽勋局立矣。方将搜罗故实，博采遗闻，非溯本穷源，繁征博引，鲜有不文胜而失实者。王君雪庵深惧之，乃搜求革命事实，原始于满清入关，以迄民国初建，闻闻见见，靡不撷拾。凡治乱兴亡之故，政教得失之由，与夫志士经历之艰险，罹祸之悲惨，悉载焉。其纪事之确凿,立言之严正,具足备辐轩之采,而为亿万斯年之殷鉴。此书顾可忽乎哉？书成,问序于余。余不敢以不文辞。爰志其缘起如右,雪庵当深许之。中华民国元年八月初吉,古杭孙壬书于三秀芝草堂。

《神州光复志演义》序

吴斌

呜呼！光复之业,发愤于吾浙也久矣。自孙氏崛起粤东,掷重金饵徒党,收以为马前卒者,率皆萑苻之雄。未几,金尽而党散,泂乎可以利合者,不可以义动,宜青天白日旗之不能一日举也。独吾光复会创于浙人,一时名公巨子,慕义来归,而领袖于海内外者,若陶公焕卿、徐公伯荪、秋女士竞雄、蔡公孑民、章公太炎,皆两浙俊杰之士,而义声所播,留东学子遂有同盟会之组织,与光复会合辙焉。壮矣！盛矣！其斯陶、徐诸君先导之功欤。

岁丁未,徐、秋难发,光复会实丁其厄。然有志之士,未尝一日忘也。仆以后死之身,得与诸先烈相亲炙,频年奔走,识熊君成基于皖江,曾几何时,熊君先我而起，卒以身殉，痛心哉！吾党创业之艰，有如是也。夫及武汉举义，吾党伸其志，于江、浙、苏、杭首定，兵不血刃，盖由来者渐矣。其后朱君价人提兵援南京，仆虽不敏，敢忘初志？同人谓予曰：台州是君生长之地，风气固蔽，非君不为功。予以宁波亦东浙名郡，未可独后，愿以二郡为己任。同人慨然许之。乃星夜就道，由宁而及台。方幸宁已奏反掌之功，吾乡可不劳而定也。孰知驰及里门，乡之人甘心于予，毁吾庐，危及吾母。盖吾乡风气固蔽，诚不出同人所料者，为可哂也。幸吾母无恙，律诸古人毁家纾难之义，予于乡之人复何憾焉。及吾乡底定，南京告急，张勋方悉众以御我。予率所部往援，抵南京而城已下。誓以北伐偿夙志，顾才薄能鲜，何足与光复之伟烈？特吾有不能已于言者。乌龙山、天保城，我浙军之功为尤多。南京天险，天保城实巨擘焉。洪杨之战，曾氏国藩，竭十余年之力争之而始得者，今浙军取于数日之间。若是乎哉，我浙光复之业，收其功于南京，使民国得所基础，成之者军人，发之者志士欤。夫志士功业，昭乎如日月之经天，所以垂不朽者，他日自有信史，无俟予论矣。特以大局甫定,修史盖亦有待。村童野老,归话黄昏,非有实录,何以歌丕烈而广流传属者?

吾浙雪庵氏草《光复志演义》,上溯清初,下逮民国成立,于历年光复事实,靡不详搜博采,信而有征,诚实录也。虽然,吾尤不能无感者,明末义师林立,郑氏成功侷促八闽间,独张氏煌言长驱规南京,卒以郑氏玩敌,有石头城之溃。其后郑氏窜台湾不出,张氏犹号召郡义民,再图大举。嗟乎!麾义帜于国土沦陷之馀,敢与强寇争东南重镇者,厥惟浙东之师。张氏,浙人也。二百年后,提倡光复会者,浙人;争天保城之天险,而成光复大功者,浙人;成《光复志演义》,以表扬伟业者,亦浙人。噫嘻!吾浙人之爱吾祖国也,殆天性,是不可以不序。中华民国元年八月,黄岩吴斌序于浙江军司令部。

《神州光复志演义》序

宋学源

盖闻之庄生矣,曰:高言不止于众人之心,至言不出,俗言胜也。今中国言革命者,宁忧乎见少。

然而，种族政治，陈陈而相因，求其谈言微中，为革新社会谋者，百无一言焉。有新国家，无新国民，此中国所以不可为也。革新社会奈何？大则教育，次则学术，又次则小说，言蕲其至耳，何嫌乎稗官野乘？我国说部，多等薪蒸。考厥记载，帝王神鬼，一姓一家，无虑千百。苟于其中求所谓种族思想、政治革命者，且渺乎不可得。何论社会革命？积是恶因，斯成陋俗。不有以涤之，何以回狂澜于既倒？而《神州光复志演义》者，上计晚明，下至于兹。本种族革命、政治革命之思想，网罗前代旧闻，旁征近事，编辑成书。凡百二十回，其事详而确，其言浅而明。亦欲户说以眇论，使潜移默化于不自知。于乎，俗之渐民久矣，非有通俗教育，奚以树革新社会之基。演义者，通俗教育之一也。其诸新民之道欤。且冯异有言曰：愿国家无忘河北，小臣不敢忘巾车。革命何事？乃祖乃宗，呼号奔走，辛苦经营逾数百祀而弗衰，一旦告厥成功，子若孙乃忘所自来，不惟负在天之灵也，即此后如何建置，如何保持，充类至尽，亦必无人焉引为己责。靡不有初，鲜克有终，国家之败，所由来也。故欲国人之无忘，莫如从事小说。即前人缔造之艰,溥存于人人心目中,其愿力何其弘。今而后,匹夫编户之民,咸有国家思想焉,未始非是书之功也。乌虖！立言亦蕲其至耳,卑论侪俗庸何伤？中华民国元年八月六日,宋学源拜序。

《神州光复志演义》叙

诸季子

《神州光复志演义》者,吾国民之血史也。溯自明末以迄今兹,蚀日星,倾河岳,薄风云,縻金石,盈天地间血海横流,不知几千万人。有英雄之血,有儒生之血,有名士之血,有美人之血,相摩相荡,相搏相团结,始贯终彻,前仆后继,九死而不悔,百折而不回,已构成此光华灿烂之中华民国。为黄帝四千六百馀年来历史上莫大之光荣。脱离专制,建设共和,其心一何苦耶！其志一何坚耶！其气一何劲耶！其事一何难耶！其功一何神捷而伟大耶！尝谓此惊天泣鬼之材料,如得惊天泣鬼之笔仗,摹其神,绘其声,穷其形容,著为演义一书,必能于古今中西诸小说家外,开奇创异,独树一帜矣。吾方持

3011

其说,而吾友听涛馆主人适以斯稿见示。读既卒业,喜其与吾说不谋而合,体例之精严,宗旨之闳正,搜采之美富,原委之贯串,结束之完密,尚为吾意所能测。至其笔墨之神化,怒以飞者,英雄之血也;刚以峙者,儒生之血也;狂以横者,名士之血也;哀以沉者,美人之血也。忽而鸡鸣月白,忽而鹤唳天青,忽而猿啸沙黄,忽而鹃啼雨黑,惝恍迷离,莫知所自。凡三百年中,有志光复诸先烈之忠,之勇,之豪侠,靡不精神飞跃,栩栩纸上。是真能合司马迁、班固、拜伦、莎士比亚而融冶于一炉,无一语不在吾意之中,无一笔不出吾意之外。嗟乎!文人之心如是,其不可测哉!吾无以名之,名之曰"吾国民之血史"。诸先烈毕其至宝贵之血,造此新世界;吾友毕其至宝贵之血著此新演义,其人其书与之俱传,岂不盛哉?岂不盛哉!爰叙而归之。琅邪诸季子纂。

《神州光复志演义》序

施心谷

神州之染腥膻也,屡已。自五胡以迄满清,几经板荡,几经蹂躏,其间非无一二大英杰,力征经营,以图光复者,顾未光复也。以光复名义,奔走豪杰,号召志士,出百死以誓灭此虏。及其成功也,帝制自为,知有威福,不知有人民。而为之民者,久蜷伏于专制之下,一若国家兴亡,无与吾事者然。于是内政日荼,外侮环生。卒之狡焉思启者得以逞其野心,且知中国人民之易与也,益肆其专制之毒,而神州又黑暗矣,岂一朝一夕之故哉! 要之,专制政体一日不除,神州光复一日不可恃。专制革除矣,而一般人民不惕专制之痛苦,不体光复之艰难而协力辅翼之,国家仍立于危险之地位,神州即一日不得安宁。试观五胡扰攘,半壁河山,索虏北来,君臣南渡。人民狃于所见,习于偷安。蒙元而后,又遇满清,君之、帝之,恬然不以为怪。语以光复,其不掩耳而走者几希。此数千年来,多次革命所以无济也。去秋武汉起义,四方响应,不数月,共和告成,五族帖然,人民似可与有为矣。虽然,列强环伺,日谋所以处置我中华民国者,不绝于耳。第一建设不力,国基动摇,眈眈者群起而扰之。彼时,神州陆沉,万劫不复,人民亦与有责焉。

听涛馆主人远虑及此,举满清之兴亡,及光复之艰苦,一一详志之,以飨遗一般人民,而犹恐诱人观览、动人听闻、发人深省之力未能遍及也。血性文字,以通俗出之,庶几其易入矣,爱国者曷取而读之。中华民国元年八月,浙杭施心谷。

《神州光复志演义》凡例

一、是编冠其名曰《光复志》,以表扬光复伟业为宗旨,凡无关本旨者,概不阑入。

一、编首从满清入关以前始,即光复之缘起。如演《三国》,必始于汉献;演《列国》,必始于幽、厉,其前例也。

一、成败论人,贤者不取。明末宏光北狩,东南义师如林,屡仆屡起者四十年,功虽不成,事实难泯。是为光复之下种。

一、洪、杨出湘鄂,据金陵,奄有东南半壁。倘能固民心以固邦本,则长驱北向,未始非明太祖其人,乃耽于声色,不勤远略,内讧之深,屠戮之惨,至今父老犹能言之。迹是心,非甘自拟于李自成、张献忠之流亚，良可惜也。惟阅其起事文告，不忘祖国沦没之痛，俨然以光复为己任，汉族衣冠，亡而复存，是为光复之发萌。

一、孙氏倡言革命，史坚如首起义于广州，辛亥三月二十九日之役，亦发于广州。十数年来，苦志经营，志士之血尽力竭，于焉为盛，是为光复之吐华。

一、辛亥八月十九发难，以迄各省响应，纯系出于军队与海外志士，别树一帜，有水尽逢源之妙，是为光复之结果。

一、全编事实，段落起讫，各有次序，既不能合他段强为穿插，又不能合数段前后倒装，但求一气贯串，已觉煞费经营，与假小说之空中楼阁可任意点缀者，有难易之判，读者谅之。

一、搜罗旧闻，种类甚多。就明末言之，采书在二十馀种，正史所遗者十居六七，即近世之事，虽无载籍可稽，然穷极采取，或见诸书报，或得诸访问，必期完备而后已。其间诏令文告，有出于爱国者之血翰，尤足以感悟末流，拾之如获至宝，不敢从略。

一、是编属稿伊始，远近知者，已争求快睹，故急以五阅月告竣,藉饷读者。争文字于寸晷之间,只能据实直书,摹声绘色,容有未逮,修饰润色,统俟重订。

一、洪、杨以上事实,籍载具在。编中采取,字字皆有来历。若近世之得于书报及转相传述者,或不免有一二失实处,爱读诸君,见闻所及,可投函神州图书局,俟重订时,再行增损,以昭实录。

一、是编虽既出版,事实仍不厌其详,拟再远近征求,一手重订。即章法之起伏照应,词句之摹神绘影,当工益求工,以臻完帙。

一、二次重订,搜罗既煞费时日,结构亦别具经营。全编告成,期以一年,特与爱读诸君预订。

一、是编校勘已数易手,固不敢稍有忽略,然鲁鱼豕亥,或有未尽,读者谅之。

说明:上序、凡例等,均录自上海广益书局石印本《绣像神州光复志演义》。此本内封正面题"绣像神州光复志演义""杭县沈兴署",背面为"上海棋盘街广益书局新近出版各书广告",首《自叙》,次朱瑞序、蒋尊簋序、孙壬序、吴斌序、宋学源序、诸季子序、施心谷序,再次《凡例》,又次"绣像神州光复志演义目次"。

听涛馆主人,即王雪庵,号听涛馆主人,浙江杭州人。

朱瑞、蒋尊簋、孙壬、吴斌、宋学源、诸季子、施心谷,待考。

上下古今谈

《上下古今谈》序

谈天老人

忆戊戌变法之际,朝旨欲即(一本作"改")寺观为学校,当时之舆论不相入。曾见一卖菜男子,攘臂怒目,抗论于市人曰:寺观为从古所有,乌可议废者?呜呼!从古所有,岂独寺观?攘臂怒目,为从古所有争者,岂独卖菜男子?故笃旧而诚一者,非必有所缘,坐解从古所有误耳。不则,卖菜男子,于寺观为风马牛,攘其臂,怒其目,胡为其不惮烦?其实大宇之内,时时相似而不同,必无从古所有之一物。古之为义,对今而立。弹指之顷,以正弹指时为今,则未弹指时可古。惟其如此,故吾人论古之心量,为广为狭,可以远不相伦。假若卖菜男子,亦如老学究,能稍通史事,纵彼别有所蔽,并可为寺观左袒,然必不可言从古所有。极从古所有之弊害,莫可得而尽言。

我生五十载,正所谓一弹指之顷,故在前二十年，吾耳吾目，惊怛咨吁，以为创有者，窃窥今日青年之态度，淡然漠然，早视为从古所有，习焉相忘，有不然者止少数饫闻父兄之提命，及多读断烂国闻记载者耳。夫曰从古所有，若寺观类者，轻重尚少，设或推诸庶事，以强者冯陵之权利，许为从古所有，或以弱者奴隶之义务，亦安为从古今所有，则优劣之天演，忽焉而行乎其间，由微之著，为存为亡，祸福大矣。虽然，二十年之短时，或有或非有，尚不能无所提命，无所记载，则求卖菜男子，能得老学究之智识，一部十七史虽繁，不能不从头说起。

因是，去岁销夏，即思以无足重轻之文章，成一中国六千年史谈之小说，既而乃悟老学究诚较通达，必可不言寺观为从古所有。然彼仍不能与知于寺观与学校之得失，适与卖菜男子表里相左袒者，其蔽即蔽于以六千年所有，亦称从古所有而已。故欲与今之青年，上下于古今，将进之以六千年之近古者，必且先进之以六千年以前之远古，天人之际，凿而可沟者，无论为宇宙，为星辰，为日月，皆一一穷其构造，著其系统，是即所以说明六千年之由来，先使知六合内外，事事物物，无所谓从古所有，此

《无量数世界变相》四卷,所由先史谈而脱稿。且万物交于吾前,又有所谓向前如此之一说,此即吾人嘘濡于大气,俯仰于云物,莫不以为两间之现象,无非向来如此。向来如此者,其义犹夫从古所有,而不知风云雷雨等等,亦即无量数变相中之一境,故从其类而演述,并以明其何以如此,亦不欲使人习于向来如此之故见,适以坚其从古所有之信仰而已。四卷既就,且取与吾党青年,上下于古今之义,名之曰《上下古今谈》。以此四卷之演述《无量数世界变相》者为前编,他日《六千年中国史谈》续演毕,即以为后编。辛亥闰月,谈天老人叙。

说明:上序录自甲寅仲冬刻本《上下古今谈》,原本藏中山图书馆。此本内封三栏,分题"甲寅仲冬""古今笔记精华""方枢署"。首"谈天老人叙"。序文校以国家图书馆所藏撰者手写本。

谈天老人,即吴稚晖(1865—1953),名敬恒,以字行,江苏武进人,光绪辛卯(1891)举人。曾留日、留英。同盟会会员。国民党四大元老之一。书凡二十回。

《上下古今谈》重印后序

吴敬恒

《上下古今谈》者,上下言宇宙,古今言历史。其演词之动机,见诸原序,因为卖菜男子以寺观为从古所有,误人不浅。当余先此而感触,知凡拘于从古所有,数十年前之学人对于历史且以为古之所有,无□胜□,其误人更甚,极有梗于进化之学说。因其时偶读传说古史,谓少昊颛顼之世,"神人杂糅,俶扰天纪。"岂有光天化日之下,神与人能杂糅街衢,肆为俶扰,此必义和团早为从古所有。实则义和团之四千年前,吾族正在浅化时代,满街义和团。为数特多。至四千年后义和团之时代,浅化者,犹残存□数而已。所谓神人杂糅者,必刑典犹待虞舜而创作。少昊颛顼时代之断狱,亦用义和团之焚烧叩神,烟直则直,烟曲则曲。无论何国之古代断狱之法,皆用烧油至沸,探油取物,不伤其手者为直。诸如此类,同使神杂于人。因此之故,余曾欲取我国六千年疑信相半之历史,各探求真相,为我小国民一谈。后又计及不能略知宇宙间无量数之世界,或仍不能澈底,故先成上下四卷,而古今若干卷,迄今未写只字。今则疑古之儒,充满国中。从古所有之一言,亦已普遍摇动。谈说古今,一部十七史,既不知从何说起,或亦可以不谈。而不料宇宙间无量数之世界,自上下四卷,从一九〇九成书迄今,已过三十五年,而儿童之科学智识,曾未能大胜于前。似乎《上下古今谈》现有之四卷,犹未十分落伍,可以续向无量数之小国民,大谈而特谈。此书之作,则在巴黎作革命急剧谈之新世纪周刊,不能继续出版,东京民报亦停刊,革命高潮,至此一顿挫,将待黄花岗而重振。余之眷属,从上海西迁,余亦由巴黎挈家退隐伦敦西郊。其时生活则无着。居宅相近,有藏书较富之图书馆,故日往借书。如进化学说、天文学、地理学、人类学、博物学以及物理化学之类之最新图说杂志,每借挟而归,阅读讫,又为子女讲解,一面作演稿,寄文明书局出版,稍得津贴。寄稿往沪,皆在封面上绘有挖耳及消息子,示意乞钱。余友俞仲还丁芸轩陈仲英廉南湖诸先生皆笑颔之,二十三十英镑,时时汇寄。凡成天演学图解,荒古原人史,此上下古今谈,而十月十号,武昌起义,从此辍草,遂在大观园中充刘老老(余非姥姥故作老老)以生活。无形之损失,悔亦无及。否则果成六千年史谈一百卷,贡献之多,将不可计算。芸轩兄徂落,南湖继殂,仲英为南京轰炸所惊恐而殁。今年春二月,仲还亦以七十有九,瞽目十馀年而谢世。故余因坊间求《上下古今谈》而不可得者,有议重版。余曰此书本无版权,且出版已近四十年矣,不期有再与我国小国民相见之机,自由流布可也。尤其因仲还新亡,故交尽矣,及此不提□要亦知有一段小史。且《上下古今谈》中有所谓王曼卿、范素行、冯伯□等,皆有伤心史。托小说以显露其姓名,将为他日作旧游述一一详言之,今亦且不赘录,中华民国三十有三年五月,吴敬恒书后。

说明:上序录自1944年复苏出版社本《上下古今谈》。此本首《前言》,次《重印后序》,复次《序》。

书名索引

B

八洞天 1446
八仙出处东游记 715
八续彭公案 2435
八续施公案 2290
白圭志 2074
白牡丹全传 2409
白鱼亭 2246
包龙图判百家公案 717
北京新繁华梦 2933
北史演义 1948
北魏奇史闺孝烈传 2273
碧玉楼 2184

弁而钗 843
遍地金 1444
补红楼梦 2134

C

残唐五代史演义传 395
草木春秋演义 1975
禅真后史 837
禅真逸史 825
常言道 2050
痴人福 2072
春柳莺 1090
雌蝶影 2787
醋葫芦 847

D

大马扁　2834

大明正德皇游江南传　2249

大宋中兴通俗演义　421

大唐秦王词话　1138

大唐三藏取经诗话　1

带印奇冤郭公传　2990

灯月缘　1177

地府志　2850

定情人　1230

东汉十二帝通俗演义　789

东汉演义评　791

东京梦　2927

东西汉演义　782

东西两晋志传　785

东游记　1286

东周列国志　1452

东周列国志辑要　1869

豆棚闲话　1247

断肠草　2849

E

儿女英雄传　2275

二度梅奇说　1875

二刻拍案惊奇　872

二刻泉潮荔镜奇逢　2258

二刻醒世恒言　1386

二奇合传　2367

二十年目睹之怪现状　2640

二十一史通俗演义　1389

F

飞花艳想　1411

飞花咏小传　1197

飞剑记　753

飞龙全传　1865

飞跎全传　2139

焚瑟怨　2803

粉妆楼　1990

风流道台　2893

风流悟 1478

风月鉴 2186

风月梦 2260

封神演义 730

锋剑春秋 2328

凤凰池 1316

G

隔帘花影 1255

姑妄言 1417

孤山再梦 1263

古今传奇 1261

古今列女传演义 1163

古今小说 794

鼓掌绝尘 864

官场现形记 2595

官世界 2740

归莲梦 1174

闺阁完人传 1363

闺门秘术 2797

闺中剑 2750

鬼谷四友志 1967

鬼国史 2885

郭青螺六省听讼录新民公案 765

H

海刚峰先生居官公案 768

海公大红袍全传 2127

海公小红袍全传 2226

海烈妇传 1167

海陵佚史 774

海上尘天影 2681

海上繁华梦 2665

海上花列传 2442

海上魂 2783

海天鸿雪记 2509

海外扶馀 2780

海外奇缘 2793

海游记 1937

韩湘子全传 798

好逑传 1237

合锦回文传 1992

合浦珠 1184

何典 2004

和尚现形记 2962

黑海钟 2871

红楼复梦 2065

红楼幻梦 2254

红楼觉梦 2137

红楼梦 1548

红楼梦补 2164

红楼梦逸编 2905

红楼梦影 2316

红楼圆梦 2129

洪秀全演义 2722

后官场现形记 2804

后红楼梦 1983

后七国乐田演义 1141

后三国石珠演义 1409

后水浒传 1007

后宋慈云走国全传 2180

后唐奇书莲子瓶演义传 2350

后西游记 1244

胡雪岩外传 2662

糊涂世界 2754

花柳深情传 2844

花有泪 2971

花月痕 2334

滑头吊膀子 2945

画图缘 1221

欢喜浪史 2183

欢喜冤家 899

欢喜缘 2989

幻梦奇冤 2817

幻缘奇遇小说 1366

幻中真 1379

宦海潮 2828

宦海升沉录 2924

换夫妻 2182

皇明英烈传 409

皇明中兴圣烈传 841

绘芳录 2366

J

跻春台 2517

3028

集咏楼 1319

济颠大师醉菩提全传 1155

济颠全传 1150

家庭现形记 2802

剿闯通俗小说 992

结水浒传 2089

今古奇观 1010

今古奇闻 2378

金凤 2825

金莲仙史 2856

金瓶梅 608

金石缘 1481

金台全传 2360

金云翘传 1019

金钟传 2478

锦疑团 1200

近报丛谭平虏传 852

近十年之怪现状 2964

京本通俗小说 30

惊梦啼 1242

精禽填海记 2757

警富新书 1977

警世通言 802

警世阴阳梦 814

镜花缘 2141

九尾狐 2854

军界风流案 2914

K

开辟衍绎通俗志传 906

空空幻 1268

孔圣宗师出身全传 468

苦社会 2735

快士传 1449

快心编 1250

快心录 2314

L

兰花梦奇传 2745

蓝桥别墅 2847

浪史 696

老残游记 2646

雷峰塔奇传 2084

泪珠缘 2537

冷国复仇记 2790

离合剑莲子瓶 1939

李公案奇闻 2579

立宪镜 2776

连城璧 1038

梁公九谏 9

梁武帝西来演义 1233

两交婚 1225

两晋演义 2772

两头蛇 2883

辽海丹忠录 988

辽天鹤唳记 2702

疗妒缘 1479

列国志传 591

烈女惊魂传 2283

林兰香 1431

林文忠公中西战纪 2501

麟儿报 1203

岭南逸史 1954

龙凤配再生缘 2449

龙图刚峰公案合编 2116

龙图公案 723

龙阳逸史 876

吕祖全传 1081

绿牡丹 2223

绿野仙踪 1856

M

满洲血 2946

曼殊花 2987

莽男儿 1415

梅兰佳话 2244

美人魂 2704

美人计 2891

梦红楼梦 2352

梦平鬼奴记 2778

梦月楼 1187

梦中缘 1436

闽都别记 2931

明月台 2293

末明忠烈奇书演传 2208

N

南北两宋志传 472

南朝金粉录 2507

南史演义 1963

闹花丛 1270

廿载繁华梦 2706

孽海花 2653

浓情秘史 2185

女开科传 1406

女娲石 2677

女仙外史 1338

女狱花 2672

女总会 2895

P

拍案惊奇 832

盘古至唐虞传 911

泡影录 2748

彭刚直公奇案 2771

彭公案 2421

品花宝鉴 2264

平金川 2503

平闽全传 2199

平山冷燕 1042

平妖传 387

评演后部济公传 2499

评演济公传 2497

婆罗岸全传 2046

Q

七峰遗编 1027

七剑十三侠 2519

七剑十三侠三集 2524

七剑十三侠续集 2521

七十二朝人物演义 930

七星六煞征南传 2505

七续彭公案 2431

七曜平妖全传 805

七载繁华梦 2955

七真祖师列仙传 2436

歧路灯 1894

绮楼重梦 2056

钱塘湖隐济颠禅师语录 464
樵史演义 1032
巧联珠 1382
巧奇冤 2468
禽海石 2766
青楼梦 2382
清风闸 2192
清平山堂话本 400
清夜钟 1025
情变 2952
情天恨 2738
情天劫 2878
全汉志传 465
全相三国志平话 20
全续彭公案 2430
群英杰 2323

R

人间乐 1215
肉蒲团 887
如意君传 2229

如意君传 398
儒林外史 1502
瑞士建国志 2586

S

赛红丝 1213
赛花铃 1076
三宝太监西洋记通俗演义 727
三春梦 1355
三分梦 2194
三公奇案 2288
三国演义 273
三教开迷归正演义 758
三教偶拈 936
三教同原录 1305
三刻拍案惊奇 955
三侠五义 2370
三续金瓶梅 2201
扫荡粤逆演义 2486
扫魅敦伦东度记 902
僧尼孽海 897

书名索引

山水情　1094

闪电窗　1067

善恶图全传　2178

商界现形记　2876

上海游骖录　2789

上下古今谈　3018

神州光复志演义　3000

蜃楼外史　2469

蜃楼志　2048

升仙传　2256

生花梦　1206

生绡剪　1189

施公案　2189

施公案后传　2285

十二楼　1040

十二笑　1160

十续施公案　2292

石点头　933

世无匹　1211

双凤奇缘　2118

双拐奇案　2912

双缘快史　1874

水浒传　36

水浒后传　1100

水石缘　1877

说呼全传　1922

说唐后传　1475

说唐演义全传　1473

说岳全传　1358

四大金刚奇书　2493

四游记　2122

宋史奇书　2388

宋太祖三下南唐　2331

苏小小　2881

苏州繁华梦　2960

俗话倾谈　2348

隋史遗文　881

隋唐两朝史传　449

隋唐演义　1299

隋唐演义　459

隋炀帝艳史　854

孙庞斗志演义　924

T

台湾巾帼英雄传　2471

台湾外志　1321
昙花偶见传　2453
唐书志传通俗演义　455
桃花影　1180
梼杌闲评　984
天豹图　2132
铁冠图　2363
铁花仙史　1404
铁树记　755
听月楼　2125
通天乐　1429
痛史　2643

无声戏　1035
吴江雪　1095
吴三桂演义　2980
五代史平话　13
五凤吟　1377
五虎平南狄青后传　2031
五虎平西前传　2028
五美缘　2252
五日缘　2837
五色石　1438
五使瀛环略　2733
五续七侠五义　2948
武则天四大奇案　2392

W

瓦岗寨演义　2319
宛如约　1073
万国演义　2590
万花楼演义　2113
魏忠贤小说斥奸书　817
文明小史　2627
瓮金梦　2737
蜗触蛮三国争地记　2821

X

西汉通俗演义　780
西湖二集　958
西湖佳话　1146
西湖拾遗　1941
西湖小史　2162
西游补　966
西游记　484

希夷梦　1927

熙朝快史　2474

侠义佳人　2873

仙卜奇缘　2489

仙侠五花剑　2526

小额　2811

新编虞宾传　2034

新茶花　2807

新镜花缘　2826

新刻续三国志后传　776

新列国志　2819

新列国志　918

新孽海花　2906

新七侠五义　2917

新三国义侠传　2887

新世鸿勋　1029

新水浒　2795

新水浒　2897

新西湖佳话　2950

新西游记　2922

新中国未来记　2583

新中国之伟人　2890

型世言　939

醒风流　1193

醒梦骈言　1360

醒世恒言　808

醒世姻缘传　999

熊龙峰四种小说　478

绣戈袍全传　1973

绣屏缘　1170

绣榻野史　700

绣鞋记警贵新书　1979

绣云阁　2344

续儿女英雄传　2491

续红楼梦　1995

续红楼梦　2052

续今古奇观　2451

续金瓶梅　1052

续镜花缘　2967

续彭公案　2427

续七侠五义　2531

续西游记　963

续侠义传　2403

续小五义　2399

3035

续英烈传　787
宣和遗事　15
玄空经　2356
薛家将平西演传　1004
薛仁贵征辽事略　23
学堂笑话　2860
雪月梅　1886

Y

雅观楼　2321
言情小说奇遇记　2809
杨家府世代忠勇演义志传　771
瑶华传　2037
野草闲花臭姻缘　2573
野叟曝言　1489
夜花园之历史　2901
一层楼　2354
一片情　885
医界镜　2852
医界现形记　2768
宜兴奇案双坛记　2575

异说反唐全传　1843
异说征西演义全传　1846
阴阳斗异说传奇　2262
蟫史　2023
英云梦传　1924
罂粟花　2785
萤窗清玩　2533
雍正剑侠奇案　2936
永庆升平后传　2416
永庆升平全传　2411
有商志传　916
有夏志传　914
于公案奇闻　2001
于少保萃忠传　705
娱目醒心编　1945
雨花香　1425
玉蟾记　2078
玉闺红　990
玉娇梨　1047
玉燕姻缘全传　2476
玉支玑　1219
喻世明言　812

鸳鸯蝴蝶梦 1368

鸳鸯针 1015

岳武穆尽忠报国传 980

云南野乘 2806

云锺雁三闹太平庄全传 2270

Z

载阳堂意外缘 2205

增补红楼梦 2170

赠履奇情传 2761

查潘斗胜全传 2577

斩鬼传 1273

昭阳趣史 702

照世杯 1070

枕上晨钟 1017

珍珠舶 1191

争春园 2176

征播奏捷传通俗演义 747

致富术 2882

中东大战演义 2535

中国之女铜像 2875

中外三百年之大舞台 2799

忠传 28

忠烈全传 2325

忠烈小五义 2394

忠孝勇烈奇女传 2211

咒枣记 751

驻春园 1370

妆钿铲传 1848

邹谈一噱 2763

最近官场秘密史 2953

最新女界鬼蜮记 2908

醉醒石 1022